傾物語《カブキモノガタリ》

西尾維新

NISIOISIN

KODANSHA BOX

BOOK&BOX DESIGN
VEIA

FONT DIRECTION
SHINICHI KONNO
(TOPPAN PRINTING CO., LTD)

ILLUSTRATION
VOFAN

本文使用書体：FOT-筑紫明朝 Pro L

第閑話　まよいキョンシー

第閑話　まよいキョンシー

HACHIKU JI MAYO I

001

八九寺真宵《はちくじまよい》を巡る僕のひと夏の大冒険について語る前に、ここでひとり、紹介しておきたい女子がいる。と言っても彼女がその大冒険に同伴するということではないし、どころかその大冒険に、彼女がなんらかの形で関与するということもない。そもそも僕が彼女と知り合ったのは、夏なんてとっくに終わり、もう冬と言っても過言ではない、そんな季節のことだったのだから、同伴のしようも関与のしようもあるはずがないのだ。要するに彼女はこれから僕が語ろうとする物語には何らかかわりがないのだけれど、それなのにどうして冒頭で、そんな無関係な人物を紹介するのかと言えば、正直それをうまく伝える自信はないのだけれど、なんというか、彼女はそんな風に思わせるタイプの人間なのだ。

　要はある種の、いわゆるどうしようもない、始末に負《お》えない駄目《だめ》駄目《だめ》なエピソードを想起するときに、まったく毛ほども関係ないにもかかわらず、なぜかまとめて一緒に思い出してしまうというような——衣装箪笥《いしょうだんす》の引き出しの二段目を開けようとしたら一緒に三段目も開いてしまう感覚とでも言えばいいのか、それとも逆に、二段目を閉じたときに空気圧の関係で三段目が開いてしまう感覚とでも言えばいいのか、どっちの比喩《ひゆ》のほうが正確に彼女を言い表しているのかは、判断できない。

　よくあるたとえ話として、プリンに醤油《しょうゆ》をかけるとウニの味がするというけれど、それくらい表面上は無関係で、実際にも無関係であるのに、しかし受け取るときは同じように受け取ってしまう。感覚器官のパラドックスとでも言うのか、それともトリックと言うのか、強《し》いて言うなら彼女は、無果汁の炭酸飲料のような女なのだ。全然違うのに、味わいは同じ、合成着色料や化学調味料のような——とことん偽物で、まがいものそのものの女。

困ったこと。

悩みごと。

トラブル。

そして失敗、後悔《こうかい》。

そんなあれこれと同じ引き出しに収納されているような高校一年生こそ、彼女——僕の新しい後輩、忍野《おしの》扇《おうぎ》なのである。

……なんだか年下の女の子を紹介するにはあまりに酷《ひど》い紹介文になってしまったけれど、そんな風に言われてもきっと彼女は豪快に笑い飛ばすだけだと思うので、気にすることもあるまい。勝手に気に病《や》んでも意味がない。

ちなみに彼女——扇ちゃんのことを僕に教えてくれたのは、神原《かんばる》だった。逸脱《いつだつ》して可愛らしい後輩が、一年の何組だかに転校してきたのだと——可愛い女子について異様に詳しい神原のこと、その情報に誤りがあるはずもなかったけれど、実際に彼女と対面した際に、僕はそんな感想めいたことを思う余裕はまったくなかった。

なにせ出会いがしらにぶん殴《なぐ》られたのだから。

僕がどうして彼女に会いに行き、どうして殴られたかは、いずれ時系列がそこに追いついたときに（もちろんそれ以前に、そんな機会に恵まれればだが）語るとして——八九寺を巡るそのエピソードを思うときにまとめて一緒に思い出す扇ちゃんの言葉と言えば、

「阿良々木《あららぎ》先輩、交差点の信号がすべて赤になる瞬間があるのをご存知ですか？」

である。

「なんだそりゃ。業者さんに点検でもされるときか？」

「いやいやもっと頻繁《ひんぱん》にあるんですよ——阿良々木先輩だって毎日のように見ているはずです」

「毎日のように……いや、そんなもん見た憶《おぼ》えはねーぞ。つーかそんな現象が日常的に起きていたら、

あちこち交通事故で大変だぜ」

「あちこち交通事故で大変にしないために、そんな現象を日常的に起こしているんですよ。わかっていませんねえ、この愚か者は。いやいや、種を明かせば簡単な話なんです、阿良々木先輩。縦《たて》の信号が赤になってから、横の信号が青になるまでの間に、どの信号にも必ず三秒のタイムラグがあるんですよ。同時に変えたら、慌《あわ》てんぼうの運転手さんが先走ったときに、交通事故が起こる可能性が高くなってしまいますからね」

「三秒……瞬間じゃねえじゃねえか。三秒単位で瞬きする奴なんていねえよ」

「挙《あ》げ足《あし》を取らないでくださいよ、性格が最悪ですねえ阿良々木先輩。つまり全《すべ》てが静止する、交差点における空白の三秒間と言ったところです——逆に信号がすべて青になる瞬間なんてものはありません。それこそ業者さんのチェックでもない限りは。私が設計者なら、構造上そんなことができないようにシステムを組み上げるでしょうね。誰だって危険よりは安全のほうがいいでしょう」

「そんなの当たり前だろ。改まって言うようなことじゃねえ」

「いや改まって言わせてください、これは結構《けっこう》面白い話なんですよ、阿良々木先輩。危険を示す赤信号で世界が満たされたときこそ、いつよりも安全な時間であり、逆に安全を示す青信号で世界が満たされたときは、世界のどこよりも危険な場所が出来上がってしまうという矛盾《むじゅん》——危険信号というのは度を越してしまえば安全地帯を作り、その反面、安全信号が度を越してしまえばただの無法地帯を作り、三秒どころか一秒だって生存することは難しくなるのです」

「……健康にいいものがまずくって、おいしいものは基本的に太りやすくて身体に悪い、みたいな話か？」

「そうですね。その通りです。頭が悪い癖《くせ》に理解は早いですね、阿良々木先輩は」

「お褒《ほ》めにあずかり光栄の至りだよ」

「褒めてません、皮肉《ひにく》です。青信号を渡るときに、まるで神様に守られているような気持ちでいる人ばかりですけれど——実は全然そんなことはないんですよね。単にリスクが半分に減ってるだけです。全部が青よりはちょっとマシというくらいの話でしかないんです。危ない目に遭《あ》いたくなかったら、横断歩道を渡らなければいいんですよ」

「そんなこと言い出したら、歩道を歩いていても、酔っ払い運転の車が蛇行《だこう》して突っ込んでくる可能性はゼロじゃないだろ」

「ええ。ゼロじゃありません。でもだからこそ、そんなことを言い出すべきなのですよ。誰かが、たとえば私が、言い出すべきなのです。世の中というのがどんな危険な場所なのか。世界は平和で、夢と希望にあふれていて、救いに満ちていて、人と人は愛し合うために生まれてきて、仲良くするべきで、子供には幸せになる義務があるとか——そんなことをぺちゃくちゃ陶酔《とうすい》しながら言っているから、簡単に足元をすくわれるんです。戦地の子供達は、たとえ教育を受けていなくとももっとしっかりしていますよ。少なくとも人生に対しては貪欲《どんよく》です。彼らの目には、青信号ではなく赤信号ばかりが映りこんでいますからね」

「平和な国で馬鹿みてーに生きる権利って奴が、人間にはあると思うがね。そのために数千年かけて進歩してきたんだろうが」

「それは日本独自の考え方ですよ。この国における宗教と言ってもいいでしょうね。断言してもいいですけれど、日本なんて国は千年後、存在してないと思いますよ」

「そんなもんどこの国でも同じだろ。同じ体制で千年持つ国なんかねーよ。歴史の教科書を読むまでもない、当たり前のことだ」

「そう、当たり前のことです。日本は滅《ほろ》びるかもしれないし、世界は滅びるかもしれない。そんな当たり前のことから目をそらして、定期預金とかしているから笑えるんですよ。泣き笑いですけれど」

「で？」

「はい？」

「で、結局、お前は何が言いたいんだよ扇ちゃん。相変わらず要領を得ない奴だ。外見は全然似てないけれど、そういうところはお前、叔父《おじ》さんにそっくりだぜ」

「あんな人に似ていると言われても嬉《うれ》しくありませんね。名誉毀損《めいよきそん》で訴えたいくらいです。でも特別サービスで褒め言葉として受け取っておきましょう。いえね、私は注意を促《うなが》しているんですよ。ほら、よく言うじゃないですか。夢は見るものじゃなくて叶《かな》えるものだって――でもそれって逆でしょう？　夢は叶えるものじゃなくって見るものって言うのが本当のところは本当でしょう？　将来なりたいものを夢見ているうちは楽しいけれど、それをいざ叶えるとなれば、地味で、あるいは無駄に終わるであろう努力を、毎日淡々《たんたん》と続けなければならないという地獄《じごく》のような生活が続くわけなんですから。どうしてそんなことをしなければいけないのですか、馬鹿馬鹿しい。妄想《もうそう》しているだけで、人は十分幸せになれるというのに」

「妄想して幸せになるより、夢を叶えて幸せになるほうが、より幸福度が高いからじゃねーのか？」

「そんなことは絶対にありません」

「ないのかよ」

「ありません。ないのです。誰もが憧《あこが》れる、将来そうなりたいと望む、まあロックスターでもスポーツマンでも、漫画家でも社長でも、なんでも構いませんが、そんな人間の実生活を想像してみれば明らかです。彼らが好き勝手に生きていると思いますか？　そんなことは絶対にないでしょう。雇《やと》い主《ぬし》との関係に気を遣《つか》ったり、順位や格付けに振り回されたり、スポンサーにへこへこしたり、ファンに媚《こ》びを売ってみたり、辛いことばっかりですよ。夢を叶えるというのは、イコールで夢のつまらなさを思い知るという意味です」

「夢を叶えれば叶えるほど、周囲との関係性に気をつけなくちゃいけなくなるってか？　性格の悪いひねくれ者の言いそうなことだな。でも、偉くなって、好き勝手気ままに生きている奴だっているんじゃねーの？」

「好き勝手に生きて、周囲の人間から疎《うと》まれながら、嫌われながら生きてる奴の話ですか？　そんな人間に、誰がなりたいと思いますか？　そんなくだらない人間になることが、夢を叶えるということですか？　むしろ真逆《まぎゃく》でしょう」

「うん……真逆だな」

「ですから、阿良々木先輩。子供達には、夢を叶えた人間をブラウン管越しにスナック菓子を食べながら眺めるほうが、辛い思いをして、色んなしがらみにとらわれながら、楽しい夢を世知辛《せちがら》い現実に変換する作業に邁進《まいしん》するよりもずっと能率的に幸せになれると、教えてあげるべきなのです。義侠《ぎきょう》心を発揮《はっき》するべきなのです。夢を見るのは絶賛いいけれど、夢を叶えちゃあ駄目。そう言って回るべきなんです」

「……ブラウン管のテレビなんか、もう概《おおむ》ね淘汰《とうた》されちまったよ。意外と奇麗《きれい》に映るらしいんだけどな。今じゃあ液晶とかプラズマとかだ」

「はは。つまりテレビは画面も番組も、すっかり薄っぺらくなってしまったというわけですか」

「そんな批判めいたことは断じて言ってない。面白い番組はいっぱいある」

「そうやってフォローすることで、一体誰から愛されようとしているんです？　阿良々木先輩。あなたが素晴らしい人間だからって、誰もあなたを守ってくれないのですよ？　むしろあなたが守らないといけないのです、信号って奴を。信号があなたを守ってくれるのじゃない、あなたが信号を守るのです。お手上げをしながら、なんなら旗でも振り回しながらね」

そんな感じだった。

終始彼女はそんな感じで、結局このときの扇ちゃんは、『交差点で信号機が全て赤になる時間は三秒』というトリビアを僕に教えたかった、自慢して感心されたかっただけらしいのだけれど、そんな話から人生やら主義やら、果ては夢まで語ってしまうのが、忍野扇という、十五歳の女の子なのだった——そして僕は、そんなトリビアを、八九寺真宵と共に思い出す。

迷子の少女と共に思い出す。

行く手を遮《さえぎ》る全ての信号機が赤色で。

青信号を渡ったときにこそクルマに轢《ひ》かれた。

十年以上前に死んだ、あの女の子の思い出と共に。

あのひと夏の大冒険——酷く些細《ささい》なきっかけから始まり、しかし果ては現実の全てをまるごと巻き込まんばかりに大きな話になってしまった、あの物語と共に、思い出す。

だけど、きっとあの物語を語り終えたあとでなら、僕は扇ちゃんの雑学に対して、いつも言われっぱなしで圧倒されっぱなしな彼女に対して、ひとつだけ言い返すことができるだろう。

つまり。

信号機にはもうひとつ、赤色と青色の間に、黄色があるのだと。

そしてそれこそ彼女の促したかったものなのだ。

002

「あ。そこにいるのは鬼のお兄ちゃんじゃないか。元気そうに生きているんだね、僕は安心してねたましいよ」

断っておくが、その日——即《すなわ》ち夏休みの最終日、八月二十日の日曜日に斧乃木余接《おののきよつぎ》ちゃんに遭遇《そうぐう》したことが、すべての始まりだったなんていうつもりは更々ない。

彼女（というのが正しいのかどうかはわからないけれど、少なくとも僕という一人称で喋《しゃべ》りつつも、斧乃木ちゃんの見た目は可愛らしい、年端《としは》のいかない女の子だ）はあくまでもそこにいただけで、もしもその程度のことで、今回の件について彼女に何らかの責任を求めるというのなら、たとえそんな風に声をかけられたところで、無視すればそれでよかっただけのことなのだから。

別に僕と斧乃木ちゃんとは友達同士というわけでもないし、親しくも、取り立てて仲良しというわけでもない——むしろつい最近、僕の可愛くない妹を巡って、ちょっとばかしやんちゃに殺し合ったくらいの間柄なのだから。

無視どころか、なんなら出会いがしらに食って掛かってもよかったくらいだろう。

もっともそれは斧乃木ちゃんにしてみても条件は等しく同じで、彼女は彼女で僕に食って掛かっても（たとえでなく、斧乃木ちゃんにはそれができる）よかったはずなのに、相変わらずの何を考えているかわからない無感情な無表情でとは言え、そんな風に、懐《なつ》かしむでもなく声をかけてきてくれたことについては、普通に嬉しく受け止めていいんじゃないかと思う。

まあなんにせよ。

可愛らしい童女に声をかけられるというのはいいものである。

たとえ相手が怪異であっても。

あるいは怪異だからこそ？

「よう。斧乃木ちゃん」

僕は返事をする。

道端である。

僕の住む阿良々木家からそう遠くない、とある交差点においてのことである。気付けばすぐ隣に、足首まで隠れる長いスカートを穿《は》いた、見覚えのある女の子がいたというわけだ。僕が気付くのとほぼ同時に（厳密に言えば、彼女のほうがコンマ数秒早かったと思う）、斧乃木ちゃんも僕に気付いたようだった。

信号は赤。

いや、その瞬間、青に変わった。

安全を示す色だった。

「久し振り……ってほどでもないのか。なんか、前に会ったのはすげー前みたいな気がするけれど……実際はついこないだだもんな。えっと」

恥ずかしい話ではあるが、僕はまず、周囲を確認してしまった。

童女と話しているところを通行人から目撃されることに恐れをなしたわけではなく（そんな細い神経は、もう僕の中からはすっかりさっぱり消え失せている）、僕が恐れをなしたのは、式神《しきがみ》である斧乃木ちゃんを使役する某陰陽師《ぼうおんみょうじ》の存在である。

影縫余弦《かげぬいよづる》さん。


まさか——というより、斧乃木ちゃんがここにいるということは、かなりの高確率で、またぞろあの人がこの町にやってきたということなのではないか……と、僕は不安になったのだ。

その場合、まさに襲来《しゅうらい》のひと言が相応《ふさわ》しい。立てば暴力座れば破壊歩く姿はテロリズムみたいなあの人とは、さすがにできれば二度とお目にかかりたくないんだけれど……。

再会はもちろん。

再戦なんて、もってのほかだ。

とりあえず、見た限り、周囲にはいないみたいだけれど……あの人はどこかに隠れるってタイプじゃないから（わけのわからない主義として、影縫さんは地面を歩かないから）、ぱっと見でいなければ、とりあえず安心できるはず……。

「心配しなくても大丈夫だよ、鬼のお兄ちゃん。お姉ちゃんなら一緒じゃない。ここにいるのは斧乃木余接、即ち僕ひとりさ」

僕の警戒動作《けいかいどうさ》（というより、それはもう挙動不審と言ってもいい一連の動きだったかもしれない）を見て取って、斧乃木ちゃんは僕に訊《き》かれる前に、先回りするように言った。

「別に僕とお姉ちゃんは、いつでもどこでも一緒にいるというわけじゃないんだから、常にワンセットで考えてくれなくてもいいんだよ、鬼のお兄ちゃん。僕達はワンセットなんじゃなく、あくまでもツーマンセルさ」

「ふうん……」

それが本当だったらありがたい。

影縫さんはなあ。

まあ、いい人か悪い人かで言えばいい人なんだろうけれど（正義の体現者だという説もあるし）、性質上、僕とはどうしたって相容《あいい》れないところがあるからなあ。

「しかし、とすると自由な式神だな。そう言えば、初めて会ったときも斧乃木ちゃん、ひとりで迷子になってなかったか？」

「迷子になんてなってない。侮辱《ぶじょく》しないでよ。僕は道を訊いただけだ」

「それを迷子と言うんじゃないのか？」

「道を訊いただけで道に迷ったことになるのなら、世界に迷子じゃない子供なんていないよ。ほら、よく言うだろう？　訊くは一時の恥、訊かぬは一生の恥って」

「まあそうだな」

「教えるは一時の優越感、教えないは一生の優越感とも言うよね」

「そんな嫌な諺《ことわざ》はない」

斧乃木ちゃんは常にツンとしているので、ボケたのかどうかは微妙《びみょう》だけれど、一応義務として、僕は突っ込んでおいた。

取り立てて嬉しそうでもないし、かと言って間違いを指摘されて不快そうにするでもなかったので、それが正解だったのかどうかはわからない。

どうにも難しい子だ。

表情豊かであってほしいなんて言わないけれど、せめてもっと、この年頃の子らしく、感情を表に出してくれたら……ん？

「なあ、斧乃木ちゃん」

「なんだい」

「なんか違和感あるなあと思ってたんだけど、こないだ会ったときは、斧乃木ちゃんってもう少し変な喋り方をしていたと思うんだけど。ほら、台詞《せりふ》の最後に、常に『僕はキメ顔でそう言った』とかつけていたような」

「黙《だま》れ」

低い声で短く言われた。

誰が言ったのかわからないほど低い声だった。

感情に満ち溢《あふ》れている。

後悔なのか苦渋《くじゅう》なのか、暗い感情。

「あれは僕の黒歴史……」

「…………」

そうか。そういうことか。

痛々しさに気付いたんだ……。

自分で気付いたんだろうか、それとも誰かに指摘されたんだろうか、それはわからないけれど、なんだろう、その声の低さから考えるに、どうにも後者っぽいな……。

「僕は二度とキメ顔なんてしない……」

「いや、別に元よりしてなかったけどな。……で、斧乃木ちゃん」

もう少し突っ込んで訊きたいと思ったけれど、しかし彼女の内心を考えるとそれも憚《はばか》られたので、僕はさっさと次の話題に移ることにした。

移ってあげることにした。

人間、非人間を問わず小さな女の子には優しく。

阿良々木暦のスローガンである。

「何をしに来たんだい？」

「何をしに？　おいおい、鬼のお兄ちゃん。おかしなことを言うじゃないか。この町はあなたの庭かい？　許可がないと立ち入り禁止だったとは知らなかった。こいつは失礼」

「…………」

なんだかよくわからないキャラクター性だな。

変な語尾《ごび》はやめたにしろ、妙な喋り方は健在《けんざい》のようだ――と言うより、たとえどんな喋り方をしたところで、顔が無表情なものだから、どうしたって変な違和感は拭《ぬぐ》えないのだ。

言っちゃなんだがロボットみたい。

「別に僕の庭じゃないけど」

付き合ってあげる。

優しいのだ。

「僕の町じゃあある。だから斧乃木ちゃんが妙な真似をしようっていうなら」

「邪魔《じゃま》をしようっていうのかい？」

「いや、手伝ってあげようかと思って」

「……お人よしだね」

呆《あき》れたように言う。

いや、あくまで表情は変わらないが。

「僕は絶対に悪事を働かないとでも思うのかな」

「さあね。でも僕が半分吸血鬼の人でなしで、きみ達が不死者専門のゴーストバスターということを除けば、僕達の間に敵対する理由はないだろう」

「その理由はどうしたって除けないけどね」

まあ呼ばれたから来たんだよ、と斧乃木ちゃんは答えた。

どうでもよさそうな口ぶりである。

説明という感じでさえない。

「派遣されたというべきかもしれないけれどね。式神だけに。詳細は知らない。僕はあんまり、自分が何と戦うことになるかに興味はないんでね。信用してもらってなんだけれど、命令されたら僕は女子供でも容赦なくぶっ殺すよ」

「ぶっ殺すって……」

なぜそこだけ言葉が荒い。

使い慣れていない風さえある。

もちろん彼女の必殺技、『例外のほうが多い規則《アンリミテッド・ルールブック》』を使えば、大抵の敵は『ぶっ殺す』ことができるだろうけれども。

「……まあいいや。とにかく、誰の命令で何をするつもりなのかは知らないけれど、あんまり僕の町を破壊しないでくれよ」

「うん。今回はお姉ちゃんがいないから、その心配はないよ」

「その保証の仕方もどうだかな」

「ところで」

「ん?」

「鬼のお兄ちゃんのほうこそ、ご主人様はどうしたんだい? いや、今はあなたのほうがご主人様なんだっけ、よく知らないけれど……とにかく、あの……えっと」

「ああ。忍《しのぶ》な」

僕は察して、言う。

僕の影《かげ》をチラ見しつつ。

「忍ならこの時間はおねむだよ。僕とあいつもツーマンセルだからな。もっとも、こっちはどうしようもないほどワンセットでもあるんだが……」

「そう」

無表情で頷《うなず》くが。

しかし斧乃木ちゃんが、どうやら深く深く安心したらしいことは明らかだった。それだけははっきりとわかった。僕は影縫さんから酷い目に遭わされたけれど、斧乃木ちゃんは忍から酷い目に遭わされたからな……。

お互い口に出しては言わないけれど、酷いトラウマを負ってしまったものである。

「まあ僕は全然あんな吸血鬼もどき、怖がっちゃいないけれどね」

「………」

虚勢《きょせい》の張り方が可愛い。

ふと見れば、いつの間にか信号が赤に変わってしまっていた。いや、既にそれなりに話しているので、何度も信号機は表示を変えていることだろう。実際、今もまた、表示はすぐに青へと切り替わった。

「渡ろうぜ」

「うん」

斧乃木ちゃんと並んで、横断歩道を横切る僕。

さすがに手を挙げたり、手を繋《つな》いだりすることはなかったけれど。

えーっと。

さて、どうしたものなのかな。

どうやら、今度こそ斧乃木ちゃんの参加しているストーリーは、僕とはかかわりのなさそうな感じだけれど……、つまり、どう考えても深入りを避けたほうがいいんだけれど。

だからと言って、それがわかった途端《とたん》、右へ左へ立ち別れというのも、なんだか寂しい話だ。むしろ逆で、僕や忍に関係してこの町にいるというときこそ、さっさと撤退《てったい》するのが無難という気もするんだけれども。


「斧乃木ちゃん。確認するけれど、別に道に迷ってるわけじゃないんだな？」

「くどいね。でもそこまで言うんなら、道を訊いてあげないでもないよ」

「いやいや……」

「そこまで言うんなら、アイスクリームをおごってあげられないでもないよ」

「いや、もっといやいや」

なんだその露骨《ろこつ》な催促《さいそく》。

そんなことをふと言われても、ここは都会とかじゃねーんだから、ぱっとアイスが買えるようなコンビニなんて、すぐにはねえよ。

ああでも、少し行ったところに商店があったな。あそこってアイス売ってたっけ。

夏だし。

「いいよ。じゃあ買ってやる」

「？　何言ってるんだよ、鬼のお兄ちゃん。そこまでもここまでも、冗談《じょうだん》に決まっているだろう」

「僕は冗談の通じない男なのさ」

「駄目だよ、そんな、ハーゲンダッツなんて買ってもらえないよ」

「その冗談は通じる」

「フォンダンショコラがいいな」

「期間限定商品の名を上げるな。どんな過酷《かこく》なスケジュールで書いてるかバレるだろうが」

で、本当におごってあげた。

まあ別に気取るほどの金額ではない。

ハーゲンダッツなんてそもそも売ってなかったし。

買い食いはともかく食べ歩きというのはいかにも行儀《ぎょうぎ》が悪かったので、僕と斧乃木ちゃんはその辺の植え込みに腰を降ろした。

高校生がひとりでそんなことをしたら食べ歩き同様にみっともないけれど、小さな女の子がひとり隣にいるだけでその光景は微笑《ほほえ》ましいものとなるのだから、まったく空気というものは、作ろうとして作れるものではない。

不器用というほどでもないのだろうけれど、斧乃木ちゃんはアイスの袋をうまく開けられないみたいだったので、僕が代わりに開けてあげた。

「ところで鬼のお兄ちゃん。ありがとうを言う前に訊きたいことがある」

「ありがとうくらい普通に言って欲しいけど、なんだよ」

「と言うより、ずっと気になっていたんだけれど……それが気になって、鬼のお兄ちゃんに声をかけたといっても過失ではないんだけれど」

「過言だろ」

「そのリュックサック、もらったの？」

斧乃木ちゃんは、アイスの棒を持っているのとは逆の手で、僕が背負っているリュックサックを指さした。

それはなんというか。

僕が背負うには丁度いいくらいなのだけれど——そう、たとえば小学五年生の女の子が背負うには大き過ぎるというような、そんなサイズのリュックサックなのだった。

と言うか。

「ああ、いやもらったわけじゃあない――」

僕はアイスが触れないように気をつけながらリュックサックを下ろし、脇に置いた。どれだけ詰め込んでるのかしらないけれど、結構重いのだ、このリュックサック。

「八九寺の忘れ物だ」

「忘れ物……そうか、悪いこと訊いちゃったね。あの子、いなくなったんだ」

「いや、別にそういう重い意味での忘れ物じゃなくて。忘れ形見《がたみ》的な意味じゃなくって」

僕は言う。

「今日あいつが僕の部屋に遊びに来てさ。そんときにあのうっかりさん、このリュックサックを忘れていきやがったんだ」

「ふうん……鬼のお兄ちゃんには似合わないね」

「ほっとけ。僕のじゃないんだから当たり前だろ」

「ベルトの部分がだるんだるんで、馬鹿みたいだよ」

「言葉を選べ」

「あ、ごめん」

斧乃木ちゃんは謝って、言い直す。

意外と素直だ。

「ベルトの部分がだるんだるんで、馬鹿がばれるよ」

「意外と率直だ！」

「忘れるんだね、リュックサックなんて」

「まあ……、確かに滅多《めった》にリュックサックを下ろす奴じゃあないんだが、なんか今日は疲れてたらしくって。僕のベッドで寝やがったんだ。僕のベッドでだぜ？」

「そこ、そんなに強調するところ？」

「そのときにリュックサックを下ろして、部屋の片隅に放置して、そしてそのまま忘れていきやがったんだ。それで僕は、それを届けるためにあいつを追いかけてる最中ってわけさ」

もっとも、すぐに追いかけたつもりだったけれど、あの意外と早足で健脚な子供の姿は見当たらなかったので、今は適当に流している最中ってわけでもあるのだった——こんなことなら最初から自転車に乗って出ればよかった。

正直、既に八九寺を見つけ出すことは諦《あきら》めかけ、なんというかしょぼくれていたところに、斧乃木ちゃんから声をかけられたというわけだ。

「……でもあの子、道に憑《つ》く幽霊なんだよね？　その癖に、鬼のお兄ちゃんの家に遊びに行ったりできるの？　すごいな……」

「ああ。あいつの自由さには、さすがの僕も感心せざるを得ない」

まああいつは、迷い牛騒動のときに、地縛霊《じばくれい》から浮遊霊《ふゆうれい》に二階級特進しているので、道に憑いているといっても道に縛られているわけではない（はず）だから、それほど驚くことではないのかもしれないけれど。

「あれ？　つーか、今さらっと話が進んじゃったけど、斧乃木ちゃん、八九寺のこと知ってたっけ？」

「何をとぼけたことを言っているんだよ、鬼のお兄ちゃん。いや、鬼《おに》いちゃん」

「鬼いちゃんなどという、変なニックネームを僕につけるな」

なんか定着しそうじゃねえかよ。

キャラクター的にも。

「兄鬼《あにき》」

「だからやめろ」

「僕が初めて鬼のお兄ちゃんと会ったとき、あの子はあなたのすぐ隣にいたじゃないか」

「そうだっけ……ああ、そういやそうだった」

「鬼と幽霊の二人組。僕のような立場の者からしても、えらく物珍しくてね——あのときもだからつい、声をかけてしまったのさ。決して道に迷ったわけではなく」

「…………」

それはどうも嘘《うそ》っぽい。

表情からはまったく真偽が読めないけれど、しかし案外嘘のつけない子なのかもしれなかった。

その辺。

八九寺と好対照だ。

「しかし幽霊の忘れ物か。本当の本当に珍しいね。……そもそもあの子はどういう経緯で幽霊になったんだい？」

「さあね」

知ってはいるけれど、一応はぐらかしておく。

はぐらかしの暦《こよみ》くん。

話し出して込み入るような話でもないけれど、でもまあ、一応八九寺のプライベート……どころか、もっと深刻なアイデンティティにかかわってくるところである。

八九寺と同じく怪異である斧乃木ちゃんになら話してもいい気はするけれど、反面、だからこそ慎重であるべきだとも思う。


「僕も元は人間なんだよ」

「え？」

斧乃木ちゃんの不意の言葉に、僕は虚を突かれたような気分になる。不意の言葉と言うより、それは突然の告白のようだった。

「そんなに驚くことはないだろう。あなただって元は人間なんだろう？　いや——お姉ちゃんに言わせれば、今も人間なんだっけ」

「さてな。その辺は曖昧《あいまい》だが……そういや、その辺は、こないだははっきりしなかったけれど、斧乃木ちゃん。きみって何の怪異なわけ？」

「何と訊かれても困るな。お姉ちゃんが独自に作り出した、オリジナル要素が相当に強い式神だからさ、僕は——とは言え基礎としては、一応、憑藻神《つくもがみ》ということになっている」

「つくもがみ？　って、あれか——道具を百年続けて使ったら魂を持つとか、百年を目前に捨てちゃったから持ち主を恨むとか、そういう奴か……、違ったっけ？」

「大体あってるよ」

　僕のうろ覚え知識に、斧乃木ちゃんは頷いた。

「ただし僕は人間の憑藻神なんだけどね」

「え？」

「百年使われた人間の憑藻神……いや、死体の憑藻神という感じかな。まあこれは、お姉ちゃんには秘密にしろと言われていることだけれど」

　誰かにバラしたらそいつを殺さなくちゃならなくなるからってさ――と、物騒《ぶっそう》なことを言う斧乃木ちゃん。

　いや物騒っていうか。

　てめえなんて情報を僕に流してくれるんだ。

　何か恨みでもあるのか。

　忍の恨みを僕で晴らすな。

　アイス返せ。

「え。じゃあ斧乃木ちゃんって、子供に見えて百歳越えてるってこと？」

「まさか。僕はそんな後期高齢者じゃない」

　斧乃木ちゃんは首を振る。

　さすが忍を老婆《ろうば》扱いするだけあって、年齢に関しては独特のこだわりがあるらしい。

「僕の人生って奴は、お姉ちゃんに生き返らせてもらったところから始まってるんだ」

「生き返らせて――？」

「だから僕は一度死んでるんだよ。死んで、生き返ったんだ。まあ陰陽師は反魂《はんごん》の術とかに長《た》けているからね――ちなみに鬼のお兄ちゃん。僕とあなたの違いって、そういう意味では、果たしてどこにあるかわかる？　いや、八九寺という、その幽霊の子もそうだけどさ」

「違い？　違いって言うなら……全然違うと思うけれど」

　吸血鬼。

　幽霊（自縛霊→浮遊霊）。

　式神。

怪異というくくりでは確かに一まとめかもしれないけれど、そんなものは部類で言えば哺乳類とか……いや、もっと大雑把《おおざっぱ》な、脊椎《せきつい》動物というくくり同様な気もする。

　共通点が、むしろあるのかという感じだ。

「共通点はあるだろう。元人間という共通点が」

「ああ……なるほど。でも、そうくくってしまうと、今度は違いがなくなってしまうと思うけれど。僕も八九寺も斧乃木ちゃんも、三人とも元人間で、そして一度死んでいる――」

「その死にかたが違うと言っているのさ。鬼のお兄ちゃんの場合は、不死身だ。死ぬと同時に不死身になったんだよ。つまり厳密に言えば、これは死んでいない」

　不死身。

　死がない。

　だから死なない。

「つまり、鬼のお兄ちゃんや、あの吸血鬼の場合は、死んで生き返っているんじゃなくて、死なずに生き続けているというのが正しいんだ」

「ふむ……」

　まあ。

　言い方の問題だとは思うけれど、そういうことになるんだろうか。

「対して僕は死んでいる。本当に死んでいる。そして死んだあとに生き返っている。ただしこれは元のままの命、元のままの人生とは大分違う。生き返るというより、生まれ変わるというほうが、正しいんだと思う」

「生まれ変わり」

「そう。元の記憶を引き継ぐわけでもないしね――存在としてまったくの別物になってしまうというわけさ」

　そしてあの女の子の幽霊の場合は、と。

　斧乃木ちゃんは八九寺のリュックサックに目をやりながら続けた。

「生き返っていない――死んで、生き返ることなく、死んだままだ。それが幽霊ということなんだろう。生き続けてもいないし、生まれ変わってもいない――強いて言うなら死に続けている」

「…………」

「ねえ、鬼のお兄ちゃん。こうしてみると、誰が一番幸せなんだと思う？　いや、三人とも、それぞれそれなりに運のいいほうだと思うんだよ――ラッキーだと思うんだよ。普通は死んだらそれまでだもんね。死んでも、その後も意識を保ち続けられるというのは、幸運と言ってもいいんだと思う」

「……一概《いちがい》に、そんなの言えないんじゃないのか？」

斧乃木ちゃんからの質問に。

僕は――答えることができない。

誰が一番幸せなのかという問いかけについてもそうだけれど――そもそも。

それを本当に幸運と言ってもいいのかどうか。

わからない。

だって僕は、そのせいで春休み、地獄のような体験をしたのではなかっただろうか――それに八九寺だって、彷徨《さまよ》い続ける十数年間を、体験することになったのではなかっただろうか。

そして斧乃木ちゃんにしたって。

そんなことを僕に訊く時点で、どう考えても、自分を幸せだとは思ってはいまい。

むしろ。

「自分がなんのために生まれてきたのかって、考えたことある？」

僕が答えないのを受けて――

斧乃木ちゃんは更に質問を重ねた。

遠慮《えんりょ》するどころか。

畳《たた》み掛《か》ける。

まるで僕を責めているかのようだった――いや、本当に何か、僕に恨みでもあるかのような詰問《きつもん》状態である。

なぜだ。

彼女は僕の、何を恨む。

「……中学生くらいのときに、そういうことはよく考えたぜ。答なんか出なかったけどな」

「僕は生まれたときからずっと考えている。正確には死んだときから？　いや、生まれ変わったときからずっと考えてる。何か意味があるんじゃないかってね——そうでなければ、ここにいちゃあ駄目な気がするんだ」

「…………」

怪異、だから。

怪しくて異なるものだから。

怪異にはそれに相応しい理由がある——というのは、確か、忍野メメの言葉だったっけ。

人が生まれたことに理由はなくとも、怪異が生まれることには理由がある……。

「それも正確には死んだ意味なのかな……ひょっとするとあなたなら、答えられるかとも思ったけれど。お姉ちゃん相手に、随分《ずいぶん》と格好いい啖呵《たんか》を切っていたらしいし」

「いや……そんなこと、僕には答えられないし」

僕は、言葉を選びながら言う。

僕の隣で、アイスを食べつつ無表情で悩ましいことを訊いてくる、怪異に対して言う。

「八九寺にだって、答えられないと思うぜ。もしもそういう意味で、あいつが幽霊になった経緯を、僕に訊いたんだったらだけど」

「もちろんそういう意味で訊いた」

「あいつはなりたくて幽霊になったわけじゃないし、僕だってなりたくて吸血鬼になったわけじゃないからな。そうただ、なるべくしてなった、それだけのことだ」

「そんなのは僕も同じだ」

「いやいや。さっきの話だと、斧乃木ちゃんの場合は、影縫さんの確固たる意志が、そこにはあったわけだろう」

「お姉ちゃんの……」

「なるべくして……じゃなく、成り行きじゃなく、そこに確固たる意志があって。もっともそれがどういう意志だったのかは、僕には想像もつかないけれど。……大体、不死身の怪異を専門とするゴーストバスターが、反魂の術なんて使っていいのかよって思うし」

どうして不死身の怪異を専門としているのかと訊けば、彼女は『やり過ぎるということがないから』と答えるらしいけれど──(それでもやり過ぎだったと思うけれど)──その割に、使役する式神であるところの斧乃木ちゃんが、死を経験しているというのは──

「……反魂の術の場合は、不死身の怪異じゃないって解釈なのかな。恣意的《しいてき》っつーか、都合がいい解釈という気がするけれど」

「だから言ったろう。死んだ人間が生き返ることを、決して不死身とは言わないんだよ、鬼のお兄ちゃん」

だから僕は知りたいんだ。

僕が生き返った意味を。

生まれ変わった意味を。

「お姉ちゃんはどうして僕を──生き返らせたのか」

「……僕には答えられないけれど、でも、そこにどんな意味があり、どんな理由があったところで、きっと納得《なっとく》はできないと思うぜ」

僕は言う。

正解なんてわからない問いに対して、まあせめて──誠実な答を。

誠実に言う。

「生命に対するクエスチョンに、納得の行く答なんかないさ。生きるってことは、理不尽《りふじん》なことばっかりなんだから」

別に怪異にならなくてもそうだ。

普通に生きているだけで、不条理で。

わけがわからないのが世界ってものだ。

「かもしれない。理不尽で不条理なのが、確かに世界なのかもしれない。でも、だとしたら、そんな世界で、死んでまで、生まれ変わってまで生き続けなければならない必然性って……未練以外に何かあるのかな」

そう思うんだ。

斧乃木ちゃんはアイスをすっかり食べ終わり——それでも味を確認し続けるように、木の棒を嚙《か》み続ける。

行儀が悪く、子供っぽく。

また相変わらず無表情だが。

しかしその行為は、イライラしていることを示すものにも見えた。

「まるで、終わったはずのシリーズがいつまでもだらだら続くみたいな、最終回は確かもう見たはずなのに二期があるみたいな、そんな印象だよ」

「それは一体何についての言及だ……？」

なぜそこまで自分を攻撃する必要がある。

シーズン2ってことで、いいじゃないか。

「奇麗に決着がついて終わったはずのドラマの続きなんて見るに耐えないと、鬼のお兄ちゃんはそうは思わないのかい？」

「思わないのかいって言われてもな……」

答えにくい質問だ。

いや、色んな意味でな。

「有終の美を飾るべきか晩節を汚すべきかって問いなら、そりゃあ前者のほうがいいんだろうけれど、しかしそれはそれで勝手な意見という気もするしな。少なくとも僕に限って言えば、吸血鬼になってから後に、いいことがまったくなかったわけではないんだし」

いや。

むしろいいことはたくさんあった。

春休み以降の人生がなかったらという想像は、ちょっと考えるだけでも恐ろしい——それはなんと寂しい人生だったろう。

戦場《せんじょう》ヶ原《はら》や神原と仲良くなったのは、吸血鬼になって以降のことだし——千石《せんごく》と再会することも、もしも春休みに死んでいたら、できなかった。

それに。

八九寺と知り合うことだって——

「じゃあつまり、八九寺って子は、鬼のお兄ちゃんと知り合うために、幽霊になったってことになるのかな」

「いや、それは全然違うけれど……なんでそうなるんだよ。あいつは、あいつなりの理由があって、道に迷って、現世に迷っていたんだ——その理由っていうか、目的って奴は、三ヵ月以上前に、もう既に果たされたんだけれど……」

「そうなの？　じゃあどうしてなお、彼女は幽霊であり続けているんだい？　何の理由も、未練さえもないのに」

「さあ……」

その辺は知らない。

本人もわかっていない風だ。

あるいはとぼけているのかもしれないけれど。

「僕の大好きな委員長がな、そういや言っていたことがあるぜ。なんだったか、何の機会だったか……人に限らず、あらゆる生命が生まれてきた理由っていうのは、誰かが、あるいは何かが、切実に望んだ結果なんだって」

「望んだ——結果」

「どんなものでも、最初はそこに『あって欲しい』という気持ちが、それを生んだんだって——だから生まれてきたくなかったとか、そういう風にありたくなかったとか、そんなことを言うのは筋違いなんだって。もしも自分が望んだ結果でなくとも、それがそこに、そういう風にあることによって、誰かの望みは叶ってるんだって」

春休みだろうか。

それともゴールデンウィークだろうか。

あるいは文化祭の後だったかもしれない。

羽川翼《はねかわつばさ》は——そんなことを言っていた。

「クルマが道を走っているのは、クルマという存在にあって欲しいという誰かの願いがあったように──飛行機が空を飛んでいるのは、空を飛びたい誰かの望みがあったように」

斧乃木ちゃんがいるのは、斧乃木ちゃんに生き返って欲しいと望んだ暴力陰陽師がいたからである。なるべくして、成り行きでとは言ったものの、そういう意味では僕が吸血鬼になったことも──そう望んだ誰かさんがいたからだ。

そして八九寺は──八九寺は？

八九寺は……どうなんだろう。

あいつが蝸牛《かたつむり》に迷ったのは──あいつ自身の願いだったとしても。

今あんな風にあるのは──果たして誰の望みが──叶った結果なのか──やっぱり八九寺自身ということなのか……？

それとも。

あるいは。

「……なんだか偽善臭くていやっすね」

斧乃木ちゃんは、やっぱり納得行ってない風だった。どれくらい納得行ってないかというと、思わず口調が砕けてしまうくらい。

っすね、とか言うな。

少女が。

「偽善臭いって言うより説教くさいっす。なんかいかにも委員長が言いそうっす。その人一生委員長してたらいいんじゃないっすか？」

「口調を戻せ。誰だよ」

「どんな何も、誰かの望みの結果、ね──まあ、そうなのかもしれないや。戦争だって、誰かが望んで起きているんだよね。お姉ちゃんみたいなバトルマニアってことでもなく、誰かは得をしている。そういうことでしょう？」

「まあ……嫌な感じに言うと、そんな感じだ」

「そのリュックサックの子もそうなんだ」

「いや──」

僕は正直に答える。

さっき思ったことを。

「——それはわからない。でも、その論にのっとっていうなら、誰かが望んだ結果のはずなんだ。怪異であろうと、幽霊であろうと、誰も望まないものは、生まれない」

「ふうん」

やっぱり偽善っぽいや、と言って。

「じゃあ鬼のお兄ちゃん。その子に今度会ったら、僕の代わりに訊いておいてよ。リュックサックを届けるときでも、部屋デートをするときでもいいけれど」

「訊いておいてよって……何を?」

「決まっているじゃないか」

斧乃木ちゃんは立ち上がって、

「幽霊になって、幸せかどうか」

と。

まるでそこに、彼女をアップで抜いているカメラがあるかのごとく——キメ顔で、そう言った。

無表情なんだけども。

003

結局、僕は八九寺を見つけることはできなかった。

結局最後には道を訊いてきた斧乃木ちゃんと別れたあとも(その後、『甘いものを食べた後はしょっぱいものを食べたくなるよね』という彼女の言を受け、同じ商店で煎餅《せんべい》をおみやげに持たせてあげることになった。なんとも金のかかる童女である)、あっちこっちを捜索してみたのだけれど、あのツインテールのさきっぽさえも、僕は捉《とら》えることができなかった。

もう帰ってしまったということらしい。

いや——帰ったという言い方は違うのか、彼女には帰る場所も、帰る道もないのだから。

ならば単に行ったというべきか。

あるいは去った、か。

もっとも露骨には、消えた——なのか。

それを思うと、僕は悲しくなる。

どうしようもなく悲しくなる。

斧乃木ちゃんにああも問い詰められるまでもなく、それはいつも、いつだって考えていることではあった。

どんなに気丈《きじょう》に振る舞《ふま》い、どんなに陽気にお喋りしたところで、そんな感情はどこか一方通行で、すれ違ってさえおらず、八九寺真宵という既に生きていないあの子は、悲劇にまみれている。

いや、なんと言っても。

死んでいるというのはキツいものがある。

死んでいるという壁《かべ》は、分厚く高い。

たとえば僕は春休み、吸血鬼に血を吸われて人間ではなくなり、馬鹿みたいなパワーを得て、太陽と十字架《じゅうじか》に馬鹿みたいに弱くなったりして、そして今もってなお馬鹿みたいにその後遺症《こういしょう》を残す身体で、馬鹿みたいに怪異にかかわり続けている——それはまあ、決して幸福なことではないだろう。

幸せかどうかを問われたら、うんとは言えない。

そりゃあこの身体のお陰《かげ》で助かったことはあるし、ぶっちゃけその後遺症を色々と便利に使わせてもらってはいるけれど——不幸は不幸だ。

斧乃木ちゃんには見栄《みえ》を張ったところもあり、あんなことを言ったけれど、いいことも確かにあったけれど、しかし不幸そのものが反転して、幸福となるなんてことは決してない——災《わざわ》い転じて福とはならない。

人間をやめる悲しさを。

僕は誰よりも知っている。

しかしそれでも、後遺症があろうがどうしようが、半不死身だろうがどうだろうが——僕には身体があるのだ。

肉体がある。

しかし八九寺にはそれがない。

肉体はなく、精神もなく——心があるかどうかも怪《あや》しいものだ。

強いて言うなら影である。

そう。

あるのは——怪しさだけで、だから異なっていて。

怪異なのである。

生きている怪異ではなく——死んでいる怪異。

僕と戦場ヶ原が付き合い始めたあの母の日に、忍野の奇策によって彼女はある種の呪《のろ》いからは解き放たれたけれど、しかし、だからと言って今の状態が正しいとは思えない。

もっとも、じゃあどう思えばいいのかと言えば、それもわからない。

全然わからない。

幽霊にとって成仏《じょうぶつ》することが、必ずしも幸せというわけではないだろう——よくわからないけれど、それは結婚とか就職とかと似たようなもので、通過点や必然と誰しも思っているけれど、意外とそういうわけでもないのではなかろうか。

さまよって悪いとは限らない。

時には迷子もいいものだ。

忍野みたいにいつまでもフラフラしているのがお似合いの奴だっているだろうし——僕は自分自身が半吸血鬼になってしまったからこそより強くそうなのかもしれないけれど、宗教観とはおよそ無縁《むえん》であって、そういう意味では八九寺にとって成仏することこそが幸せだとは思わない。

成仏するのが正しいあり方だなんてのは、考えようによっては非常に押し付けがましい発想だ。

むしろ今のように、さながら町の守り神のようにあり続けるのも、ひとつの幸せの形じゃないのかと考えもする。

正しさを主張する意味はないし、正しさを主張する必要もない。

少なくとも今の彼女は、楽しそうには。

幸せそうには見えるのだから。

……そしてこんなことを考えても無意味であることも、実はわかっている。

僕がどう考え、何を思い。

そして何を知っていようとも、そんなことは関係ないのだ。

遠慮やレトリックで言っているのではなく、これはマジに本気で関係ない。

要するに何が大事なのかと言えば、八九寺の気持ちである——彼女が今、自分のことをどう考え、どう感じているのかだけが肝要《かんよう》であり、僕や、あるいは彼女を憎からず思っている羽川あたりの気持ちさえ、どうでもいいと言えばどうでもいい。

悲しいほどに。

どうでもいい。

地縛霊ならぬ浮遊霊としてあり続け、適当に、道々話しかけてくれる奴を相手にお喋りをすることが楽しいと、あいつが感じてくれているのなら——それでいい。


嘴《くちばし》を挟《はさ》むべきじゃない。

こないだ一戦交えた専門家、斧乃木ちゃんの『お姉ちゃん』、影縫余弦さんは、いわゆる『正義』の体現者で、吸血鬼のような『不死身の怪異』を敵視していて——『それ』を間違っていると、正面から断罪していた。

あれはあれでありだ。

向き合っているときはとてもそうは思えなかったけれど、冷静になってみれば、言いたいことはわかる。

斧乃木ちゃんが可愛いからそう思うのではなく、本当に心からそう思う。

否《いや》が応《おう》でも。

理解できるシンプルさだ。

極端な理詰めや、極端な感情論に、あんまり深い意味は生じない——人の行動原理を突き詰めるところまで突き詰めていけば、『いいものはいい』、『駄目なものは駄目』が、回答である。

少なくとも僕は、半分不死身のこの身体を哀れんで欲しいとは思わないし、まして同情して欲しいとも思わない。

僕を悲しんでいいのは僕だけだ。

だからもしも、影縫さんや、あるいは忍野のようなテクノクラートが僕の前に現れて、あるいはもっとわかりやすい極端な例として、神様って奴が僕の前に現れて、『あなたを真《ま》っ当《とう》な人間に戻してあげましょう』と言ったとしても——僕は黙って首を振るだけだろう。気持ちだけもらっておくという奴だ。もっと本音を言えば、有難迷惑でさえある。

僕の歩む道は僕が決めた。

一生背負い、一生歩む。

神様にだって口を挟ませない。

だから——八九寺のことだって、そうなのだ。

もちろんあいつが僕に、現状からの変化を訴えてくれれば別だけれど——あいつが何をどう考えているのか、僕には本当に、全然わからないのだ。

なんのことはない。

楽しくお喋りして、面白いトークを交わしていながらも、僕はあいつと、ちっともわかりあえちゃいないのだ。

一番大事なことを訊けずにいる。

斧乃木ちゃんに頼まれた質問もきっと訊けないだろうし——あいつには何も訊けない。

あいつは僕に何も教えてくれないから。

お前はどうしたいのか。

お前の気持ちはどこにあるのか。

お前は僕に、して欲しいことは何もないのか——こんなに教えて欲しいのに訊けずにいる。

お前の望みを、僕は叶えてやりたいのに——

「だったら叶えてやればよかろう。何を悩んどる振りをしとるんじゃこのボケ。いつまで思春期なんじゃ、お前様は」

「…………」

夕飯を食べ終えてから部屋に戻り、色々と考えているうちに、気がつけば夜半と言っていい時間帯になっていて、そして気がつけば僕の正面に、金髪の吸血鬼幼女が、周囲が暗くなったら自動的に点灯するセンサー付きの電灯《でんとう》のごとく、現れていた。

なんか勝手気ままますぎないか。

初期の無口、無動作キャラが、もはや微塵《みじん》も残っていない。

「ったく、見ておれんかったぞ。昼間っから迷子の少女を自宅に連れ込んで、ちゅっちゅちゅちゅっちゅしよってからに」

「その懐かしい表現をやめろ」

「おっと、すまんすまん。ついつい、江戸時代の癖が出てしもうたわ」

「そこまで懐かしくはない」

「徳川家継《とくがわいえつぐ》の物真似《ものまね》、見たいか？」

「誰だよ。七代目将軍なんか知らねえよ」

「知っとるではないか」

まあね。

これでも受験生さんである。

『おいおい、それじゃあほとんど生類憐《しょうるいあわ》れみの令だよ！』」

「なに？　その人、おじいちゃんネタとかで一世を風靡《ふうび》してたの？」

あんまり適当なことを言うなよ。

大体、時代が合っていない気がする……この金髪幼女、即ち元キスショット・アセロラオリオン・ハートアンダーブレードであるところの忍野忍が日本にいたのは、照らし合わせてみれば家継の時代よりももう少し前じゃないのだろうか？

「いや、海外で聞いたのじゃよ。家継の噂《うわさ》は、もうどっかんどっかん伝わってきとったからの」

「そんな面白い人だったのかな……？」

鎖国《さこく》してたはずだろ。

長崎から伝来したのだろうか？

「お前、誰も知らないからってあんま適当なこと言うなよ。受験に向けた僕の日本史知識が、大いに乱れるだろうが」

「まあまあ、本当のことを言うと、家継のことは知らん」

「知らんのかい」

「家継の物真似は、名古屋城で聴いたナレーションの声質を参考にしたのじゃ」

「…………」

それはつまり、春休み以前、この町に来る前に名古屋城を観光していたということなのか、こいつは……。

満喫してんじゃねーよ。

そしてよくわからないけれど、蹴《け》ったマシンだったりドアラだったり、なんだかことあるごとに名古屋がピックアップされるな、このシリーズ。

そのうちやっとかめとか言い出すぞ。

マウンテンのいちごスパを食い出すぞ。

「とにかく、我があるじ様の気の多さは目を覆《おお》いたくなるものがあると、儂《わし》は言っておるのじゃ。ヶ原《がはら》さんのこともしかり、バサ姉《ねえ》のこともしかり」

「吸血鬼のお前があいつらのこと、ヶ原さんとかバサ姉とか言うなよ」

人間世界に馴染《なじ》み過ぎだ。

つーかバサ姉なんて呼称は、原作にはない。

クロスオーバーはほどほどに。

「あれ？　ってことはお前、昼間、八九寺がこの部屋に来たときって、起きてたの？」

「半分寝ておったが、お前様のテンションがあまりに高かったために、残りの半分は起きておった。まあ、つまり閉眼《へいがん》片足立ちみたいなもんじゃな」

「お前、僕の影の中で体力測定してんじゃねえよ」

どんなスポーツジムだ。

しかしまあ、僕と、僕の影を通じてペアリングされているところの忍野忍は、テンション——より正確に言うならコンディションが通じるところがあるので、八九寺が家にいるというありえない状況やらなんやかやで僕がはしゃいでいたら、もう精神的には遠足前夜みたいな感じで、なかなかそうそう、眠れたものではないだろう。

そういう意味では吸血鬼に昼夜逆転、とは言わないまでも不規則な生活を強いているようで、実に申し訳なく思う。

謝らないけど。

もっとも、ここで言及しないところを見ると、八九寺を追いかけて外に出た後、そして斧乃木ちゃんとアイスデートをしていた頃には、さすがに眠っていたということになるのだろう。

そのことには胸を撫で下ろす。

忍と斧乃木ちゃんは犬猿の仲というか、斧乃木ちゃんが忍に対してトラウマを抱いているように、忍は斧乃木ちゃんに対して、並々ならぬ不快感を抱いているところがあるからな。

八つ当たりをされたら敵《かな》わない。

……つーか、一度戦った相手とあっという間に和《わ》気藹々《きあいあい》としてしまう、僕の癖はなんとかしたほうがいいような気もしてきた。

それを言うなら、他ならぬ忍相手にしても、そうなのだけれども。

「まあまあ、片足立ちというのは冗談なのじゃが、閉眼というのはあながち嘘ではないぞ。言ったろ？目を覆いたくなるような有様《ありさま》じゃったと」

「まあ……」

少女相手にうっほほーいとはしゃいでいる『あるじ様』という図は、残念ながらとてもリスペクトはできたものではないだろう。

「特に、無防備《むぼうび》にお前様のベッドで寝てしまいおったあの小娘に指一本触れんチキンぶりには心底がっかりじゃ。とっととやっちまえばよいのに」

「僕に何を期待してんだお前！」

見た目は八歳の幼女であったところで、実際は五百歳、老練にして老獪《ろうかい》の吸血鬼は、性に関しての自由度が、実は神原の比でさえないのだった。

年齢も性別もまったく関係ないのである。

家継の話はともかくとして、まあ、色んな時代を知ってるとね、自然ね。そうなるよね。

「十歳とか、全然結婚するじゃろ」

「しねーんだよ。今の日本では」

「こういうことを言うと誤解を生むかもしれんがの、種族繁栄《しゅぞくはんえい》という観点から見れば、人間、生理がくればもう結婚していいと思うのじゃ」

「お前くらいアニメ化できないキャラっていないよな」

そりゃひと言も喋れねーよ。

ドラマCD版ではボーカロイドみたいな喋り方を強要されたとも聞くが……。

「まあまあ、生理整頓はきちんとしようという話じゃよ」

「おっさんかてめえ」

面白くもねえしな。

さっさと条例で規制されろ。

お前抜きで、こっから先のシーズン2は展開するからよ。

「しかし」

と、忍は言う。

笑って。

凄惨《せいさん》に笑って。

このギャップと言うか——落差が酷い。

この笑顔はこの笑顔でアニメ化できない。

「言ってしまえばあの小娘——五百歳の儂にはさすがに及ばんとしても、見た目通りの年齢ではあるまい。あの姿はあくまで享年《きょうねん》であって、実際はお前様より年上であろう」

「まあ……」

八九寺真宵。

彼女が死んだのは十数年前である。

青信号の横断歩道でクルマに轢かれて——以降、ずっと彼女は、十年以上にわたって、ずっとずっとこの町で道に迷い続けてきて——

誕生日を聞いていないので、正確なところはわからないけれど、間違いなく二十歳は越えていて、つまり僕よりも年上のはずなのだ。

お姉さんなのだ。

「そう。じゃから現代においても、法的には何の問題もない」

「幽霊に法律もねーけどな」

それに、そんな簡単なものじゃない。

死んだ時点で年齢は固定されている。

その意味じゃあ、忍よりもずっと、固定されてて――八九寺は、不死身よりも不死身であると言うべきなのだ。

生き続けも生き返りもしておらず――死んでいるのだから、それ以上生きようも死にようもない。

吸血鬼でさえ歳《とし》を取るが――忍でさえ、五百歳だが。

八九寺は、八九寺。

永遠に十一歳のままなのである。

死んだままなのである。

「まあまあ、永遠の中二歳よりはマシなんじゃないかの？」

「そんなもんと比較するな」

何ひとつ救われねーよ。

なんだよ、中二歳って。

僕のことか？

「第一、大事なのは法律云々《うんぬん》じゃなくって、八九寺の気持ちだろう？」

「少女の婚意を真面目《まじめ》に忖度《そんたく》するでない」

「ぬう。立場が逆転したか」

「とにかくのう、儂が言いたいのはの、お前様よ。そんなことで悩んでも仕方なかろうということなんじゃ」

「え？　そんなことが言いたかったの？」

そんな話、全然してなかったじゃん。

八九寺を襲えと、煽《あお》っていただけじゃん。

いつ僕の悩みを忖度したよ、お前が。

今更《いまさら》、最初から真面目だった振りするなよ、僕が馬鹿みたいじゃないか。

「あの小娘がどうしたいのか、どうありたいのかなどと、お前様が考えても無駄なことじゃや。訊くべきでさえない」

「訊くべきでさえ」

「訊いたところで、どうにかできるわけでもあるまい。いきおい叶えてやればよいではないかと言ったものの、それが無理なことは、誰よりもお前様がよく知っておるはずじゃろう」

「…………」

「ヶ原さんのことじゃってバサ姉のことじゃって、お前様にはどうにもできなかったじゃろう。あくまであのふたりが、あのふたりで乗り越えただけの話じゃ」

「何？　お前、僕の知らないところであのふたりと友達になったの？」

馴《な》れ馴《な》れしいよ。

本当に。

羽川とはむしろ敵対関係にあったはずのお前だし、戦場ヶ原に至っては、ひと言も口を利《き》いたことがないはずだろ。

いつからそんなフレンドリーなキャラ設定になったんだよ。

「いや、それが不思議なんじゃ。あのふたりのことが、なんとなく嫌いになれん自分がおっての。おそらくお前様とペアリングされておるがゆえに、好悪《こうお》愛憎《あいぞう》についても、影響を受けておるのじゃと思う」

「ふうん……」

そんなところまで繋がっちまうのか——なんかそこまでいくと、ペアリングというより、以心伝心って感じだな。

「あの小娘をやっちまいたいという儂の気持ちも、恐らくお前様の影響じゃ」

「僕はそんないかがわしい気持ちを有してねえよ！」

人の所為《せい》にするな！

お前が勝手にサキュバスなんだよ！

「……待てよ。本当に厳密なことを言うなら、お前が僕の影に封じられペアリングされる前から、つまり春休みの段階から、僕とお前ってセット化のみされているわけだよな。で、そもそもはお前から僕へのセット化のみだったわけだ。最初はお前が僕の主人で、僕がお前の従僕《じゅうぼく》だったんだから。つまり、今、お前が僕から影響を受けているように、春休みは、僕がお前から影響を受けていた。じゃあひょっとして、僕のクールキャラが春休みから崩《くず》れたのって」

「ぎくっ」

「ぎくって言ったか、今！」

シリーズが続いたせいで、思わぬ事実が明らかになった。

引き延ばしにもいいことがある。

「まあまあ、話を戻そうではないか。あんまり雑談が多いと読者が離《はな》れるし」

「そうか？　僕はもうちょっとこの話を続けたいけれど……」

すげー大事な話な気がする。

物語の根幹《こんかん》を揺《ゆ》るがしかねないくらいに。

「しかし、あんまり雑談ばっかりしておると、またクーデターが起きるぞ。雑談をまったくせんかったバサ姉語《かた》り部《べ》、相当評判よかったらしいからの」

「うーん、そうだな……」

今回も、八九寺が語り部っていう線が、やっぱりあったらしいしな。

検討はされたらしいのだ。

ちなみにどうしてその案が採用されなかったかと言えば、まあ色々理由はあるんだけれど、優しい羽川視点と違って八九寺視点で物語を展開すると、僕の描写が酷くなるからという気遣いが大きいそうだ。

気を遣われてしまった……。

悲しくなるぜ。

「まあ、この時系列ではまだ起こっていない話はともかくとして、でも、確かにな。僕が八九寺のためにできることなんか、何にもねえ」

敵がいるわけじゃないのだ。

戦う相手がいれば、それを打倒すればいいという話になるけれど、多くの場合の現実と同じく、そんなものはいない。

　何かを倒して、誰かに勝って、それで劇的に世界が変わるなんてのは、ゲームやスポーツの中だけの話であって——現実では、そんなわかりやすいことは起きない。

　僕が——僕達が向かい合わなくてはならないのは、理不尽とか、不条理とか、そういうものでさえなく——多くの場合、ただの現実である。

　リアリティこそが敵で、戦う相手だ。

　そして、そんなものに勝てる奴はいない。

　歴史上、ひとりだっていなかった。

　誰もが現実の前では討《う》ち死《じ》にだ。

　生きることは負け戦なのだ。

「まあ、我があるじ様が最初のひとりになるつもりだと言うのならば、止めはせんが」

「いや、お前のあるじ様にそんな過度な期待をされてもな……」

「ほっとけばいいんじゃよ」

　忍は言った。

　氷のような声で。

「深く考えるな、深入りするな。儂のことや、お前様のことと同じじゃ——なるようになるし、なるようにしかならん。少なくとも他人が口を挟んでよいことではないのじゃ。儂やお前様は、それで散々《さんざん》失敗してきておるはずじゃろう——あの元委員長でさえ」

　さすがに忍は。

　ここではバサ姉とは言わなかった。

「お節介《せっかい》で痛い目を、見てきたはずじゃろう——猫なり何なりにゃ」

「にゃって言ったぞ、お前」

「何なりじゃ」

「誤植だったのか……」

『に』と『じ』を間違うってことは、つまりこの小説はエディタとかじゃなく、原稿用紙に鉛筆《えんぴつ》で書かれているのだろうか。

　どうやって電子書籍にするんだよ。

「関係ないけど、色々言われつつもいまいち定着しない電子書籍って、なんかいい感じの横文字にすればもっと世間に浸透《しんとう》すると思わねーか?」

「横文字とな。まあないわけではないじゃろうが……つまりなんじゃ、電子ブックとか、そういう半端な感じではなく、オール横文字ということじゃよな?」

「うん。若干、一昔前のライトノベルっぽい感じで、電子書籍にルビを振るんだ」

『電子書籍《プラズマタイプ》』

「かっけえ!」

超中二っぽいが。

種別《タイプ》と活字《タイプ》がかかっている辺《あた》りが特に。

『電子書籍《テキスト》』

「端的《たんてき》さがSFっぽくていいねえ」

『電子書籍《バックボード》』

「リーダーのほうに視点を置くわけか」

『電子書籍《ライトノベル》』

「あ、一番それっぽい!」


大喜利《おおぎり》に奇麗な落ちがついたところで(?)、忍は肩を竦《すく》め、

「まあ」

と言う。

切り替えが多少白々しいが。

「要するに、お前様。お前様が悩むべきことはもっと他にあるはずじゃと、この儂は言っておるわけじゃよ」

「はあ」

確かに、八九寺のことについていくら悩んでも、無駄というのは言い過ぎにしても、無為《むい》であることは確かだ。

よくわかっている。

言われるまでもなく。

しかし他に悩むべきこと?

何のことだ?

僕の人生に悩みなどない。

すべてが順調だ。

「いやいや。何を首を傾《かし》げておるのじゃ。お前様は高校生であろう。学生の本分は勉強じゃ」

「………………」

えー。

お前そんな普通のこと言うの？

いやいや、お前のどの辺が吸血鬼だったんだよ。

普通の口うるさい妹みてーになってんぞ。

火憐《かれん》と月火《つきひ》の昔を思い出すわ。

「勉強はしてるよ、ちゃんと」

僕は言った。

うるさがる兄のように。

「夏休み中、ずっと僕の影に潜《ひそ》んでいたお前が、誰よりも知っているはずだろうが。羽川と戦場ヶ原に付き添われ、僕がどれだけの受験勉強をしていたか。家継だけじゃないぜ、徳川家も源《みなもとけ》家も、血族全員言えるぜ」

「いやあ、知っておるよ？　お前様が、日本史のみならず、国語でも数学でも英語でも理科でも、随分ハッスルして勉強しておったことは。大したもんじゃと感心しておったよ？　文字通り陰ながら応援しておったしの。じゃが、お前様」

そこで一拍間《いっぱく》を置いて、忍はとても。

効果的なほど、とても端的に言った。

「夏休みの宿題、一個もやってないじゃろ」

004

「僕はのび太くんかよ！」

机の上に教科書とノートを積み上げて、やり残した、というか、ほとんどまるっきり手を付けてなかった夏休みの宿題の量を把握《はあく》したところで、僕は仰《あお》向《む》けに引っ繰り返った。

そのままのび太くんみたいに。

ちなみに今日は八月二十日。

夏休み最終日。

明日から新学期という、素晴らしく絶好のシチュエーションだ。

なんていうか状況として完璧《かんぺき》過ぎて、不謹慎《ふきんしん》だけれどもちょっと面白いくらいだった――リアルにバナナの皮で滑《すべ》った奴って、ひょっとしたらこんな気分なのかも。

ベタって大事だよな。

何にしても。

「助けて、のぶえもん！」

「なんじゃその、軽くありそうな名前」

のぶえもん、じゃなくて忍は、にやにやと微笑みつつ、いつも通りの悪過ぎる目つきで、仰向けな僕を見下していた。

こんな極悪風味のドラえもんはいない。

「しかしドラえもんって、普通に聞いたら土左衛門《どざえもん》っぽいの。青くて丸いし、ふむ、ひょっとして藤子《ふじこ》先生の発想の根幹に、モデルとしてあったのかもしれんのう」

「国民的キャラクターのモデルが、溺死体《できしたい》なわけねーだろ」

「いやいや、しかしドラえもん誕生のエピソードは有名じゃが、よくよく考えてみると若干嘘っぽくなかろうか？」

「確かにドラえもん誕生のエピソードは有名で、話がうま過ぎるとは思うけど、お前が知っているのはおかしい」

俗《ぞく》過ぎる。

いつ漫画を読んでいるんだ、こいつは。

「最近はそういうことはあんまり表立って言われなくなったけど、昔はな、漫画を読み過ぎると馬鹿になるってのが定説だったんだよ。馬鹿馬鹿しい偏見だとは思うけれどさ、しかし、お前を見てるとあながちその説も否定したもんじゃないのかもしれないって思うよ」

「えー」

「お前、春休み、もうちょっと頭良さそうだったぜ？」

「えー」

いやいや。

不満そうだけども。

でも絶対春休み、お前は「えー」なんて言うキャラじゃなかったはずだ。

違ったはずである。

「しかし馬鹿はお前様じゃろう、我があるじ様よ」

お前様と言いつつ、我があるじ様と言いつつ、忍は僕を馬鹿と言った。

不羈奔放《ふきほんぽう》な言語感覚だ。

「のび太くんかよと叫んでおったが、今時おらんぞ。夏休みの宿題を、このレベルでやり残すキャラ。ベタは大事じゃが、ベタ過ぎるじゃろ」

「いやでも、ついこないだ、ハートキャッチプリキュアであったぞ」

「高校生にもなってプリキュアを見とるから、そんな目に遭うのじゃ」

「なんだ。プリキュアに文句があるなら、僕が聞くぜ」

「お前様に文句があるからお前様が聞け」

キツいひと言だった。

いやでもマジで面白いんだよ、ハートキャッチプリキュア。

もちろん初代あってこその現代だとは言っても、誤解を恐れずに言えば、歴代プリキュアで一番面白いと言っていい。

あの番組を見るために早起きするもん。

日曜日だけは妹達に感謝するもん。

録画してるのにな。

「どんな受験生じゃ」

「いやいや、息抜きは大事だよ」

「息抜きとかいうふざけたモチベーションでテレビを見たり本を読んだりするのは、作り手に失礼ではなかろうか？」

「そんなこだわりのラーメン屋みたいなことを言い

出す作り手がいるか」

いないで欲しいなあ。

居住まいを正して受け取ってください、というクリエーター。

「深夜ラジオは受験勉強の友だなどという言説がまかり通っておるが、パーソナリティーがどれだけ真剣に仕事に取り組んでおるかを思えば、勉強しながらとか、絶対聞けんじゃろ。iPodで音楽を聴きながら仕事をします、とか、ミュージシャンにぶっ殺されるぞ。BGM？　何がバックだと。いつから自分達は貴様のバックバンドになったんだと、連中は激怒《げきど》しとるぞ」

「お前の言うことはわからんでもないけど、そんな殺伐《さつばつ》とした世の中、嫌だよ」

むしろすべての仕事は接客業、という話なのかもしれない。

「しかし、モチベーションはともかく、確かにプリキュアを見ているときに気付くべきだったな……自分が夏休みの宿題をこのレベルでやり残していることを。畜生《ちくしょう》、このままじゃコブラージャが町にやってくるぜ」

なまじ毎日、受験勉強に身をやつしていただけに、サボっている自覚がまったくなかったのだが……なんだろう、僕は基礎中の基礎をおろそかにしていたようだ。

「アニメの台詞を真《ま》に受けおって……お前様のどの辺が受験生なのじゃ。しかし、ところでお前様。よく考えてみれば、今年ってハートキャッチプリキュアが放映されとる年なのか？」

「気にするな」

そういう視点に立ってみれば、もうあっちこっち矛盾してるんだよ。

派手にな。

「神原とか大変だぜ。バスケのルールなんか、どんどん改正されるんだから。なんだよクォーター制って……こないだうかつなこと言って、戦場ヶ原に大笑いされたぜ」

「スラムダンクだけでルールを覚えとるからそんな目に遭うんじゃ」

忍は僕を慰めなかった。

「ちゅーか、どうなんじゃ。あの真面目女やツンデレ女は、その辺、教えてくれんかったんかい」

「急に呼び方が悪口じみてしまったのはどうかと思うけれど、それについては触れないとして、あいつらはなあ」

僕は言う。

そろそろ、さすがに身体を起こした。

いつまでも駄々を捏《こ》ねる風を装っていてもしょうがない、そろそろ現実と向き合うとしよう。

現実と戦おう。

僕はもう十八歳。

大人なのだから。

大人は駄々を捏ねない。

「あいつらは夏休みが始まる前に夏休みの宿題を終わらしてしまう奴らだからなあ」

「それもどうかと思うがのう」

やれやれとばかりに、忍。

僕はそんなお前をどうかと思う。

俗化が激し過ぎる。

「つまり当然のこと、僕も同じように、夏休みに入る前に宿題なんて終わらせていると思っていたんだろうな……」

「ん？」

「ふうん。よし、ナイスアイディアがあるぞ、お前様」

「はっはっは。お前様のピンチを黙って見過ごす儂だと思っておるのか」

最終日のぎりぎりまで、僕が宿題を積み残していることを知っていて教えてくれなかった——多分確信犯&愉快犯的な意味合いで——きっとこの際どいタイミングを待ち構えていた——忍は、偉そうにふんぞり返った。

反《そ》り返ったことにより、ぺったんこの胸が、更にぺったんこに見える。

「ミスタードーナツをたらふく食わせてくれるなら、教えてやらんでもないぞ」

「お前、いつからそれを狙《ねら》ってた」

交渉《こうしょう》の仕方があざと過ぎる。

もっともこっちに抵抗の余地はないが。

「いいよ。それでいいなら教えてくれ」

「真面目女かツンデレ女、あのどちらかに写させてもらえばよかろう」

「…………」

ナイスアイディアと言う割に、潮干狩《しおひが》りができそうなほどに浅い発想だった。

水がくるぶしまでもない。

「なんじゃ、その顔。そのふたりは宿題をとうに終えておると、今お前様が言ったではないか」

「言ったけどさ」

「じゃからその、お前様に惚《ほ》れておる女どもの純粋な好意を逆手《さかて》にとって付け込んで、お願いすればよいのじゃよ」

「嫌な言い方すんな！」

どんな悪辣非道《あくらつひどう》な僕だよ。

ありえないだろ。

「と言うか、その案は却下だ」

「なぜじゃ」

「そのふたりは、絶対に写させてくれないからだ」

羽川は言うまでもなく生真面目《きまじめ》さんだから、お願いしたところで『自分のことは自分でやりなさい』と怒られるだけだろうし、戦場ヶ原は、まあ頼めば写させてくれるのかもしれないけれど、あいつはあいつで折角《せっかく》更生したところなのだから、変な刺激をしたくない。

何キッカケで『昔のあいつ』に戻るかわかったもんじゃないのだ。

「『なんだよ……それじゃあまるで、昔のお前じゃないか』という台詞を、僕は言いたくないんだ」

「そんなベタな台詞を言いたくないのなら、それはなんじゃ、お前様が我慢《がまん》すればそれで済む話なのではなかろうか？」

羽川や戦場ヶ原の『怖さ』をいまいち理解していない風の忍は、僕の言うことがよくわからないらしかったけれど、よくわからないなりに理解はしてくれたようで、

「ならば」

と言う。

「他の友達に写させてもらえばよかろ」

「………………」

酷いことを言う。

そんな残酷《ざんこく》な子に育てた憶えはない。

「お前、他の友達とか信じてんのかよ。いくつだよ」

「五百歳じゃが」

友達をサンタクロースみたいに言われてものう、と言う忍。

サンタクロースのモデルはキリスト教の聖ニコラスなので、彼女はその名を口にするだけで浄化《じょうか》されてしまいかねないのだが、しかしそんな決まりごと、どこ吹く風である。

「うん？　しかし、そう言えばお前、五百歳五百歳言ってるけれど、ぴったり五百歳なのか？　そんなことないんだろ？」

「うむ。この歳になると細かい歳の差など気にならんからの。ざっくり言っておる」

「だよな。で、正確には何歳なんだ？」

「正確には五百九十八歳と十一ヵ月じゃ」

「サバ読み過ぎだろ！」

ざっくり六百歳と言え！

若作りすんな！

つーかふざけんな！

「その歳なら、お前、やっぱそこそこの知力はあるはずだろ。僕の宿題、お前が代わりにやってくれねーか？　いや、全部と言わずとも、一部だけでも。そうすれば、ミスタードーナツ、たらふくとまではいかないけれど、セールの時期を狙ってある程度は

ご馳走《ちそう》してやるからさ」

「あいにく儂の知力は日本の画一的な学習制度には対応しておらん」

「上から……」

高々度から。

性格が丸くなっているんだか悪くなっているんだか、全然わからん。

「じゃあどういう学習制度に対応しているんだよ」

「ネギを首に巻けば、風邪《かぜ》が治るぞ」

おばあちゃんの知恵袋《ちえぶくろ》じゃねえか。

後期高齢者扱いされることを、非実在青少年扱いされることと同じくらい嫌う忍相手に、できる突っ込みではないけれど。

元貴族だからプライド高いんだよなー。

高貴高齢者って感じ。

「何か無礼なことを思ったかの？」

「いえ全然」

「とにかく儂は宿題など手伝えん」

忍は言う。

威張《いば》って。

威張るな。

「六百年間も生きてきて、何をしていたんだお前は。何も学んでこなかったのか」

「人間、生きとるだけで勉強じゃ」

「吸血鬼だろうが」

人間が六百年も生きられるか。

「いやいや、別に意地悪を言ったわけではなくな。他に友達はおるじゃろう。ほれ、あの前髪娘とか、猿女とか」

「いや、千石は酷いんだよ。あいつはマジでありえないんだよ」

夏休み、何度かあいつと遊ぶ機会があったので、そのときにそんな話になったことがある。僕はそのときは、自分ではちゃんとやってるような気でいたので（勘違い）、それはそれで上からな感じで「千石。お前、ちゃんと宿題やってんのか？」と訊いたのだった。

「ほほう。それで答は?」

「『え? 暦お兄ちゃん、どうしてせっかくの楽しい夏休みに、宿題みたいな大変なことをしなくちゃいけないの?』」

「……………」

「そう。あいつには最初からやる気がないみたいだった」

「……大物じゃのう」

「『夏休み明けに、撫子《なでこ》が怒られたら済む話だよ』だってさ」

「そりゃ怒られるじゃろ。何を誰かを庇《かば》っとるような口ぶりで言っとるんじゃ」

「『勉強はしたいときにすればいいんだよ』」

「だから何でそんな自堕落《じだらく》なことを、いいこと言ってる風に……」

あとお前様の物真似が思いのほか似とって、結構不愉快じゃ、と忍は言った。

思わぬ飛び火である。

「最近わかってきたけど、千石って大人しくて物静かなだけで、真面目なわけでも賢《かしこ》いわけでも、そしていい子なわけでもないんだよな」

「うーむ」

「あいつのノートとか、もういっそ笑うけどな。昔書道をやってたらしくって、字がすげー奇麗なんだ。どこのとめはねだよってくらいに。だけど、解答が全部間違えてんだ」

「それは笑うのう」

「本当は笑えないし、そもそも偏見《へんけん》なんだろうけどな。字が奇麗だったら頭がよさそうに見えちゃうっていうのも」

ちなみに羽川は超達筆。

書道をやってるわけでもないのに。

お前はフォントソフトかよ、と突っ込んだものである。

もうひとつちなみに、戦場ヶ原は結構悪筆。

微笑ましい。

「では猿女は」

「神原はあれで真面目だから、そりゃちゃんと宿題はやってるとは思うけれど、学年が違う」

「ああそうか」

では前髪娘が仮に宿題をやっておったとしても無意味じゃったな、と忍は言う。

五百歳、否、いまや六百歳に迫ろうという彼女にとっては、たかが数歳、たかが中学校高校の違いなど、どうやら些細なことだったらしい。

度量の広いことだ。

「えーっと、他にお前様の友達は……」

「数えないで。厳しい現実と戦いたくないから」

「いち、にい、さん」

「指折り数えないで。片手で済んじゃうから」

「ああそうじゃ。妹御《いもうとご》に手伝ってもらうという手はあるじゃろう」

「いや、あいつらも中学生なんだって」

「しかし中学生でも手伝える内容の宿題もあるじゃろう。絵日記とか」

「絵日記の宿題なんか出てねーよ」

あーでも、言うことはわからなくないな。

ありかなしかで言えば、ありだ。

火憐はともかく、月火ならば、交渉次第ではやってくれそうな気もする。あいつはお利口《りこう》さんだから、ものによっては十分戦えるだろう。

「しかしどうだ。妹に手伝ってもらうというのは、兄のプライドが許さないな」

「儂のような幼女のアイディアをアテにしとる時点で、プライドも何もあるまい」

「助けて、しのぶし殿下《でんか》！」

「そこまで文字《もじ》られてしまうと、元ネタがまったくわからん」

捻《ひね》りすぎたか。

もちろんウメ星デンカなのだが。

「ウメ星というセンスを是《ぜ》とするか非とするかで、

真の藤子ファンかどうかが試《ため》されるのう」

「お前、微妙にさっきから藤子先生に厳しいぞ」

「何を言う。儂は真のファンじゃぞ」

「確かにお前は真のファンなんだろうけれど、だとすると真のファンって嫌なファンだな」

「たまには藤子先生も乱心なさるわい」

「気遣いむかつくー！」

さておき。

僕は机の上の宿題の山に視線を戻す。

もちろん、これでも（優秀な家庭教師のお陰で）僕の学力は、それなりの成長を見せている——大袈《おおげ》裟《さ》に言えば、飛躍的な成長を見せていると言ってい い（大袈裟に言うな）。夏休みの宿題で出される程度の、いわば手加減された課題に、まるっきり対応できないということはない。

時間さえあれば、物の数ではないと言ってよかろう——そう、時間さえあれば。

その時間がない。


八月二十日、日曜日。

時計を見れば、忍と楽しく話しているうちに、既に午後十時。

残された夏休みは、たった二時間である。

何がいけなかったのだろう。

八九寺を部屋に連れ込んで遊んでいたことか。

斧乃木ちゃんとアイスデートをしたことか。

それとも今、忍と話し込んでいたことか。

というか、今日がどうとかじゃなくって、もっと遡《さかのぼ》って、貝木《かいき》と衝突したり、影縫さんと戦ってたりしたのも、よくなかったのかもしれない。

こうしてみると、学生の本分は勉強と言いながら、僕は夏休みの宿題に限らず、その本分を逸脱し続けていたような気もする。

本分を逸脱っつーか、逸脱しているのは本文なのかもしれない。

雑談ばっかりしてたのかもしれない。

読むに耐えない行　間《ぎょうかん》紙背《しはい》だったのかもしれない。

「はー。今からあの時計、急に故障して、逆向きに回らないかなー」

「回るか」

「電池を逆向きに入れたら逆に回るんじゃねーの？」

「お前様は理科の授業で何を習っておったのじゃ」

しかもその壁掛け時計はデジタルだった。

逆向きに回ったらオカルトである。

「六百年とは言わずとも、十八年でも生きとりゃそこそこ学んできたろうに」

「でもあの液晶パネルの部分、ぶっ壊せばPMはAMに変わるんじゃねーのか？」

「それで何かが解決するのであれば、そうするがよかろう」

「くそ、せめて昨日……いや、今日の朝にでも気付いていればよかったんだがな。あと二時間じゃ、手の打ちようがない」

「はっはっは。ミスタードーナツがたらふく食べられんのは残念じゃが、お前様がそうして苦しんでおる姿を見れただけで、儂はもう満足じゃわい」

「このドS幼女が……」

いや、マジでどうしよう。

千石みたいに、『僕が怒られたら済む話』というわけには、実のところ、阿良々木暦の場合はいかないのだ。

一年生、二年生だった頃の悪行《あくぎょう》三昧《ざんまい》がたたって（本当は悪行と言うほどでも三昧と言うほどでもない。羽川が勝手に誤解しているだけで、単に学校をサボりまくっていただけだ。良心に恥じるようなことは何もしていない）、教師陣営における僕の評判はすこぶる悪い。

羽川や戦場ヶ原の『イメチェン』も、僕のせいだと思われている節《ふし》があり（まあ、それはあんまり否定できない）、つまり、僕が宿題をやらないということは、職員室内での僕の信用を著《いちじる》しく下げ、今後の学校生活に大きな支障を来たしかねないのだ。

怒られたら、僕の人生が済んでしまう。

真面目な話、卒業が危うくなる。

志望大学に合格したはいいけれど、卒業はできませんでしたというのは、受験勉強の成果としてはあまりに酷いオチである。

「大学生と高校生の、二重生活になってしまうじゃないか！」

「いや、普通に大学に入学できんじゃろ」

「おいのぶえもん、タイムマシンを出してくれよ。ちょっと昨日に戻ってくるから」

「藤子先生風に文字るのはかまわんが、お前様よ、忍を『のぶ』と略すのはやめい」

忍は本当に嫌そうに言った。

忍野から与えられた例のヘルメット&ゴーグルはお気に召さなかったみたいだけれど、どうやら忍野忍という名前のほうは、そう悪《あ》しからず思っているらしい。

「じゃあ忍。タイムマシンを出してくれ」

「出せるか」

と言って、忍は。

不意に、窓の外のほうへと視線をやった。

「しかしまあ、時間移動がしたいというのならば、協力せんでもないぞ」

「え？」

「昨日に戻りたいんじゃろう？」

そして僕のほうへと視線を戻し。

いつも通りに凄惨に笑い。

至極《しごく》気軽に、ゲーム感覚で言う。

「やっちゃお」

005

二時間後——つまり夏休みがちょうど終わった八月二十一日、午前零時《れいじ》頃、僕と忍は、北白蛇《きたしらへび》神社の境内《けいだい》にいた。

北白蛇神社とは、昔、忍野の奴に頼まれて、神原と一緒に謎のお札を貼りに来た——そして千石撫子と何年ぶりかの再会を果たした——この町におけるエアポケットのような場所だそうだ。

怪異の吹《ふ》き溜《だ》まり。

そんな風にも言っていたか。

実は今に至ってなお、僕にはよくわかっていないのだけれど、とにかくそういうことだ——よくわかっていない場所ということだけは、嫌と言うほどはっきりしている。

「ま、だからこそ場には相応しいじゃろうということなのじゃ——別に、究極的なことを言えば、場所なんぞどこでもよかったんじゃが、馴染みのある場所のほうがお前様にとってよいじゃろうということでな」

「うーん。しかし、確かに馴染みはあるが、正直この神社、僕にとってあんまりいい思い出のある場所じゃあないんだけれどな……」

酷い目にあったし。

酷いこともあった。

神原と、千石と——そして。

「馴染みがせめて、幼《おさな》馴染《なじみ》であってくれたらよかったのにな」

「なにがよいのじゃ」

「幼馴染というドキドキワードを口にするだけで、もう僕レベルの人間になると、嬉しくなってしまうのさ」

「しょうもない人生じゃのう」

「しょうもなくない！」

「幼馴染という言葉は、別に同性でも普通に使うじゃろうに」

「同性の幼馴染？　なにそれ、なんか意味あるの？　そいつ、朝起こしに来てくれるの？」

「まあ、来てくれてものう……」

「例の学習塾跡じゃ駄目だったのか？」

「この間の影縫余弦、暴力陰陽師の大暴れによって、あの場所は若干霊的《れいてき》に乱れておるからのお。失敗して、五億年前とかにタイムワープしてしまうかもしれん」

「死ぬわ」

五億年って。

何紀か知らないけれど、絶対人類が生存できる環境じゃねーだろ。

「大体、タイムワープって、そんな簡単にできるもんなのか？　ノリでここまで、言われるがままについてきちゃったけれど。完全にSFの世界じゃねーか。さすがにそんなもん、是とできねーぞ」

「アホか、お前様は」

忍は言う。

本当に呆れ顔で。

「怪異があるなら時間移動もあるじゃろ」

「…………」

うーん。

あるかなあ。

「時間移動系の怪異じゃっておるしのう。えーっと、ほら、なんじゃっけ、あのがしゃどくろみたいな名前の奴」

「それはがしゃどくろじゃねえのか？」

そしてたぶんがしゃどくろは無理。

そんなタイムリーな妖怪ではなかったはずだ。

つーか見るからに違うだろ。

ガイコツだぜ、あれ。

「仮《かり》にがしゃどくろがそうだったとしても、吸血鬼はそんなこと、できないはずだろ。聞いたことがねえぞ」

「ま、確かに吸血鬼はそうではないが、しかして儂は怪異の王とまで呼ばれた、怪異殺しの怪異。やってできんことはないわ」

「そうかあ？　なんか胡散臭《うさんくさ》いぞ」

「別に嫌ならよいんじゃぞ？　儂だって、別にやりたくてやるわけじゃない。お前様が昨日に戻りたいと泣いて頼むから、面白半分で試してみようというだけのことじゃ」

「…………」

いや、別に僕は、そこまで真剣に昨日に戻りたいわけじゃないんだけれど。

戻りたいかどうかで言えば、そりゃ断然戻りたいが、しかし戻れると思って頼んだわけでもない。泣いてもいない。そもそもタイムワープとか……どうせ忍のハッタリだろ？

なんとなく言っちゃって、後に引けなくなっただけだろ？

今、実はお前が泣きそうなんだろ？

きっと最終的には幻覚とかで誤魔化《ごまか》すつもりに違いない、と思いつつ、ここまで口を出さずにきたのだが……忍は忍で、悪びれるつもりがまったくなく、むしろ着々と準備を進めているし。

暗闇《くらやみ》の中、彼女は鳥居《とりい》の周囲を、何やら検分しているのだった。

それこそお札を貼ったり、縄《なわ》を打ったりするわけでもなく、ただただ手探りで、古典推理小説の名探偵が事件現場をそうするように、検分しているだけなのだが——そこになんだか、物々《ものもの》しい雰囲気を感じてしまうことも、また事実である。

嘘つけと思いつつも。

万が一の可能性を、少しだけ考えてしまう——けどなあ。

時間を移動するっていうのは、空を飛ぶとか、信じられない速度で走るとか、地球をも砕《くだ》きかねないパンチ力とか、そういうのとは全然話のレベルが違うと思うんだけど。

「同じじゃよ」

忍は僕の心を読んだように——いや実際、影を通じて繋がっているので、ある程度の読心は、彼女のほうからは可能なのだ——検分の手を止めることなく、言った。

「莫大《ばくだい》なエネルギーがあれば、時間移動は可能じゃ。それは理論上、現代の科学でも保証されておる」

「いやいや、それは現代から未来への移動に限っての話だろ？　過去に戻るってのは、理論上不可能のはずじゃあ」

「未来も過去も同じようなもんじゃろうが」

「…………」

長生きしてると言うことが違うよなあ。

そんなわけがないだろうと思いつつも、しかし、そうも自信たっぷりに断言されてしまうと、どうにも反論しにくい。

「歳を取ると昨日と明日の区別がつかなくなると言うしな」

「それはな、三十代以降に起こる割と深刻な症状なんだよ」

「よし。まあこの鳥居でよかろう」

と、忍は僕を振り向いた。

いや、よかろうと言っても、別に、さっきと変わらず、鳥居に何か仕掛けを打ったという風にも見えないけれど——そこにあるのはあくまでもただの、朽《く》ちた鳥居である。

ほとんど人間状態の僕でも、蹴ればそれで折れてしまいそうな頼りない鳥居——なんて比喩は、さすがに罰当たりなんだけれど。

しかし罰を当てる神様さえ、この神社にはいない気がする。すくなくとも僕が神様だったなら、こんな放置された神社からは、さっさと撤退する。

「僕が神様だったならという発想も、いい加減人間離れしておるがのう」

「いや、ある程度は仕方ないけれど、忍、勝手気ままに僕の心を読むな。迂闊《うかつ》にエロい妄想《もうそう》もできないだろうが」

「迂闊にエロい妄想をするな」

「あー、駄目だ。するなと言われるとむしろ思考がそっちに傾いてしまう。ワンピースのざっくりした肩口から覗《のぞ》くお前の鎖骨《さこつ》で想像の翼が広がりまくりだ」

「まあそれくらいならよいがのう」

「…………」

エロに寛容《かんよう》な幼女というのは、需要《じゅよう》はあるのだろうか？

仮に需要があったとしても、まあ、供給しないほうがいいとは思うけれど。

「幼女と言うからいかがわしくなるのではないか。金髪幼女金髪幼女と、響《ひび》きが艶美《えんび》過ぎるわい。昔はお前様、金髪少女と呼んでおったろう」

「ああ。少女という言葉の幅の広さが、軽く紛《まぎ》らわしくなったんでな」

具体的には、八九寺と忍を区別するために、呼称をわけることにしたのだった。

裏事情である。

ちなみにその区分だと、斧乃木ちゃんは童女。

「で、この鳥居が――」

「混沌《こんとん》を支配する赤き闇《やみ》よ！　時の流れを弄《もてあそ》ぶ球体をいざ招かん！　巡りに巡る終末の灯《ともしび》火をただ繰り返し、溢れ出す雷で空を満たせ！　黒を歩む者、灰を泳ぐ者！　罪深きその忌み名《いな》をもって自らを運び屋とせよ！」

「呪文《じゅもん》を詠唱《えいしょう》し始めただと⁉」

素でびっくりした！

ていうか懐かしい！

今ないよね、そういうの！

二十年くらい前の芸風だよね⁉

その後も忍は（なぜか日本語で）、長ったらしい呪文の詠唱を続け――そして、どこで何がどう発動したのかは、わからないけれど。

ふと見れば――内側。

鳥居の内側。

今にも朽ち果てそうなただの四角形が――向こうの見渡せない、のっぺりとした黒い壁のように変化していた。

気持ち悪さに、一歩引いた。

心も引いた。

我を失うほどに。

僕は慌てて、鳥居を迂回《うかい》するようにして反対側に回ってみたが、反対側からは普通に、ごく普通に境内が見え——参道と、その道が続く本殿が覗くのだった。

もう一度、鳥居を一周するようにして境内のほうに戻ると——やはり、鳥居の向こうに階段は見えず、そこにあるのは暗闇——

「いや、暗闇って感じじゃないな、これ……。本当に壁と言うか……なんだよ。異次元にでも繋がってんのかよ、これ」

「まあそうじゃが」

あっさりと言う忍。

嘘でも、そんなさっぱりとはつけまいというくらい、躊躇《ためら》いのない肯定《こうてい》だった。

「初めてやってみたが、うまくいくもんじゃのう。幼女になり、力をほとんど失ったとは言っても、さすが儂じゃわい」

黒い壁ではなく、ダリの絵のごとく中に時計が大量に浮いておったら完璧じゃったのう、などと、余裕の発言をかます忍である。

いや、さすが儂って……。

確かにさすがではあるけれど。

「しかしどうだ、異次元を生じさせるほどの力があるんだったら、それって力を失ったって言わなくないか……？」

余裕で宇宙規模、太陽クラスだろ。

核エネルギーでも、時空間が歪《ゆが》むようなことはないと、前に羽川が言っていたのを憶えている——だとすると、こんな、タイムマシンというよりもどこでもドアみたいなものを古い芸風の呪文の詠唱ひとつであっさり作り上げてしまった忍の有する力って、果たしてどれくらいの規模になるのか。

ちょっと待てよ、違うだろ。

僕達の属する世界の世界観って、色々悩んだり悲しんだりはするけれど、基本的に安全は保証されているはずじゃなかったのかよ。

ルールはいつ改正されたんだ。

「儂の力ではない。儂の力なら詠唱などいるか。じゃから最初に言ったじゃろう、場の力じゃ。あの不愉快なアロハ小僧が言うところの、寄り集まった怪異の素《もと》みたいな霊的エネルギーを、軽く熱エネルギーにコンバートしただけの話じゃ」

「なんだよ、そのエセ科学」

霊的エネルギーという言葉の胡散臭さは、『本物の友情』に匹敵《ひってき》すると、個人的に思うのである。

「食えば栄養になってうまそうじゃったんじゃがのう。まあ、他ならぬお前様の頼み、いやさ他ならぬミスタードーナツと引き換えということじゃから、諦めてやったのじゃ」

「ツンデレが逆に作用するよな、お前のキャラって」

印象悪いぜ。

「ちゅーか急いだほうがよいぞ。このゲート、もう一度はたぶん開けけん。あと一分もすれば閉じてしまうぞい」

「ぞいって……」

老人言葉が曖昧だ。

というか、別に五百年前だって六百年前だって、絶対に日本人はそんな風には喋っていなかったと思うのだが。

多分あれって、元を辿《たど》ればどっかの方言だろ？

それはともかく、しかしゲートという言葉も、胡散臭さ百点満点である。信憑性《しんぴょうせい》がちっとも出てこない。まだしも、机の引き出しに飛び込んだほうが時間移動できそうな感じだった。

「しかし一分？　ちょっと待てよ、まだ心の準備ができてない」

「準備などいらん。普通に飛び込めばよい」

「え？　そんな簡単でいいの？」

「そう身構えることではないのじゃ。たかが時間移動じゃろうが」

「…………」

なんだか、あまりにも忍が気軽そうに、手軽そうに言ってくれるから、僕のほうもそういう気分になってきた。

テンションの違いが、どうにも噛み合わず、むしろ動揺している自分がすごく小心者みたいに思えてしまう。同級生から夜の街の遊びに誘《さそ》われる、中学生の気分だ。

うーん、でも確かに気負い過ぎかもしれない。

ここ半年、あれだけの修羅場《しゅらば》をくぐってきた僕に、今更怖いものなどないだろう。

たかが時間移動とか言って。

軽いノリで動いたほうがいいのかな。

ちょっとぶらり旅気分で昨日に戻って、ちゃっちゃと宿題を終わらせる程度のこと、考えてみれば吸血鬼に襲われることに比べれば危険度は低い――はず。

「おっけー、じゃあ行くか！」

鼠《ねずみ》の脳味噌《のうみそ》みたいなノリで、僕は勝鬨《かちどき》のように片手をあげた。

「おう！　しゅっぱーつ！」

忍もノリノリだった。


素っ気《そけ》無い風を装ってはいるが、初めてだと言っていたし、これで意外と、内心はうきうきしているのかもしれない。

「あ、そうじゃ、お前様」

「なんだよ。今まさに、この黒き壁に、蛮勇《ばんゆう》を奮《ふる》って身を投げ出そうとしているこの僕の足を止めるなよ」

「いや、その時計」

「ん？」

「その腕時計。左利きでもない癖に見栄を張って右手首に巻いておる、お前様のその腕時計、ちょっと貸せい」

「そこまで細かく説明しなくってもわかるわ。え？　なんで時計を？」

「いいから」

そう言って僕に手を差し出す忍。

どういうつもりかよくわからなかったけれど、まあ、一分でゲート（笑）が閉じるという忍の言うことを信じるならば、いちいち理由を述べている時間もないということなのだろう。

僕は言われるがままに、左利きでもない癖に見栄を張って右手首に巻いている僕の腕時計を取り外し、忍の手のひらの上に載《の》せた。

「ふむ。年代物じゃな」

「もらいもんだよ。どういう由来か、言わなかったっけ？」

「いや、前に聞いた」

じゃからこそじゃ、と忍は言って、そしてそれをワンピースのポケットに仕舞《しま》ったかと思うと、その手を再び僕に差し出してきた。

「？」

と首を傾げていると、忍は、「何をしとるんじゃ」と、その手をもう少し伸ばし、僕の手を取って来た。指を絡《から》めた恋人繋ぎである。

「お？　おお？　おおお？」

「いや、この程度でどぎまぎするでないわ。伝わってくるそのテンションに、こっちが恥ずかしくなる。トイレも一緒、風呂も一緒、四六時中生活を共にしておる癖に」

「いや、でも異性と手を繋ぐというのは、僕のような生真面目な人間にとっては、いつまでもどぎまぎするもんで……」

「やかましい。ほれ、さっさと飛び込め。儂は時間の観念が薄いので、お前様のコーナリングに付き添《そ》っていくしかないのじゃ」

「あ、そうなんだ」

なるほど。ひとりじゃできないのか。

時間移動が忍にとってたやすいことならば、今までに何度でも使っておけばよかったであろう機会があったはずではと思ったが、協力者が必要だったというのならばさもありなん。

いいだろう、連れて行ってやるぜ、忍！

未知の世界へな！

これから飛び込むのは未知と言うより既知《きち》の世界、つまりは過去なのだったが、僕はそんな風に意気込んで、鳥居の内側、黒い壁に向かって一歩を踏み込んだのだった。

それが何を意味するのかも知らず。

006

白状すれば、実際に黒い壁に踏み込んだところで——時間移動などという、そんな妄想じみたたわ言を実際に実行したところで、僕は自分が実行している絵空事を半分も信じていなかった。

というより全然信じていなかった。

掛け値なし全然。

ノリが悪くて申し訳ない限りではあるが。

それは根拠のない不信ではなく、別に取り上げるほどの物語にはなっていないけれど、これまでも幾度か、忍からこの手の妄言《もうげん》を申し入れられ、僕が妄言だとわかった上で、遊び半分、いわばお遊びのような気持ちで、それに付き合うという出来事はあったからなのだ。

永久機関を作ってみた、とか。

相対性理論は儂が破った、とか。

鏡の世界にレッツゴー、とか。

そんな感じの、いわばお遊び、ごっこ遊び。

だから、まあどうせ今回もそんな関連だろうと高《たか》をくくっていた感は否《いな》めない。有体《ありてい》に言えば、忍のことを舐《な》めてかかっていた。

何ごとも慣れ、とは言うものの。

慣れほど怖いものはない。

忍野忍——彼女が怪異であり、彼女が怪異殺しであり、彼女が吸血鬼であり、彼女が鉄血にして熱血にして冷血の吸血鬼であり、彼女がキスショット・アセロラオリオン・ハートアンダーブレードであったことを、僕は憶えているつもりで、すっかり失念していたのだった。

たとえ力を失おうと。

たとえ幼女の姿であろうと。

彼女が彼女であることを忘れていた。

まあつまり、夏休みがもう明けるというのにまるっきり宿題に手をつけていなかったという現実から逃避《とうひ》するために、試験前に部屋の掃除《そうじ》をしたくなったり、旅に出てみたくなったりするのと同じノリで、忍の申し入れを僕は受けたということである——心境として、それはもう、あとは野となれ山となれという感じに近かった。

やけっぱちと言ってもいい。

自暴自棄と言い換えるのもひとつだろう。

だから。

だから僕は、時間移動なんてやり過ぎなオカルトをまるっきり信用していなかった。

どころか、鳥居をくぐるにあたって、『昨日に戻ろう』なんて虫のいいことは考えておらず、むしろ再び、忍にはまた、いつまで思春期じゃと言われるかもしれないけれど、八九寺のことを考えていたりした。

今日——もう昨日か——はなんというか例外的に『道』から離れ、僕の部屋に遊びに来たりしたものの、基本的に彼女は『道』住まいで、ずっとそこにいて。

そしてずっとそのままだ。

そんなそのままの彼女が幸せなのかどうか——わからない。

何が彼女の幸せなのか。

何が彼女にとって『いいこと』なのか。

僕にはまったくわからない。

八九寺が何を望んでいるのかもわからない——言ってしまえば、彼女ほど、本音《ほんね》を言わない人間も珍しい。

怪異も珍しい。

そう、最初からあの子は、嘘ばかりついていた——自分のことは何も教えてくれなかった。

すべてを抱え込んでいて。

自分の殻《から》に閉じこもっていた。

蝸牛の――ように。

……人のことは言えないのかもしれない。

僕だってそうだっただろう。

春休みに、羽川に蒙《もう》を啓《ひら》いてもらうまでは、僕だって自分の殻に閉じこもっていた――羽川に出会ってなかったら、自分がどんな人間になっていたか、今頃どんな人格に仕上がっていたかなんて、想像もつかない。

想像したくもない。

もちろん、僕にとっての羽川のような、八九寺にとっての僕になりたいなんて、大それたことは思っていない――そんなおこがましいことを、僕が思えるはずもない。

そんなこと、思い上がりもはなはだしい。

だけど――何か、彼女に対してできることはないのだろうか、とか、そんな風に思ってしまう自分を抑えきれない。

五月からこっち、三ヵ月。

あの可愛らしい少女に、僕がどれほど癒《いや》されてきたのかを思えば――少しくらいは僕のほうからも、彼女を癒してあげたいと思うのだ。

それこそ――余計なお世話で。

おこがましいかもしれないけれど。

でも。

「――おい、お前様よ。起きろ。この程度のショックで気絶するな」

「…………」

身体を揺り動かされて――僕は目を覚ます。

覚醒《かくせい》する。

「……なんだ、夢だったのか」

「ちゃうわ」

蹴られた。

軽いボケに関しては厳しい幼女だった。

暴力も辞さない。

「なんだよ。夢落ちという、今までにない斬新《ざんしん》なアイディアを披露《ひろう》した僕の頭をあろうことかミュールで蹴るなんて」

「ヒールで蹴りたかったわ。そんな有名な落ちを、自慢げに披露するな」

「ん……えっと」

僕は空を見上げていた――どうやら僕の身体は仰向けに倒れているらしい。

空は真っ青であり――つまり、昼間のようだ。

昼間？

昼間だって？

「あれ……今何時？」

「十二時じゃ。昼のな」

忍は、いつの間にか手首に巻いていた、僕の腕時計を見ながら答えた。しっかり右手首に巻いているのは、なんだろう、嫌味のつもりだろうか。

「やはり、時間移動には多少のズレが生じるようじゃのう。なかなか、ぴったりズレなく二十四時間前とはいかんか」

「…………」

周囲を見渡すと――というか、僕は今、周囲を見渡せるような状態でなく、まるで遭難したかのように、山の中に引っ繰り返っていた。おかしい、確か僕は北白蛇神社の境内にいたはずなのだが……。

どうして背中に階段の感触が。

「そりゃ、あの勢いで鳥居から外に飛び出せば、階段落ちに繋がるのは必至《ひっし》じゃろうが。かかか、お前様と身体が入れ替わるかと思ったぞ」

「お前、いつ見てんの？　そういう映画」

それこそ有名過ぎるほどに有名だから、僕もその場面のことだけは知ってるけれど、さすがに見てはいねーよ。

忍野が教えたのか？

でもあの廃墟に、まさかＢＤプレイヤーがあったわけでもあるまいに……。

しかし、そうか。

黒い壁に飛び込むつもりだったから、勢いをつけてダッシュをしたけれど、理屈としては普通に階段飛びになっちゃったのか。

自殺行為じゃねーかよ。

「儂もびっくりした。まさかあの角度の階段に、ホップステップジャンプの三段跳びをかますとは……言っておくが、儂も被害者じゃぞ。一緒にごろごろ転がり落ちてしまったんじゃからのう」

ほれ、と忍はワンピースのすそをまくった。

膝頭《ひざがしら》に擦過傷《さっかしょう》。

うわ、かさぶたになってる……。

「これは痛々しいな……僕の責任なんだとすれば、正直、さすがに謝らざるを得ないが」

「まあ別に謝るほどのことではないが」

器《うつわ》の大きい幼女だった。

ワンピまくりっぱなしだけど。

「しかしこのくらいの傷、さらっと治せないのか？　力を失ってるとは言っても、お前、一応怪異なんだから」

「治そうと思えば治せるが、これはこれでフェティシズムかと思ってのう」

「売りかよ」

「うむ」

「そんなこと思ってんなら謝って損した気分だぞ」

「じゃから別に謝るほどのことではないと言ったじゃろうが」

と、忍はワンピースを下ろす。

それによって膝頭は隠れてしまう——隠れてしまうと、確かにあれはあれでよいものだったと思ってしまう。

いや、でも幼女のかさぶたに萌えるとか、人として相当アウトな気もする。

見れば僕も、あっちこっち擦《す》り剝《む》いてはいた——現在、僕は吸血鬼性が薄い時期なので（バイオリズムがあるのだ）、これもすぐには治らない。

ま、これが普通だ。痛いは痛いが、我慢しよう。

「ここは……山の中腹あたりか」

踊り場なんて作られていない、獣道《けものみち》にも似たあやふやな階段だから（がたがたな登り道と言ったほうが正確かもしれない）、いまいち判然としかねるけれども、まあそんな感じの位置だろう。

随分派手に転がり落ちたものだ。

「で、本当に時間移動に成功したのか？　山ん中だから変化がなくって全然わかんねーぞ」

山の中の風景なんて、昨日と今日とで、そんなに違うものではあるまい——というか、正直、まったく同じに見える。

「成功したに決まっておろうが」

忍は、僕の疑念に対して、不本意そうにこちらを睨《にら》む。

「儂は生まれてこの方、失敗したことがない」

「大言壮語《たいげんそうご》もはなはだしいな、お前」

その自信は一体どこから来るんだ。

数々の失敗を数々と繰り返し、お前は今の状態にあるはずなのだが——ていうか、僕みたいな極東の島国のごく一般的な高校生の影に封じられている現在だけを切り取っても、伝説の吸血鬼として取り返しのつかない大失敗だろ。

「いいや、絶対に失敗などしておらん。保証する」

「本人に保証されてもな……」

「もしも失敗しておったなら、明日からは儂のことをミステイク忍と呼んでもらって構わん」

「そんな迂闊な約束をするなよ……」

長生きしている癖に後先考えねー奴だ。

長生きしているからこそか？

「しかしな……、どうなのかな。確かに言われてみれば昨日、今から見れば一昨日ってことになるのか？　一昨日の八月十九日もこんな感じの晴天だった気がするし……、いや、普通に階段から落ちて、十二時間気絶してただけじゃねーのか？」

だとしたら大変だ。

宿題ができなかっただけじゃなくて、始業式までブッチしてしまったことになる。

羽川に殺される……。

ブルブル。

「わからんのう。お前様はどうしてそんなに儂を信用できんのじゃ」

「どうしてわからないんだよ」

「確かに儂はお前様に色んなことをしてきたが、害なそうとして害なしたことは一度もないじゃろう？いつだって、儂はお前様のためによかれと思って、悪行を為《な》してきたつもりじゃ」

「悪行って時点でさあ」

「ちゅーか、お前様、なんで儂にタメ口よ。儂のほうが年上なんじゃから、ちゃんと敬語を使えよ、敬語」

「今更!?」

確かにお前は六百歳で、僕は十八歳だけども。

まさかこのタイミングで敬老精神を要求されようとは……。

「現状において、まず儂を疑うというその心意気が、既に残念なのじゃな。成功したか失敗したかを考える前に、まず儂の好意にちゃんと礼を言うべきじゃろう」

「はあ……」

「『忍さん、どうもありがとうございました』。はい、言ってご覧」

「お前、シリーズの冒頭から一貫して、キャラが全然安定しないな……」

他者や環境からの影響を受けやすい怪異だからで済まされていい話ではないと思う……同じく怪異であるところの八九寺は、ちゃんとブレのないキャラを維持しているし。

何が違うんだろう。

「何が違うかと言えば、お前様とペアリングされておるかどうかじゃと思うぞ」

「だから僕の所為みたいに言うなよ」

「しかしお前様の所為であるのは、確実なのじゃが」

「いやいや。つまり、たとえ本当に僕の所為だとしても、僕の所為みたいに言うなよと言っているんだよ」

「どんな責任逃れじゃ」

この腰砕け外交が、と忍は言った。

酷いことを言う。

本当のことは言っちゃだめって、幼い頃に教えてもらわなかったのだろうか。

「まあでも、確かにお前の言うとおりだな。よかれと思ってしてくれたという点に関しては信用してもいいだろう」

本当は、世の中、よかれと思ってしたことほど危ういのだし、お前のためにやったんだという言葉ほど押し付けがましいものはなかったりもするのだが、そんな子供っぽい議論で時間を浪費している場合でもない。

押し付けがましい好意を是とできるかどうかが大人力だと、前に戦場ヶ原が言っていた——あの戦場ヶ原がそんなことを言えるようになったんだから、成長したものである。

彼氏としてこんな嬉しいことはない。

だから僕も成長しよう。

別に何の感謝もしていないけれど、忍に礼を言っておこう。

「忍さん、どうもありがとうございました」

「胡散臭い笑顔じゃのう……」

確かに。

我ながら鏡を見るまでもなくわかる、これ以上ない愛想笑いだった。

「いいじゃねえか。愛を想う笑顔。胡散臭い要素などひとつもない」

「言葉を重ね過ぎておるから、嘘っぽくなるんじゃないのか？　愛か想いか笑顔か、どれかひとつだけにすればよかろう」

「その三つなら……、じゃあ、愛」

忍をハグした。

熱烈に。

思い切り。

「はっはっは。可愛い奴め。ういうい。よーし、それに免じてお前様の先ほどの無礼な物言いは、許しておいてやるとしよう」

嫌がられなかった。

というか許されてしまった。

だから器が大き過ぎるのだ。

「いや、ちゃんと暴れろよ、八九寺みたいに。お前が止めなきゃ僕は止まらないんだぜ？　お前の貞操《ていそう》を守れる奴はお前しかいないいんだぜ？」

「貞操なんぞ守ったことはない」

「…………」

生きている時代が違い過ぎる。

倫理や常識を共有できない。

忍野も、怪異についての知識をこいつに教え込んでいる暇があるんだったら（あるいは『転校生』を見せている余裕があるんなら）、まずそっちのほうを教え込めよ。

本当に。


「来る者拒《こば》まず！　それが儂という女じゃ」

「お前は条例がなくても規制されるよな」

もっとも、忍はキスショット・アセロラオリオン・ハートアンダーブレード時代、いわゆる眷属を、僕を除けばたった一人しか作らなかったらしいので、身持ちは相当に堅いはずでもある。

このあたりの発言は、だとすれば単なるボケなのか、あるいは中学生的な見栄を張っているだけなのかもしれなかった。

「さあ！　いつでも好きなように抱きついてくるがよい！」

「いや、考えたら、そんなことしたらいつ血を吸われるかわかったもんじゃねーじゃねーか」

僕は忍から離れ、そして、ずっと膝立ちでいたのを、立ち上がって——階段の上のほう、即ち鳥居の方角を見る。

改めて、すげー高低差を落ちてきているな……。

死んでいておかしくない。

登山中のよくある事故として処理されかねないが、町中の小高い山程度でそんな事故に遭ったら、残された家族に申し訳ない。

「なあ忍」

「なんじゃ」

「帰りも、あの鳥居から帰ればいいのか？」

「ん？　うんうん。まあ、そんな感じじゃ」

「なぜ返事が曖昧なんだよ」

「いや、そう言えばあんまり帰りのことを考えてなかったのじゃが……」

忍は恐ろしいことを言った。

え、ちょっと待って？

そう言えば、タイムワープするゲートとやらをこじ開けるためには（胡散臭い言葉が大量に発生している気がするが、もうこれ以上気にしない）、忍自身の力ではなく、北白蛇神社という吹き溜まり、場の力を利用したと言っていたが……、

「その力を消費してしまった以上、ひょっとしてもうそのゲートとやらを開くことはできないんじゃないのか？」

「はっ」

忍は、僕の懸念《けねん》を鼻で笑う。

不愉快ではあるが、しかし頼もしい態度だ。

「えーっと」

しかしあとが続かなかった。

なんとも頼りない。

なんで反射的に見栄を張るんだよ。

「おい、ちょっと待て忍……まさか、昨日の世界から元の世界へと帰れないなんて事態に陥《おちい》ってんじゃねーだろうな」

「いや、大丈夫じゃ大丈夫じゃ。我があるじ様、何の心配もいらぬ」

忍はやや虚勢気味《ぎみ》にではあったが、しかしあくまで強気に腕を組んだ。

「ほれ、考えてもみい。ここは昨日の世界じゃぞ？　儂が、神社に溜まる怪異の素を利用してタイムトン

ネルを開いたのは、つまり今から見れば明日ということになろう。じゃから、現時点では、まだその霊的エネルギーは使用されておらんということじゃから、ゲートは開ける」

「タイムトンネルという、最早《もはや》突っ込みたくもない単語については、まあまあ、読者にスルーパスするとして」

丸投げとも言う。

語り部の現場放棄とも。

「あれ？　それってタイムパラドックス生じてねーか？　今日もし僕達がそのエネルギーを使ってしまえば、明日の僕達が今日に戻って来られないじゃないか」

「…………」

あ。

黙った。

黙っちゃった。

「えーっとなあ、そうじゃ」

見守るしかなかったので、僕も共に黙って五分ほど時が過ぎるままにしておいたが、やがて忍は自《みずか》らの見解を語り始めた。

「思い出した、そうそう。未来へ戻るのは過去に戻るよりも、使うエネルギーが少ないのじゃ。流れに逆らわん分だけな。鮭と同じ原理じゃ。じゃから、帰り道にあたっては、そこまでのエネルギーを消費せず、明日、儂達がここに来るため分くらいのエネルギーは残っておるということじゃ」

「ふうん……まあ苦しい説明だとは思うけれど、この場はそれでいいとするか」

揉《も》めても仕方のない点だ。

一応、納得はできるしな。

しかし――少し、考えてしまった。

タイムパラドックスという、やや危うい可能性について。

「たいむぱらどっくすう？　さっきも言っておったが、なんじゃその訳のわからん言葉は」

「いやいや。パラドックスはともかく、タイムが平仮名表記になるのはおかしいだろ」

何とぼけてんだ。

さっきタイムトンネルとか言ってただろうが。

「ほほう。いやいや、お前様。儂はてっきり、香草《こうそう》のことじゃと思っておったのじゃ」

「そんなわけねえだろ。言葉としての知名度に天と地ほどの差があるよ」

「小うるさいのう」

は、と吐き捨てるように忍は言う。

マニア垂涎《すいぜん》の、ドS的表情だ。

「じゃあちょっとタイムタイム。今考えるから」

「いや、もう考えなくていい」

その程度の小ボケに反応するのはしんどいので、僕は説明してやる。

「まあタイムパラドックスってのは、時間移動によって生じる矛盾のことだよ」

「矛盾ってなんじゃ」

「いや、今までの僕とお前の会話の中で、矛盾程度の語彙《ごい》は絶対登場している」

「お前様がたまに言う常用外の熟語については、儂はスルーしておる」

「わかったわかった」

お前が使ったことさえあると思うんだが、そこを本気で突っ込み始めると、いよいよパラドックスが生じかねないので、僕は普通に、矛盾について説明してやる。

「昔々あるところに」

「昔っていつじゃ。あるところってどこじゃ」

「…………」

こまっしゃくれた子供か！

無視する。

知らねーし。

「商人がな、どんな盾《たて》でも貫《つらぬ》く最強の矛《ほこ》と、どんな矛でも防ぐ最強の盾を、並べて売ってたんだ。そこに通りかかったひとりの子供が、言ってのけるわけだよ。『では商人殿、その最強の矛とやらで最強の盾とやらを突いたら全体どうなるのかね？』」

「子供、そんな古典の名探偵みたいな言葉遣いか？」

「『ねー、おじさーん。この矛でこの盾を突いたらどうなるのー？』」

「江戸川コナンの物真似をするでない」

「今のでよくわかったな！」

びっくりした。

昔の映画ばっかり見てる奴なのかと思ったが、意外と侮れない。

「まあまあ、いずれにせよその子供は言ったわけだ、商人に指を突きつけて。『最強の矛によって貫かれたらその盾は最強ではないし、最強の盾によって防がれるのならその矛は最強ではない。よっておじさん、あなたの言っていることは理論的に矛盾している！』」

「そこで矛盾という言葉が出てくるのはおかしいじゃろ」

「うん。つまりこれがタイムパラドックスだ」

意外と奇麗なところに着地できた。

計画ではなかったのだが。

「まあ実際、矛盾という言葉よりは先に、パラドックスという現象は想定されていたと思うけどな……知ってるか？　ゼノンのパラドックスって」

「ゼノン？　知らんのう」

「ふうん。まあ別に、これについては絶対知っとかなきゃ駄目ってわけでもねーけど」

「ツェノンなら知っとるが、の」

「…………」

本当にこまっしゃくれた子供だ……。

吸血鬼じゃなかったら殴ってる。

「まあ、パラドックスと矛盾についてはわかったわい。しかしお前様よ、それが一体どうしたというのじゃ？」

「いやだからさー、たとえば、まあ現実的に考えて、僕がこれから家に帰って、宿題をやったとするじゃないか。でも、僕が夏休み中に宿題を終わらせてしまったら、タイムワープする動機がなくなってしまうわけであって、すると、僕はこの八月十九日にタイムワープしてこない。じゃあ、やっぱり宿題はできないわけであって……ほらな、こんな風に矛盾しちゃうだろ？」

「？」

「通じてねえ！」

可愛く小首を傾げられてしまった。

そんな難しいこと言ってねえだろ。

全然。

「あんまりそういう小理屈を考えんほうがよいのではないか？　ドラえもんでそんなことが問題視されたエピソードはなかったぞ」

「いや、多分あったと思うぜ」

「んー。難しい話は読み飛ばしたかもしれん」

「お前、やっぱ真のファンじゃないな」

ちっともな。


僕は言いつつ、今度は視点を山のふもとのほうに向ける。

「大体、このタイムワープって、どういうタイプなんだ？」

「タイプ？　どういう意味じゃ」

「いや、タイムワープって大きくわけて二種類あるじゃん。つまり本人がいるタイプと、本人がいないタイプ」

「なんじゃ？　高校の教室におけるお前様の立場みたいなもんか？」

「僕はいつだっているよ！」

いたりいなかったりしない！

やめてくれ。

そんな悲しい話はしていないのだ。

「つまりだ、僕が家に帰れば、『昨日の僕』って奴がいるのか、それともここにいる僕が、既に『昨日の僕』なのかって話だ」

「ぐー」

「寝るな！」

「ZZZZ」

「より深く寝るな！」

「ふむ。よくわからんが」

寝たふりをやめ、忍は言う、至極面倒《めんどう》臭そうに。

男の癖に細かいんだよ、一生結婚できないぞと言いたげな瞳《ひとみ》である。

余計なお世話だ。

「そんなことはじかに見て確認すればよかろう。家に帰って、自分の部屋を見て、そこに自分がいるかいないかで、どちらのタイプなのかは判明するじゃろう」

「まあ、そうだな……」

頭で色々考えても仕方ない。

そもそもタイムワープが成功したという保証さえ、まだないのだ。今、世界一馬鹿な妄想について、幼女と論じているだけという可能性は、まだまだ相当に高いのである。


「あ、でも今、十九日の十二時だろう？　僕、多分家にいないよな」

「そうじゃったか？　うーむ、この歳になると細かい記憶はまったく蓄積《ちくせき》せんからのう」

「確か本屋に参考書を買いに行っていたような記憶がある」

「それは気のせいじゃ。お前様が買っておったのはエロ本じゃ」

「記憶が蓄積してんじゃねーか」

「いやいや、感心しておるんじゃぞ、儂は……。元委員長のあの小娘や、前髪娘が普通に利用しておる本屋で、あんなマニアックなエロ本を普通に買えるお前様の神経の太さに……言っておくが、何回か目撃されておるぞ？」

「それはそのときに言っておけよ！」

あとマニアックとか言うな。割とノーマルだっての。

「いやでも、筆ペンはないわ」

「やめろ。筆ペンの話はするな」

僕は会話を打ち止める。

僕の性癖を暴露するための場ではないのだ。

「そうか……まあ、じゃあとりあえず、書店に行ってみるか」

最悪の場合、自分がエロ本を買っているシーンを、他ならぬ自分が目撃してしまうという衝撃のシュール劇場が巻き起こってしまうけれど、まあまあ、諦めよう。

「早くしないと帰っちゃうよな――あの慌てんぼうはよ」

言いながら、僕は下山を始める。

まあ、今が山のどこあたりの位置かは正確にはわからないけれど、そんなに時間はかかるまい。

忍も僕の後ろに続く。

というより、僕の影と連動して彼女は動くのだ。リードでつながれている状態に近い。

それも酷いたとえだが。

「えっと、あれ？　でも忍、なんでお前、今の時間がわかるんだ？」

「ん？」

「だって、お前の巻いているその時計は未来から来たものなんだから、この時代の正しい時間を示しているわけじゃないだろう？」

「いやいや、さっきアジャストしたのじゃ。太陽の位置で時間を推測しての。時間がわからんと困るので、じゃからお前様にこの時計を外させ、借りたのじゃよ」

「ふうん……」

だとすると、その時計はアテにならねーな。

お前が竜頭《りゅうず》をいじっちゃった以上。

「あ、そっか。携帯を見れば、時間はわかるな」

「ん？　そうか？　携帯電話の時間じゃって、未来に対応しておるじゃろう」

「んっと」

僕はポケットから携帯電話を取り出す。

実はつい先日機種変《きしゅへん》をした一品である――戦場ヶ

原とおそろいの携帯に。ちなみに恋人割引なる謎のサービスに入会させられている。彼女の一人バカップル振りには、正直若干引いている僕ではあるが、怖くて言えない。

　さておき、画面に表示されている時計を見れば、

『八月二十一日（月）AM0：15』である――ふうむ？

　いや、つまりこれが未来時間というわけで――鳥居に飛び込んでから、まだ十分も経《た》っていないということを意味する――えっと。

　空を見れば、今が午前零時ということはありえないわけで――

「ふむ。これでとりあえず、タイムワープが成功したということは証明されたの」

「いや、僕が半日気絶している間に、お前が携帯電話の時計機能をいじったという可能性がある。というか、という可能性が高い」

「まるっきり信用がないのう。どうして儂が、そんなどっきり仕掛けみたいなことをしなければならんのじゃ。大体、携帯電話の時計機能って、そうそういじれんじゃろう」

「いや、世界時計の機能を利用して、ブラジル時間に合わせたのかもしれない」

「お前様、そのレベルの疑いはもう、信用していないとか嘘っぽいとかリアリティがないとかいうレベルじゃなくって、普通に儂のことが嫌いなだけじゃなかろうか？」

　さすがに傷ついたみたいな顔をする忍だった。

　ていうか、そんな顔もできるんだ。

　軽く萌える……。

「ごめんごめん、そういうつもりじゃなかったんだって」

「そう？　本当？」

　潤《うる》んだ眼でじっと僕を見上げる忍。

　すごく哀れを誘われる。

「本当本当。間違いない」

「じゃったら儂のこと好きって言って？」

「だからキャラ全然違うだろ！」

傲慢《ごうまん》な吸血鬼とか！

自殺志願とか！

無愛想な少女とか！

欠片《かけら》でいいから残しとけ！

「いやいや、でもあんまり儂に冷たくするもんじゃないと思うぞ？　友達以上恋人未満、それが儂という存在じゃろ？」

「お前に冷たくするつもりはないけれど、それは全然違うと思うぞ」

「じゃあお前様にとって儂って何？」

「あんまり深い質問をするな。それは四作くらいあとでテーマにするから」

「タイムパラドックス的な発言じゃのう」

「憶えたばかりの言葉を、軽く使ってくれるじゃねえかよ。まあ、さっきの疑問に答えておくと、時間表示はともかくとして、山を下りたらワンセグに接続すればいいだけのことだよ。テレビ番組、地上デジタル放送の電波には間違いがあるはずがないからな」

「地上デジタル放送に対する信頼がぱないの」

忍は涙をぬぐいつつ言う。

「地下アナログ放送が可哀相じゃ」

「地下アナログ放送なんて、怪しげな響きのテレビ電波は存在しない」

「天上タルタルソースって、おいしそうじゃなかろうか？」

「おいしそうだが、そんなソースは存在しない」

「騎乗《きじょう》デンタル放送とか」

「馬の上の歯医者さんか？」

中身のない会話。

を、している内に、下山終了。

気分的には山籠《やまご》もりを終えて町に帰ってきた修行者みたいな感じだったが、実際はそんなことは微塵もなく、近所のしょぼい山に登って下りただけである
――と。

そこで僕は大いに動揺した。

「おおっ!?　なんたることだ！　ここまで乗ってきた僕のママチャリがなくなってる！　盗まれたか！　それとも撤去されたのか！　この事態は自転車乗りの沽券《こけん》にかかわる！」

「いやいや。なんじゃその無駄に大きなリアクションは。今は昨日じゃから、お前様がサドルに座り、儂が前カゴに嵌《はま》って乗ってきたあのママチャリは、まだここにはないのじゃ。お前様があのマシーンをここに駐輪するのは、明日の夜中なのじゃからな」

「あ、そっか……そうかあ？」

「かかか、これで儂のタイムワープが成功したことが証明されたの。ほれ、謝っていいんじゃぞ？　恥ずかしがらずに素直になれ。儂はいつでも許してやるからの」

「うーん」

いや。

まだチャリが普通に盗まれた、または撤去されただけという可能性のほうが高い……とは言え、撤去ならまだしも盗まれたとなると、僕は数台持っていた自転車を全て失ったことになってしまうので、こうなると忍のタイムワープには、是が非でも成功しておいて欲しいところである。

そんなわけで、僕は携帯電話のアンテナを伸ばし、ワンセグに接続する。

テレビ番組、まあ天気予報とかニュースとかで、今日を『八月十九日』と報道していれば、さすがに忍を信じるしかないだろう。

そのときは土下座しよう。

割と卑屈な、かつ男らしい決意をしつつ、僕は携帯電話を操作するが——おや？

おやおや？

何も受信しませんよ？

？

「忍。お前、僕の携帯いじって壊したか？」

「うわあああんっ！」

ついに声をあげて大泣きした。

「もういいわい！　お前様なんかだいっ嫌い！　好きにすればっ!?」

「拗《す》ね方が本当に子供じゃねえか」

「だっ」

自分で効果音をつけて駆け出した忍が、僕の影の際でつまずいてすっ転んだ。気が高ぶった挙句《あげく》、彼女は僕の影の範囲内しか動けないことを失念したようだった。

「いや、悪かった悪かった、ごめんごめんごめんごめん。泣かすつもりはなかった」

顔面からアスファルトに倒れ込んだ忍と、自分の好感度を気にしながら僕は誠意を込めて謝り、腰を抱くようにして幼女を起こす。

忍はこっちを向いたが、マジ泣きである。

八九寺的、あるいは月火的な嘘泣きではないらしい——逆に引くなあ。

「けどなあ、ワンセグが映らないのは確かなんだよなあ——うーん、ひょっとして階段落ちのときに壊れちゃったのかな？」

それはブルーだ。

戦場ヶ原とペアの一品なのに——今の戦場ヶ原は、つまり戦場ヶ原ひたぎ更生ヴァージョンは、そういう事実で怒ったり暴れたり毒舌《どくぜつ》を振るったりせず、普通に悲しんだりするだろうことを思うと、よりブルーになる。

女子をよく泣かす男というキャラが僕についてしまうのは、つらい。

「操作自体は普通にできるんだが……ん？」

あれ？

改めて画面表示を確認すると、携帯が圏外《けんがい》になっていた。

山を下りたのに、まだ圏外？

「おかしいな。この辺はもう、バリ3のはずだぞ」

「バリ3という表現はもう古かろう」

「いやまだ使ってる奴いるって、きっと」

忍の突っ込みに反論しつつ、僕は携帯電話の操作を続ける……だけど本当に圏外のようで、そうなるとほとんどの機能が死んでいる。

「どういうことだろう。基地局が爆破でもされたんだろうか」

「すさまじい想像力じゃのう」

「まあ、じゃあ仕方ないか……とりあえず書店に向かおうぜ。チャリがなくっても、歩いてそんな距離じゃないだろうし」

「あ、じゃあじゃあじゃあ、肩車肩車肩車！」

「どこまで幼女化するのよ、お前」

距離感が難し過ぎる。

前に妹のひとりを肩車して歩いたら、影縫さんに酷く笑われたからなあ——いや、あんときは、肩車したんじゃなくてされたんだっけ？

都合の悪い記憶なのでよく憶えていないけれど。

しかしさっき泣かれて（というよりぐずられて）しまっているので、断り辛く、結局僕は折れて（というほどの抵抗もせず）、忍を肩の上に載せてやったのだった。

かるっ！

中身すっかすかか、こいつ！

「お前、体重何キロ？」

「うん、体重なんか自由に操作できるぞ、ほれ」

「おもっ！」

すげーな！

重《おも》し蟹《がに》みたい！

いや、体重を自由に操作できるっていうのは、なんだっけ、別の妖怪でいたよな？　なんかの石だったかなんだったか……確かその重みに耐えたまま家に帰れば、金銀財宝になるという……。

「ん？　気のせいか、儂が重みを増したというのにお前様の足取りが、心なし頼もしくなったような気が……」

「気のせいだ。僕は金銀財宝などでコンディションが変わる、欲深な人間ではない」

言いながら歩いていると、正面から女子中学生の集団が現れた。まずい、通報されると身構えたが、考えてみれば、子供を肩車して歩いているだけなので、そこまではされないだろう（妹のときだったら通報されたに違いない）。

とは言え不審は不審なようで、彼女達にすごい目で凝視《ぎょうし》され——

「やだ何可愛い！」

「お人形さんみたい！」

「髪の毛なんかふわっふわわだあ！」

…………。

忍が大人気だった。

物怖じしない女子中学生達である、伝説の吸血鬼相手に。

ワンピース風の制服からすると僕の母校の生徒達……つまり、千石の同級生とかなんだろうか？

「あ、でも、丁度《ちょうど》いいわ」

僕は思いつく。

書店に行って、タイムワープがタイプＡ（本人がいる）なのかタイプＢ（本人がいない）なのかを判別する前に、さっき携帯電話で確認できなかった、そもそも時間移動が成功したのかどうかを、彼女達に質問することで確認するとしよう。

「ねえ、きみ達。ちょっと教えて欲しいんだけど、今日って、八月二十一日の月曜日？」

やや唐突《とうとつ》な感もあるが、僕は端的に、彼女達の中の誰にともなく訊いた。

すると、

「えー、全然違いますよー」

と言われる。

忍が僕の頭上で、やや得意げになったのが見なくてもわかる——おら早く謝れこのガキと言わんばかりである。

が、しかし、僕は僕で、女子中学生の答の、別の部分に引っかかっていた。

違う、は、いいけど。

全然違う？

全然？

「……じゃあ、今日って、何月何日だい？」

僕は訊いた。

おそるおそる。

「なんですかあ、お兄さん、まるで未来から来た人みたいなことを」

思いのほか鋭いことを言いつつ、彼女は、

「五月十三日ですよ」

と、答えた。

さらっと——だ。

頭上で威張っていた忍の気配に少し変化がある——あるといっても本当に少しで「おや、日付が随分ズレてしまったのう。まあ大過《たいか》ない」と言ったくらいの感じだ。

確かに大過ない。

あるはずもない。

実際に過去に移動することができたという、歴史的な偉業が達成された以上、一日前に戻るのも、三ヵ月前に戻るのも、忍にとっては大過も大差もないことだろう。

僕にも、正直、彼女達が正面から現れた時点で予想はついていた——夏休み内だとすれば、制服を着た女子中学生が、集団下校している図はどう考えてもおかしいもん。

だからひょっとすると、夏休み以前に戻ってしまったんじゃないかと、実際はアテがついていた——これでも勘《かん》はいいほうなのだ。

しかし、そのいいほうの勘が、もうひとつ、僕に告げている予感がある。

鳴らしているアラートがある。

そして——繋がらなかったワンセグ放送や、圏外だった携帯電話を念頭に置きつつ——僕は改めて、訊く。

「今、西暦《せいれき》で言えば、何年？」

「えっと」

女子中学生は答えた。

今から、あるいは未来から、十一年前の西暦を。

007

女子中学生の名前と連絡先（電話番号と住所）を聞き出してからのち、僕達は町に下りると、しかし改めて確認するまでもなく、それっぽいフィールドワークなどするまでもなく、『たんけんぼくのまち』の真似事をするまでもなく、彼女たちの言っているいることが嘘偽《いつわ》りではないことがどうしようもなく明らかになった。

何せ十八年、住んだ町である。

その風景は自然、脳裏《のうり》に焼きついていていて——十一年も前となれば、もうすっかり別の町と言っていい風情《ふぜい》になっていた。

山の中とはわけが違う。

とは言えどこが違うというわけではない。

もちろん具体的にここやらそこやらが変わっている、あるはずの建物がなかったりないはずの建物があったりということはあるのだが——つまり、強いて言うならどこもかもが違うというわけなのだが、しかしそういう問題じゃなく、それ以前の問題で、もう空気そのものが違う、そんな感じだった。違いをあげつらう意味などない。それももちろん、大気汚染がどーたら、そういうエコロジー的な視点からではなく、根本的に、抜本《ばっぽん》的に。

同じ町並みなのに。

知らない町のように。

その町はあった。

他人のような顔をして——僕達を出迎えた。

他人事のように、余所者《よそもの》を迎えた。

それでも、心の中ではとっくに認めながらも、それでも悪足掻《わるあが》きとして、最後に阿良々木家を訪《たず》ねてみると、確認は確信に至った。

別に、自分の家を古びていると思ったことはないけれど——明らかに新築というその家を見て、今が十一年前であることを、僕は否定できなくなったのだった。

証拠固めを喰らった犯人の気持ち。

大体、つい先頃、斧乃木ちゃんの『例外のほうが多い規則《アンリミテッド・ルールブック》』で玄関をぶっ壊されたばかりだというのに、その玄関が何ごともなかったかのように、作り直す前の古きよきデザインで存在している時点で、忍の虚言《きょげん》という線は消えた。

物質創造能力を持つ吸血鬼である忍と言えど、いくらなんでも、町一つ巻き込むレベルの質量を作り出せるわけじゃあるまい。

で、その忍と言えば。

僕の個人的アイドル忍ちゃんと言えば。

「…………」

もうさっきからずっと、ひと言も喋らないし、僕と眼を合わせもしない。

初期のキャラだ。

キャラを取り戻した。

いや、初期はまだ、鋭い目つきで僕を睨んでいたのだが、今はそれもなく、力なく気まずそうに眼を逸《そ》らしているだけである。ほら、こんなに気を病んでいる風にしているんだから話しかけないでよ、間違っても責めたりしたら駄目なんだよってオーラが全開である。

「……いやあ」

僕は言う。

遠目に自宅を眺めつつ。

結局、書店は存在自体していなかったので（まだ出店していなかった）、いまだタイプAなのかタイプBなのかは断言はできないのだけれど、ここが十一年前であるにもかかわらず、僕がこうして十八歳のフォルムを保っている以上、タイプA、即ち『本人がいる』タイプのタイムワープなのだと推測することができよう。

タイプBなら、僕は七歳あたりのショタ姿になってないとおかしいわけだからな。

まあそれは、よくよく考えてみたら携帯電話が『未来』の時間を指し示していた時点で（そして僕の衣服が昨日のものに戻っていない時点で）、推察できていてもよさそうなものだったから、今更と言えば今更ではあるが。

つまり、とりもなおさず、あまり堂々としていると、『本人』、即ちこの時系列の僕、阿良々木暦と遭遇してしまう危険があるということなのだが、昨日一昨日、あるいは数ヵ月前というのならばまだしも、十八歳の僕が七歳の僕と遭遇したところで、互いに互いを識別できまい。

同時にそれは、人目を気にする必要がないということでもある――僕が今、この時系列でどのように振る舞ったところで、『あれ？　阿良々木暦がふたり？　どっちがコピーだ？』みたいなことを思う人は誰もいない。


だから僕は、比較的堂々と。

自宅付近で佇《たたず》んでいた。

忍と手を繋いで。

ちなみに手を繋いでいるのは、親愛の証《あかし》でもなく、もちろんこれから黒い壁に向かってタイムワープを試みようというわけでもなく、この戦犯幼女を逃がさないためである。影の範囲から外には出られないとは言っても、影の中に沈まれてしまえば、僕では引っ張り出すことができないからな。

「いやあ、本当、悪かったよ忍。疑ったりして」

「…………」

「僕はなんて愚《おろ》かだったんだろう、お前の言うことを信じてやれなかっただなんて。お前がどんなすごい奴なのかって、僕は誰よりもよく知っていたはずなのにな。タイムワープくらいできて当然、むしろできなかったほうが不思議、できないことなんて何もない、それが忍野忍だよな」

「…………」

「本当、もう前、吸血鬼の鑑《かがみ》と言っていいよ。まあ吸血鬼は鏡には映らないわけだけど。いやあ、来れるもんだね、十一年前。僕もね、実は不安だったんだ。一日くらい前に戻ったところで、夏休みの宿題を終えることができるかどうか。三十日でやることを念頭において設定されている量の課題を、たったの二日、徹夜したとしても終えることができるのかと、内心怯《おび》えていたと言っていい。お前の好意を無にしてしまうんじゃないかってな」

「…………」

「でもさすが忍だよ。そんな怖がりな僕を、相談もしてないのに慮《おもんぱか》ってくれるだなんて。僕の不安なんて、お前にはお見通しだったんだな。だって、十一年もあったら全然終わるよ。余裕だよ。十一年分の夏休みの宿題を終えることができるとさえ、断言できるね。まあまあ、それはさすがに大言壮語かもしれないけどさ。サンキューな忍。本っ当に助かった、マジで感謝だぜ。お前にはいくら礼を言っても言い足りないけれど、あと一回言っておこう。ありがとうございました！」

深々と頭を下げる僕。

忍は目を逸らしっぱなしである。

「で、だ」

そして顔を起こす。

憤怒《ふんぬ》の表情を浮かべていたと思う。

「お前ちゃんと帰れるんだろうなこれ」

「……も、もも、もちろんじゃ」

久し振りに発せられた、忍の声である。

明らかに震えている。

「計画通り。お前様が、宿題をやるのには十一年くらいかかるかなと思って、特別に儂が気を遣って気を利かせたのじゃ」

「かかるか。どんなのんびりさんだよ」

僕は憤怒の表情を浮かべることにさえ疲れてしまい、その場でしゃがみこんでしまう。

頭を抱えるとはこのことだ。

「ちょっと待てお前馬鹿じゃねえのかちょっと待てお前馬鹿じゃねえのかちょっと待てお前馬鹿じゃねえのか」

実際、リアルに頭を抱えたまま、僕は言う。

「まだ一日前とかだったらな、たとえ帰れなくなっても対応できたんだよ。じっくりその難問、危機的状況に取り組むことができたんだよ。タイプBだったらの話だけどさ。でも十一年前って、貨幣《かへい》も違うじゃねえか。誰だよ夏目漱石《なつめそうせき》って」

「夏目漱石くらいは、貨幣でなくなっても知っとれよ。それにどの道タイプAだったんじゃから、同じことじゃろう」

「同じじゃねえよ。十一年前って。携帯が使えないわけだよ」

携帯電話自体はもう開発されていただろうが、基地局はこんな田舎《いなか》まで来ていない時期のことだ——というか、多分、システムが違う。

ぶっちゃけ、僕のケータイのキャリアは十一年前、存在していなかったと思うのだ。

「さっきの女子中学生達からお茶をわけてもらってなかったら、水も飲めなかったんだぜ！」

「お前様の対人能力は、意外と高いのう」

女子限定じゃが、と忍。

「いやいや、気持ちはわかるがのう、お前様よ。儂の所為みたいに言うなよ」

「この状況がお前の所為以外のなんなんだよ」

「いやいや、じゃから、儂の所為じゃけど、じゃからといって儂の所為みたいに言うなよと言っておるんじゃ」

「…………」

いい性格だなあ。

あ、でも、僕もつい最近似たようなことを言ったかな。まあ僕とペアリングされているがゆえの、これが影響って奴か……。

似た者同士ってこと。

それって案外、ペアリングされる前からそうだったのかもしれないけれど。

「いいか。儂を責めるな」

「僕はそこまでは言わなかったぞ……」

「泣くぞ。大声で泣くぞ。それ以上一個でも儂を責めてみろ、この男子高校生に誘拐されたと大音声《だいおんじょう》で泣き喚《わめ》く。ふふふ、するとどうなるのかな？　お前様は警察機関にとらわれ、しかし身分の証明は一切できん。十一年前に十八歳のお前様は、存在できんからのお。住所不定無職の未成年として、永遠に拘《こう》束《そく》され続けるのじゃ」

「身分の証明ができないのはお前も一緒だろ」

怪しさで言えば同じレベルだし。

また、伝説の吸血鬼からの精一杯の脅《おど》しが『泣くぞ』であるという事実に、ただただ僕のほうが泣きそうだった。

悲し過ぎる。

「……はあ。まあいいや」

「お。なんじゃ、許してくれるのか。気前がよいのう。では、儂もお前様を許してやろう」

「いや、そういう意味のまあいいやじゃないし、お前が僕の何を許すんだよ」

「えーと、そうじゃな。じゃあ、春休みのこととか、許して遣わす」

「こんなくだらんミスと引き換えに許すな！　ずるずるじゃねーか。

春休みのことだけはちゃんとしておこうぜ。

なんかすっかり仲良しになっちゃってる雰囲気もあるけれども。

けじめはけじめだ。

大切にしなければ。

「考えてみれば、貴重な経験とも言えるだろ。タイムスリップ、一日二日の逆行じゃあいまいち実感もわかないだろうけれど、これだけ遡れば、面白くもあるもんな。まあ夏休みの宿題は前述の通り諦めざるを得ないだろうけれど、十一年前の世界を堪能《たんのう》するというのも悪くない」

「おう。そう言ってくれるか」

「ちゃんと帰れるんならだぜ？」

一生ここで暮らすっていうのは、嫌だっていうより、無理だぜ？

ミッションインポッシブルだぜ？

「あの女子中学生達がずっと僕を養ってくれるかと言えば、そんなことはないんだから」

「そんな途方もない可能性を考慮しておる時点で、お前様の人間性がどのくらい最低かということが見えるのう」

「現代に帰ったら、あの子達何歳くらいだろう。僕のこと憶えてくれてるかな」

「場合によってはの」

まあそれはいいんじゃが、と忍は言う。

実際、このミステイクについてはかなり真剣に落ち込んでいた模様だが（明日からミステイク忍と呼んでいいものかどうか微妙だ）、しかしそのショックからは、どうやら立ち直ったようである。

意外と立ち直りが早い。

虚勢かもしれないけれど。

「まあ、真面目な話をするとな、お前様。現代に帰ること自体はちゃんとできるとは思うぞ？」

「そうなのか？」

「順を追って説明すると、まず、あの北白蛇神社。儂はこの時代に来るにあたって、あの場の霊的エネルギーを利用したわけじゃが、そもそも『吹き溜まり』としてのあの場にそのエネルギーが集まっておった原因は、お前様も知っての通り、儂がこの町に来たがゆえじゃ」

「ああ。そういう話だったな」

ここで復習しておくと、怪異の王であるところの彼女がこの町を訪れた影響で、『よくないもの』が、さながら磁力に惹《ひ》かれるようにあそこに寄り集まっていたのである——忍野がそれに気付いていなかったら、妖怪大戦争が起こっていてもおかしくなかったそうだ。

まあそれはまた別の話だが。

しかし、忍がこの町に来るのは、十一年後の話であって（この時代の忍は、まだ海外のどっかの国を、死に場所を求めて放浪《ほうろう》しているはずである）、だとするならば、あの神社は吹き溜まりでもなんでもない、ただの朽ちた神社ということになってしまうわけで――

「え。じゃあ無理じゃん。帰れないじゃん」

「そう結論を急ぐな。確かに霊的エネルギーを求める方法は無理じゃが、ならば儂の内的エネルギーを使えばよいだけの話じゃろう」

「内的エネルギーって……、でもお前は、だから吸血鬼の力をほとんど失っているから、そのエネルギーは微々たるものなんだろう？」

「じゃから、お前様が儂にある程度血を飲ませてくれればよい。そうすれば儂は自力でゲートを開けることができるから、それで十一年後の未来へ帰れるというわけじゃ」

「ああ……」

なるほどね。

その手があったか。

「過去に向かうのは、全盛期の儂でも難しいところじゃが、未来へ戻るくらいなら、不完全状態の儂でも何とかなろう。十一年分一気に飛ぶのが厳しいようじゃったら、三年ごとくらいに小分けにして休みを挟みつつジャンプすればよいしな。ほれ、褒め称《たた》えてよいぞ。なんなら感謝のキスをしてもよい」

言って目を閉じ、唇を突き出す忍。

痴女街道まっしぐらである。

「ところでお前様。痴女とか痴漢とかいう言葉、みんな当たり前みたいに使っておるけれど、どうじゃ、字面《じづら》的、意味合い的な側面からみれば、すさまじい差別ニュアンスを含んでおると思うんじゃが、果たして規制されんのかのう？」

「……先に規制されるのはお前だと突っ込みたいところだけれど、確かに的を射た指摘で、正直、深入りしたくない議論だな……」

『痴人の愛』って、もうそのままのタイトルじゃ出版できない気もするしなあ。

名作なんだけど。

「あっ！」

「どうした、お前様」

「いいことに気がついた。この時代、即ち現代からみて十一年前なら、まだその手の規制も緩《ゆる》いから、書店に行けば、今じゃもう手に入らない古典の名作がいっぱい手に入る！」

例の大型書店はまだないから、ちょっとした遠出をしなくてはならないが、しかしそれだけの価値がある書籍が揃《そろ》い踏みだ。

「はっ。何が古典の名作じゃ。どうせ規制が緩い時代のロリなエロ本とかを買うだけじゃろうが」

「いやいやいや！」

「この時代の少年誌は、まだおっぱいを描いてもよかったんじゃったかのう」

「話をそっちに持っていくな！」


まあ規制云々はともかくとして、絶版になった、今じゃ貴重な漫画とかも、余裕で手に入ったりするじゃあないか。

文庫本も、今みたいに文字が大きくて読みづらいなんてことはないだろうしな！

文庫本も、今みたいに文字が大きくて読みづらいなんてことはないだろうしな！

文庫本も、今みたいに文字が大きくて読みづらいなんてことはないだろうしな！

文庫本も、今みたいに文字が大きくて読みづらいなんてことはないだろうしな！

……四回も繰り返して主張してしまったが。

いずれにしても、帰れるとわかると夢が広がる。

株とか買っちゃう？

お金持ちになっちゃう？

これからコンピューターバブルが起きようというこの時代、ＩＴ企業の株とか買っておけば、相当跳ね上がるわけだろ？

ああ駄目だ、貨幣は持ってないんだった。

というか、お金に発想がいくというのは浅ましい。

もっと高らかに生きねば。

「じゃあ、まあどう過ごすにせよ、せっかくなんだし一日二日遊んでから、元の時代に帰るって感じにするか？　忍」

「お前様がよいならそれでよい……しかし夏休みの宿題のことは、もうよいのか？」

「正直、一日前に跳ぼうとして、十一年前に跳んでしまうほどにリスクがでかいってことはわかったし、もういいよ。諦めた。一応、保留しておいて、現代に無事に戻ったら、また考えよう」

「ふむ。諦めたと言うか、問題を棚上げにしただけのような気もするが、しかしまあそんなところじゃろうな……ん？」

と——忍が急に言葉を止めた。

どうかしたのかと、僕は彼女の視線を追ってみる——すると彼女は阿良々木家の門扉《もんぴ》を一直線に見ていて、そこには一人の幼児がいた。

いや、前言撤回。跡形もなく大いに撤回。

識別できる。わかるもんだな、七歳でも。十一年前でも。

自分のことは自分が一番よくわかっているとは、よく言ったもので——そこにいたのは、この時代の阿良々木暦だった。

「うおっ！　超可愛い！　後ろから襲ってハグしてきてもよいかのっ！」

「お前はさっさと逮捕されろ」

やっぱりこの時代でも余裕で規制されかねない、危険な幼女だった。

果たして誰の影響なんだか。

008

まあそんな感じで、なんとなくの流れとしか言いようのない成り行きで十一年前の世界に来てしまった僕と忍だったが、帰り道がとりあえず確保されたとなると、それはそれであっさりと一安心し、むしろ現金なことにちょっと楽しんで行こうというくらいの気持ちが生じたことは否定できないけれど、しかしいざ阿良々木家から離れ、実際に過去の世界を堪能してみようという運びになってみると、これが意外とすることがないというありのままの現実に突き当たる羽目になった。

現実は過去においても敵だった。

考えてみたら、株が買えないのと同じ理屈で、本だって買えないしな。

立ち読みをしに隣町まで行くというのは、さすがにどうだろう、モチベーションが保ちきれない――昔のアグレッシブなテレビ番組を見ようと思っても、街頭テレビがあるほどの過去じゃあない。

そういう意味では、さっき言ったこととは逆になってしまうが、街並みは確かに十一年前なんだけれど、それは言ってしまえばただ違和感を覚える程度の違いであって、ノスタルジィを感じたり、懐かしいと思えるほどの違いでもないのだった。

勝手な言い分になってしまうかもしれないけれど、どうせミスるなら、いっそ戦前くらいまで戻ってくれたら、面白かったのに。

「戦前なんかに戻っとったら、お前様みたいな不審者、あっという間に軍部に捕まって人権を度外視した拷問《ごうもん》じゃぞ」

「ああ、そうなるのか。なってしまうのか」

「余裕ができると、発言が危ういのう、リスキーじゃのう、我があるじ様は。むしろ適度にぬるい時代でよかったと思うぞ。えーっと、ミスタードーナツはもうあるのかの？」

「前に創業四十周年を祝ってたから、間違いなくあると思うぜ――つうか、この時代にしか食べられないドーナツってのもあるはずだ」

「ほう！」

「食いついたところ悪いが、金はねーぞ」

「食いついても食えんのか」

「うん」

財布の中に、一万円札があるにはあるが、新札なので使えない。

野口英世《のぐちひでよ》さんとか樋口一葉《ひぐちいちよう》さんとかと違って、人物が同じ福沢諭吉さんなだけに、もろに偽札《にせさつ》扱いされてしまうだろう。

拷問はされないまでも、高度な造幣テクを持つ謎の高校生として、軍部に捕まる未来が見える。

紙幣は駄目でも硬貨ならば使えるかもしれないと思ったけれど、硬貨には年号が刻まれているのだった。

手持ちの硬貨を一枚一枚、一縷《いちる》の希望をかけて調べてみたけれど、全部未来の年号だった。

なんだよこの手の込んだ偽硬貨。

「ふん」

忍は、僕を先導するように道を歩きながら、言う。

強いて言うなら、アスファルトの継ぎ目が現代よりもいくらか少ない気がする。

かなりどうでもいいが。

「意気込んで出発したものの、早速《さっそく》手持ち無沙汰《ぶさた》になっておるではないか。こんなことなら、お前様の家の前で、ショタ状態のお前様にハグはせんまでも、もうしばらくの間遠目で愛《め》でるという選択肢はあったろうに」

「ねえよ。気持ち悪いこと言うな」

僕は、特に目的地もないので、忍の後ろをただただ歩きつつ、答える。

「つーか、これもタイムパラドックスの一環だけどよ、忍ちゃん。僕は六歳だか七歳だかのときに、未来の自分とか金髪の幼女とかに会った記憶はまったくねーから、遠目でも、向こうから目撃されてしまうとまずいだろ。未来と矛盾してしまう」

「はあ？　六歳とか七歳とかの記憶なんぞ、残っとるわけがなかろう。儂なんか、去年のこともよく憶えておらんぞ」

「だからお前、それは大丈夫なのか？　十年前とか二十年前のことならともかく……去年って」

「正直、三十歳を過ぎたあたりから、年単位では記憶が継続しなくなった」

「三十って！　なんだよそれ、人間と大して変わんねーじゃねーか！」

「キスショット・アセロラオリオン・ハートアンダーブレードって、三回に一回くらい、うっかり忘れる。忍野忍と短くなって、正直、ほっとしておるくらいじゃ」

「言っておくけど、その名前をつけられたせいで、お前は存在を封じられて僕の影に縛られているようなもんなんだからな」

どんどん馬鹿になってくなこの子は、と思いつつ、僕は言う。

「自分で言うのもなんだけれど、この当時の阿良々木少年は結構頭のいい子供だったからな。なんだったら今より頭がいいくらいだぜ。憶えてる憶えてない以前に、下手すれば僕やお前の正体を見抜いてしまうだろう」

「そんな聡《さと》い子供がおるか……？　過去の記憶を美化しておるだけではないのか……？」

「いやいや。当時の僕は、魚で言えばナポレオンフィッシュだぜ」

「それはすごいのかのう？　魚で言っておる時点で、もうなんか全然賢そうではないが……賢いイメージの魚なぞ一匹もおらんじゃろう」

「そんな阿良々木くんも、今ではすっかり小女子《こうなご》だがな」

「逆出世魚じゃのう」

「つーか」

僕は足を止め、後ろを――つまり、遠く離れた阿良々木家を見遣る。

もう見えないのだけれど。

先導する忍ではあったが、彼女は僕の影に縛られているので、僕が足を止めてしまえば、彼女も連動して足を止めざるを得ない。

実際、別に忍は僕を先導しているわけではなく、太陽の位置の関係上、僕の前に立たざるを得ないだけなのだった。

「記憶に残る残らないはともかくとして、大体、タイムワープ先で自分に会ったら、二人とも消滅してしまうという理論を、僕は聞いたことがあるぞ。まあうろ憶えなんだけど……、物質と反物質みたいなもんなのか、それともドッペルゲンガーみたいなもんなのか、とにかく、過去の世界において自分自身との遭遇だけは避けたほうがいい、とか」

「はあん？　それは単なるSF小説とかのお約束ではないのか？　実際にタイムワープする者がそうそうおらん以上、理論化などできまい」

「そりゃそうだが……SF小説の知識をそのまま引用していることも否定しないけれど、一応、念には念を入れておきたいというか……」

過去の世界で消滅したくない。

向こうが消滅するという線も、この場合はあるけれど、しかしそれはそれで昔の僕が消えるということで、やっぱり今の僕の消滅を意味するのでは……うーん、わけがわからん。

時間移動に関する理論は、こじれっぱなしだ。

こじれとこじつけに満ちている。

未来への時間移動は可能でも、過去への時間移動が不可能だというのは、この手のこんがらがったパラドックスを解消できないSF作家の怠慢のせいなのかもしれないと思う僕だった。

「SF作家の所為にするなよ……どんな責任転嫁じゃ」

「責任転嫁もしたくなるぜ、この状況」

「いや、お前様。その辺の心配は、たぶん、せんでいい」

と。

急速に、することがないことに気付いてしまった反動で、またも不安が萌《きざ》してきた僕のハートを気にしてというわけでもないのだろうが――忍が、そんなことを言い出した。

「今だから白状してしまうが、お前様。儂は今まで、お前様が言うところのタイムパラドックスがどういう意味なのか、わかっておらんかった」

「は?」

驚く。

その告白に。

「え、でも、僕はちゃんと説明したし、さっきちゃんとそれについて語り合ったじゃん」

「わかった振りをして、ふんふんと適当に頷き、聞き流しながらうまく話を合わせておったのじゃ」

「おい!」

アニメ関係のキャラ紹介において、ストーリー唯一の突っ込み担当とか、わけのわからんキャプションをつけられることの多かった僕だが、思いっきりストレートな突っ込みをしてしまった。

おい。

「お前、会話劇とさえ称される、トーク主体の小説でさ、適当に話を合わせるキャラがいていいはずがねえだろ。今だから白状してしまうがって言ったけれど、申し訳ないが時効になるほどの時間はまだ経過してねえぞ」

まだあれから何時間かだ。

何秒だよ、時効。

「いやいや、その何時間かが大事なのじゃ。ほれ、日が暮れかかって、時はまさに逢魔《おうま》ヶ刻《とき》」

「時はまさに世紀末みたいに言うな」

「つまり力を失っているとは言え、怪異たる儂が活性化する時間帯じゃ。ようやく目が覚めてきて、ようやく頭が冴《さ》えてきた。お前様が言う複雑怪奇な物言いが、ついに理解できたのじゃ」

「悪いけど僕、本当悪いけど僕、そんな難しいこと言ってねえぞ」

「結論から言って」

忍は腕組みをして言う。

下から視線なのに上から目線という、例の器用なおとがいの上げかたである。

「タイムパラドックスの心配はない」

「ない？」

「皆無《かいむ》じゃ」

「皆無」

「空が落ちてくるかどうかを気にするようなもんじゃ。勇気か杞憂《きゆう》かで言えば、杞憂じゃ」

「いや、そのふたつのうちどちらかで言えば、そりゃあ当然、杞憂なんだろうけれど……」

そのふたつのうちどちらかで言えばなんて話はしていない。

つーか矛盾という言葉を知らないのに杞憂という言葉を知っているのも、なんだか変な話だ――そのふたつは、意味は違えど同じカテゴリに属する二字熟語じゃねーかよ。

「ふむ。とにかく皆無で杞憂じゃ。心配する必要など何もない」

こんな道の真ん中でするような話ではないのう、と忍は結論だけ先に言って、僕を誘うように促した。確かに言われてみれば、いつクルマが来るかわからない、そうでなくともいつ誰とすれ違うかわからない、こんな車道で立ち話もなんだ。

促されるまま、僕は忍に追随する。

しかし、十一年前の車道、ちょっと危険だな……、確か未来では、この辺、ちゃんとガードレールがあったような気がする、定かではないが。

歩道のあるところまで辿り着いて、日の差す方向をうまく調整し、横並びになった。このほうが会話はしやすい。

僕が車道側に立つ意味は、この場合、あんまりない気もするけれど。

「いやー、それにしても、いーのー」

「？　何が？」

「こうして堂々と表を歩けるというのは、いいのうと言っておるのじゃ。儂は文字通り日陰の身じゃからのう。しかしこの時代なら、儂やお前様を知る者がおらんから、自由に振る舞ってよいというのは、たまらんわい」

「ふうん……」

そうか。

妙にさっきから言動が不審だと思っていたが、それは偶然の結果とは言え、大きく時間を飛び越えたために生じたつかの間のフリータイムに、忍はハイテンションになっているということのようだ。

そうか、金髪幼女という目立つ外観がゆえに、それに僕の影に封じられているがゆえに、昼間の光とは無縁の忍だからなあ――

「っておい。吸血鬼が日陰の身なのは当然だろうがよ」

「ん？　あ、そうじゃったの」

「八九寺が僕の部屋に来てそういうことを思うんだったら、そりゃなんとなく思うところはあるけれど、お前は根本的にダークサイドの住人じゃねーか。ナイトウォーカーが日の光を嬉しがってんじゃねーよ。太陽は敵なんだろうが」

「うーむ。まだ寝ぼけておるのかのう」

忍はぽりぽりと、金髪を掻《か》く。

そのリアクションが、もう俗っぽいと言うのだ。

「こうなると、説明は儂の頭が本調子になってから、つまり日が完全に沈んでからにしたほうがよいかもしれんのう」

「いや、正直早く聞きたいな。タイムパラドックス関連のあれこれについては」

「そうか。では、まあ細部は間違っておるかもしれんが、とりあえずざっくりと説明してやろう。運命というものには大筋の流れがあって、それを変えることはできんのじゃ」

「なに？」

「起こったことは必ず起こるし、起こらなかったことは絶対に起こらん。起こることは起こるべくして起こるし、起きんことは起きんべくして起きん。運命が不変と言っておるわけではないぞ——ただ、大筋は変わらんということじゃ。つまり、儂やお前様がこの過去の世界で何をしたところで、世界はその程度のズレは誤差の範囲内として勝手に修正してくれる。まあ、よっぽどのことをせん限りな」

「よっぽどのことって？」

僕が僕と会うとかいう程度じゃ、その『よっぽど』には含まれないということだろうか？

「うむ。たとえばじゃが、お前様のそもそもの目的であった、夏休みの宿題についてじゃが、一日過去に遡って、その時代のお前様に見つからないように、こっそりとその宿題を終えたとしよう。しかし、それができるくらいなら、わざわざ過去に戻らなくとも、根性で徹夜すれば宿題はできておったということじゃ。あるいは、たとえできなくってもそんなに怒られんとかな」

「……え？」

なんだそれ？

いや、運命が大筋決まっているというのは——なんだっけ、世界律とか宇宙意志とかアカシックレコードとか、何とかの大予言とか、そういう色々なオカルトで言われちゃあいることだけれど——何、時間移動に際してもそれが適用されるの？

うん？

「ちょっと待てよ、だったら、宿題をやるために過去に戻る意味って、なくないか？　戻ってできるんであれば戻る必要がなくて、戻ってできないんであっても、やっぱり戻る意味はないなんて言うんじゃあ……」

「うん。ないよ」

老人言葉が崩れ、子供みたいな口調で言う忍、忍ちゃん。

とぼけているのか、天然なのか。

可愛いねえ。

「儂はただ、お前様が時間を戻してくれと頼むから、ドーナツ欲しさにその願いを叶えてやっただけじゃわい」

「なるほどね！」

簡単明瞭《めいりょう》な目的意識だった。

そうだよな。

こいつが僕の宿題を、本気で心配するわけがないよな……そもそもの指摘にしたって、そう言えばどちらかと言えば、嫌がらせみたいな意味合いが強かったはずである。

害なすつもりはなくとも、別に益なすつもりもあるはずがないのだ。

「あと、知識としてだけ知っておった時間移動を、気まぐれで試してみたくなっただけじゃ。一生で一回くらいやってみたかったし」

「お前の思い出作りに僕を巻き込むなよ！」

「言いだしっぺはお前様じゃろう」

「お前は人の罪のない妄想に付け込む悪徳ベンチャー企業か」

遠回しに言っているが、これは詐欺師《さぎし》呼ばわりしているのである。

「つまり逆に言えば、僕が過去で宿題をやってしまっていても、結局、未来の僕はなんらかの別の理由で過去に戻ってきて、やっぱり宿題をやるってことになるのか……？」

「そう言えばゴーストスイーパー美神《みかみ》では、時間移動の能力はあまり重要視されておらんかったのう」

「なんでも漫画で説明しようとするな」

SF小説頼りの僕もどうかとは思うけれど。

なんだよこのふわっふわした会話。

「まあじゃから、後ろ向きで諦め加減な言い方をすれば、あんまり細かいことを気にしてもしょうがないということじゃよ。できることしかできんし、できないことはできないのは、現代でも過去でも一緒なのじゃ」

「一緒――」

そういう言い方をされると――まあ。

わからなくもない。

運命みたいな、途方もない相手と戦って、思い通りにならないのは、何も時間移動で辿り着いた過去においてだけではないだろう。

現実は——過去においても敵。

現実との戦いは常に——負け戦。

「わかったよ、忍。つまり、歴史を変えてしまうような、未来を変えてしまうような蛮行は、やろうと思っても、そもそも運命の内側に組み込まれている僕達にはできないってことなんだな」

「ざっくり言うとな」

ふむ。

つまりさっきの例で言えば、もしも今の僕と、七歳の僕が出会うことによって、どちらかが、または双方共に消滅してしまうというようなルールになっているのならば、そもそも現僕と過去僕は、出会うことからしてできないということなのだ。

仮に僕が、この時代の通貨を持っていたとしても、きっとなんらかの邪魔が入ってIT企業の株は買えないのだろうし、同じように本屋で貴重な本を手に入れることもできないのだろう。

「バタフライ効果的なものは起きない、と思っておいていいんだな」

「バタフライ効果とはなんじゃ」

「知らないのかよ」

「バターに衣をつけて油で揚げたアレか」

「不覚にもうまそうだな」

チーズ揚げみたいな味がしそうだ。

いや、バターは溶けるかな、さすがに。

「初期要素の些細な条件の差異が、後期の大きな変化に繋がるって理論で……えーっと」

僕自身、羽川から聞いただけでよくわかっていないので、説明が難しい。中国で一匹の蝶《ちょう》がはばたけば、ブラジルで竜巻《たつまき》が起こる、みたいな話だったような——しかしどうしてそんなことが起こるのかとその理由を問い詰められると、はっきり言ってお手上げである。

羽川に電話して訊こうかと思ったが、携帯は圏外だし、またこの時代の羽川が携帯を持っているわけがなかった。

羽川だって六歳とかのはずである。

…………。

会いたいな。

今会うことで運命が変わったり、将来羽川に出会えなくなるということがないとわかったとなると、ロリ羽川を是非見てみたい。

会えないなら会えないわけだし。

ロリな羽川。

なんと魅惑的な響きだろう。

「おい、何をにやけておるのじゃお前様。アサギマダラ効果とはなんなのか、ちゃんと儂にわかるように説明せい」

「ボケがハイセンス過ぎて、突っ込む方向がわからない」

と言いつつ、僕は答える。

「つまりだな、変化球っていうのは打者の手元で変化しているように見えるけれど、実際はもう、ピッチャーが投げた瞬間から変化は始まっているってことだよ」

「ああなるほど」

「わかったの⁉」

今のだって随分ふんわりした説明だぜ⁉

ちなみに変化球はボールの回転と、それによって生じる空気抵抗に拠《よ》るものなので、それゆえに軟球と硬球で、投げ方は多少変わってくるらしい。

「ふむ。じゃからその心配はない。モンキチョウ効果など起きん。蝶が羽ばたいた程度で変わる世界ならば、蝶が羽ばたかなくとも変わる。そういうことじゃ」

「そうなのか？　よくわからんが……初期値の違いが、後々《のちのち》大きな禍根《かこん》となるってのは、理論的には納得しやすいんだけどな。クルマのハンドルとかも、そうなんだろうけど」

「お前様を真似て、わかりやすいたとえを使わしてもらうとじゃな」

そんな前置きをして、忍は言う。

「漫画やゲームの影響で事件を起こすような子供は、漫画やゲームの影響を受けなくても事件を起こす、みたいな話じゃ」

「…………」

危険なたとえだな！

わかりやすいけど！

「まあ……なるほどね。一応なるほどとは言っておこう。確かに、そんなもんかもしれねーな。影響は影響として存在しても、それがイコールで結果を変えられるわけじゃねーってことか」

前に、そう言えば、戦場ヶ原が似たようなことを言っていたような気がする。

結果として、戦場ヶ原が抱えていた悩みの解決に、僕が寄与《きよ》したわけだけれど、しかしそれをするのは、ひょっとしたら僕でなかったかもしれない——僕はたまたま、そこにいただけで、たとえばそこにいたのが僕でなかったとしても、同じ物語の流れになっていたかもしれない、と。

だからこそ戦場ヶ原は、それが僕でよかったと言ってくれたが——裏を返せば、それは。

人の意志で変えられるのは自分の人生だけであって、運命や世界なんて、大それたものではないという意味なのだろう。

ふむ。

見方によっては、やっぱり空《むな》しい話ではあるけれど、しかしどこか、安心感のある話でもある——自分達の乗っている乗り物の安定性が、保証された感じとでも言うのか。

「そっか。そういうことなら、ちょっとほっとしたぜ。つまるところ、僕やお前程度の個人的な行動じゃ、滅多なことは起きないってことだな」

「でなければ、思慮深いこの儂が、慎重の体現者であるこの儂が、お前様に頼まれた程度で、ミスタードーナツ食べたさに、気ままに時間旅行などしゃれ込むわけがなかろうが」

「そうだな。なんだかんだ言って、お前くらい思慮深くって慎重な奴はいないもんな」

「まあアロハ小僧に絶対にするなと止められておったがのう」

「ちょっと待ってーっ！」

動揺のあまり、またも突っ込みが雑になってしまったが。

それも致し方なしと自ら看過《かんか》できてしまうほどの、忍の衝撃発言だった。

「え？　え？　え？　お前、忍野に止められていたことをしたの!?　あの気軽さで!?」

「まあそうじゃが、何か問題があったかにょん？」

「にょんって言うな。何キャラだよ」

結構シリアスな話になりそうな場面なんだから、適当に話を流そうとするな。

僕達はもっと危機感をもって会話することができるはずだ。

「いやいや。アロハ小僧に止められておったから、これまではやっておらんかったが、しかしそのアロハ小僧はもういなくなったのじゃから、やっていいということじゃろう」

「お前虫みてーな思考回路してんな」

吸血鬼じゃなくて蚊《か》じゃねーのか、お前。

思考ができないシステムになっていても不思議じゃない短絡《たんらく》さだ。

粘菌《ねんきん》だってもうちょっと考えてる。

思わず僕は、意味もなく周囲を見渡してしまう。

過去の世界を。

忍野が、絶対に来てはならないと止めていたという恐るべき曰《いわ》くがついてしまった、この世界を。

「マジかよ……あいつが駄目って言ったことって、大体駄目だったじゃん。お前、自分が悪いことしたとまるっきり思っていないらしい無邪気な笑顔だけれども、いいか、念のために訊くぞ。お前自分が何をしたかわかってんのか？」

「わかっとらん」

「はい！　わかっとらん、いただきました！　しかし僕はわかった。僕にはわかった。うん、責めない。僕はお前を責めない」

しょうがないよな、馬鹿なんだもん。

春休みから半年近くの付き合いを経《へ》て、やっとわかった。いやもうマジで申し訳なかったね、ここまで自明のことを理解するのに、こんなにも時間をかけちゃって。

お前馬鹿だよ、本当に。

幼女になる前から、一貫して。

僕の影響とかじゃなくってさ。

「え、でも、忍野はなんか言ってなかったのか？　絶対にしちゃ駄目だっていう、その理由を」

「さあ。あるいは言っておったかもしれんが憶えてはおらんのう。まあじゃから、推測するによっぽどのことがあったら、歴史は変わってしまうからなのじゃと思うのじゃが」

「…………」

「大丈夫じゃよ。じゃからそういうのを杞憂と言うんじゃ、愚か者め。さっきお前様が言った通り、儂やお前様程度の個人的な行動で、よっぽどのことが起こったりすると思うか？」

「まあ、そりゃあないと思うけど……ちなみに、参考までに、よっぽどのことっていうのは、どういうことを指すんだ？　たとえばの例として」

「取り返しのつかん事態ということじゃろうのう……たとえば、この国の中枢《ちゅうすう》に核を落とすとか……いや、そのくらいは世界的に見れば取り返しがつくことなのか」

「つかねえだろ。国一個消えてるぞ」

「この惑星《わくせい》ではよく消えるじゃろ」

「……お前、たまに風刺《ふうし》とかに踏み込むから、会話が急に重くなるよな」

「儂はいっぱい見てきたぞ、国が消えるところを。

えーと、そうじゃな。じゃから星がなくなるくらいのことがあったら、歴史は大きく変わるかもしれん。太陽を消すとか、のう」

「……おっけ」

いいだろう、納得しよう。

そのスケールのことをしなければ歴史が変わらないというのなら、揺るぎなく何の心配もいらない。

ここにいるのは、夏休みの宿題さえ満足にできなかった一人の高校生と、ミスタードーナツ好きの金髪の幼女である。

星規模の何かをどうこうなんてできるものか。

ましてそれでも、歴史は動かないかもしれないのだ——この銀河だって、絶え間なく膨張し続ける宇宙全体から見れば大した問題ではないのだから。

そんなわけで、僕達にはなんの不安もなくなったのだった——愚かにも。

結局——だから忘れていたのだ。

忍野忍が唯一無二《ゆいいつむに》と言っていい、現実を歪めるほどの力を持つ伝説の吸血鬼であることを——そして僕が、その吸血鬼に、奇跡と言っていい勝利を収めた唯一無二の眷属であることを。

世界を。歴史を。宇宙を。

運命を、変えてしまいかねない、恐るべきツーマンセルであることを。

自分で言うようなことではないが、しかしこれは自分で言うしかない——我ながら、すっかり忘れていたのだった。

009

ナンバーワンよりオンリーワンという物言いが、一部好事家《こうずか》の間で流行した時代があったけれど、非常に聞こえがよく、また心が弱っているときにはとても励まされもするこの一文は、しかし冷静に考えてみると突っ込みどころがないでもない。

オンリーワンになることは実はナンバーワンになることよりも難しいのではないかという疑問がその最たるもので、多くの場合、多くの者はありふれている。

ひとりであるということは、その他大勢であることと何ら意味合いは変わらず、競争することでしか個性を有せないことがほとんどだ。

いや、そういう意味ではナンバーワンよりもオンリーワンという主張は、あまりにも正し過ぎて、だけどそれゆえにあまりに救いがないと言うべきなのかもしれない。

そしてそれに次ぐ第二の疑問は、オンリーワンという孤独《こどく》を、唯一無二という寂しさを、他人に勧める残酷さを、己《おのれ》に強要する凄惨さを、人は知るべきではないか、というものだ。

オンリーワンという『たったひとつ』であれというのは、考えるだにおぞましき命令だ——そりゃあまあ、友達を作れば作った分だけ人間強度は下がるかもしれない。

だけど、人間強度を下げてでも作るべきが、友達なのではなかろうかと——僕は最近、そんな風に思うようになったのだ。

思えるようになったのだ。

僕にそれを教えてくれたのは、もちろん羽川翼なのだが——確実に、もうひとり。

八九寺真宵がいると思う。

十年以上もの間、たったひとりで迷い続けた、オンリーワンであり続けた彼女が——僕に教えてくれたことだと思う。

だから。

「八九寺を助けよう」

その発想は自然と出てきた。

不意に、である。

タイムパラドックスは絶対に起きない、起きることはないという話を聞いて、直後である。

何のことはない、何のきっかけもない。

ただの歩道の真ん中で。

強いて言うなら、歩行者専用道路の標識を見たことで——思いついたのである。

「は？　なんじゃ、何か言ったかの？　お前様」

「だから——八九寺を助けようって」

忍が怪訝《けげん》そうに言うのに、僕は同じ台詞をもう一度繰り返す、まるで深く決意し、自分に言い聞かせるがごとく。

「いや、考えてたんだよ——なんで十一年前なのかって。そしてなんで五月十三日、つまり五月の第二土曜日なのかって。跳ぶべき時間の座標がズレるにしたって、なんだか変なズレかただなって思ってた——一日前に行こうとして、一時間前に行ったり、一年前に行ったり、百歩譲って十年前に行ったりするならわかるけれど、十一年前、正確には十一年と三ヵ月前に、ピンポイントで跳ぶ理由は、何かあったんじゃないかって。もちろん、お前にとって初めての時間移動だからうまくいかなかったってのはあるんだろうけれど、でも、他にも何か理由がある気がしてな」

「理由——なぜそんな気がした」

「勘なんだが」

「勘」

「予感と言ったほうがいいのかな——ズレじゃなくて、むしろアジャストだったんじゃないかって、そんな風な予感があるんだ。うまくいかなくってこうなったんじゃなくって——うまくいってこうなったんじゃないかって。いや、過去に対する気持ちなんだから、予感というよりは後悔と言ったほうが、更に正確なのかもしれないけれど」

「…………」

忍が、何かを言いかけて——黙る。

こいつのことだから、きっと何か雑《ま》ぜっ返すようなことを言って僕をからかおうと思ったのだろうけれど——僕の顔を見て、それをやめたに違いない。

それほどに、僕は。

　余裕のない顔をしていたと思う。

　とても、ナイスな着想を得たとは思えないような、そんな顔を。

「多分なんだけど。明日が、八九寺の命日なんだよ」

「……あの迷子《まいご》っ娘《こ》の、命日？」

「先に言っておくが、確信はない。八九寺は、十年と少し前としか言ってなかった――厳密に十一年前とは言わなかった。細かいことを言っても意味がないと思ったのかもしれないし、単に本人も、もう憶えていないだけなのかもしれない。六百年生きているお前の記憶の話はさすがに極端にせよ、十年以上前の話なんて、憶えてなくて当然だからな。だけど――ひとつ確かなことは、明日が母の日だってことなんだ」

　母の日。

　八九寺真宵は――母の日に死んだのだ。

　交通事故に遭って。

「つまり、僕の考えが正しければ、明日、八九寺は車に轢かれて命を落とす――離れ離れになって暮らしていた、お母さんの家を訪ねる途中で、だ」

「そういう話じゃったのう――確か」

「だから」

　だから、と僕は言う。

　やはり、道路標識を見詰めながら。

「だから――助けよう」

「…………」

「色々考えはしたんだ――せっかく過去の世界に来たんだから、何かできることはないかなって。絶版になっている本を入手するとか、株を買うとか、そういうのもいいけれど……なんていうか、もっと意味のありそうな、意義のありそうな――」

　うまく言えないけれど、強いて言うなら。

　運命的な、何かを。

「――できないかなって」

「……できんという話になったのではないのか？

ついさっき」

タイムパラドックスが起こらないということは、つまり、それだけのこと——『よっぽどのこと』はできないという意味じゃろうに、と忍は、少しだけ呆れたように言う。

僕の真剣味に、ついていけないというような、距離感のある言い方である。

「うん」

僕は頷く。

別に、それを忘れたわけじゃあない。

「まあ、順を追って聞いてくれ。僕がまず考えたのは、戦場ヶ原のことなんだ。戦場ヶ原ひたぎ、僕の彼女のために何かできることはないかなって」

「のろけか」

「いやいや。のろけって言うか……これがまあのろけと受け取られるなら、仕方ないんだけれど。この時系列だったら、戦場ヶ原は今の民倉荘《たみくらそう》じゃなくって、話にだけ聞いている、例の『豪邸《ごうてい》』とやらに住んでいるはずなんだよな——」

「ふむ。確かその『豪邸』、今は道路になってしまったという話じゃったの」

「うん。だから、その『豪邸』の、在《あ》りし日の姿を写メして、お土産《みやげ》にしようかとか思ったんだ」

「それくらいならできるのではないか？　現代に戻ったら不思議パワーで携帯電話内のデータが消えておるかもしれんが、チャレンジしてみる価値はあろう。リスクもなさそうじゃし」

「うん」

不思議パワーという、もう胡散臭くもない単語については、議論を避けよう。

「携帯電話の、電話としての機能は使えなくっても、カメラ機能とかは使えるだろうしな——まあ、撮ろうとした瞬間に何らかの歴史的な邪魔が入って、撮れなくなるという可能性もあるけれど、それでもお前の言うとおり、チャレンジしてみる価値はあると思う。……ただ、それもあんまり意味なさそうだって、そんな風に思って」

「？　何故《なぜ》じゃ？　喜ぶのではないのか？　あのシンプルな女は」

「シンプルな女って……」

気のせいかな。

敵意を感じるが。

「いや、考えてみれば、昔の家の写真くらい、普通に持ってるんじゃないかって。まさか家を焼け出されたわけでもないんだから」

「はっはっは。そうじゃのう、家が火事になるとか、そんな大爆笑なことは起こっておらんはずじゃや。そんなの、いくらなんでも不幸過ぎるじゃろ」

「確か戦場ヶ原の家の本棚には、アルバムっぽい本も並んでいたし……だったらお土産にもなんにもならない」

「ま、だからこそお土産として可能という線はありそうじゃが、基本的にはお前様の言うことが正しそうじゃ」


「そこで僕は考える。ひょっとして、十一年前という時点からなら、戦場ヶ原の抱えていた悩みを解決することができるんじゃないかって」

「ん？　あの娘が抱えていた悩みというと、重し蟹の……いや、そうではないのか。蟹ではなく、あくまでも家庭の——」

「そう、家庭の問題」

僕は言う。

先回りして。

「母親が悪徳宗教に嵌ってしまうとか、協議離婚《きょうぎりこん》とか——まあその辺、全部含めてなんだが。そういう問題を、起こる前に、禍根を断つことはできないかって思ったんだ」

「それはできんじゃろ。一人の人間の運命を……否、多くの人間の運命を、変えてしまうことになるのじゃから」

「だよな、たぶん」

否定的な忍に、僕は反論しない。できない。言われるまでもなく、たったひとりの人間である僕に、そこまで大それたことができるはずもない。はずがない。

「チャレンジしてみる価値はあるかもしれないけれど、それでもっと酷いことになってしまうという可能性もあるしな――他人の家庭に首を突っ込む危うさを、僕はよく知っている」

それに、と付け加えるなら。

「何をどうすれば、戦場ヶ原家の事情が、よりよい方向に向かうのかなんて、想像もつかない。特に、この十一年前の時点からじゃあなあ」

僕が話を聞いている限り、この時代の戦場ヶ原家には、そこまで酷い問題は起きていないのだ――逆に蜜月《みつげつ》と言ってもいい。

父と、母と、娘。

三人で一緒に、天文台に星を見に行くような――ここはそんな時代である。

「これが二年前とかだったら、この町にきた貝木の野郎を全力でぶっ飛ばすということができそうなんだが、十一年前とかじゃあ、あの嘘つき詐欺師も大学生とか、そんなとこだろ。そんな奴ぶっ飛ばしても、その後の九年で、そんなズレは軌道修正されちゃうと思うし」

「ちゅーか、大学生時代のカイキにも、お前様は敵わないと思うがの。返り討ちにあって、金を巻き上げられるのが落ちじゃ」

偽札をの、と辛辣《しんらつ》な忍だった。

うん、まあ、反駁《はんばく》すまい。

正直、僕は小学生時代のあの男にも、勝てる気がしない。

「できることなら何とかしてやりたい、とは思う――戦場ヶ原は戦場ヶ原で、不幸な時代を経験したからこそ、阿良々木くんと付き合える幸福な今があるのだ、なんて前向きなことを言っているけれど、それにしたって、あいつが重し蟹と過ごした二年間は、現象に反して重過ぎると思うから。でも、たぶんこれは『できないこと』なんだろう」

「じゃろうな」

「同じように、羽川の家庭の事情をなんとかできるとも思えない。いや、可能性だけの話をするなら、羽川家の問題には、手を出すことができなくもないかもしれない――」

この時代の羽川は、六歳とかで――だとすれば、彼女の場合は、とっくに問題は『起こっている』。戦場ヶ原家のように、まだ起こっていない問題を解決するのは非常に難易度が高いけれど、既に起こっている問題ならば、手立てがまったく見えないわけではないだろう。

でも。

「――でも、それは絶対に無理だと思う。羽川家が抱える病巣《びょうそう》は、いち高校生やいち吸血鬼に、どうこうできるレベルを超えている」

「じゃな」

忍は、ここには同意した。

躊躇《ちゅうちょ》なく。

「障《さわ》り猫《ねこ》やらブラック羽川やらにはまだしも、あの元委員長には、儂も散々煮え湯を飲まされたからのう――できればかかわりたくはない」

「うん……下手に手を出せば悪化するだけだと思うんだよな……さっきの貝木の話じゃねーけど、僕、六歳の羽川にも勝てる気がしねえ。なんとかしようとしても、言いくるめられる気がする」

「じゃのう」

「ロリ羽川には会いたいけれど、しかしそれで僕が犯罪者になってしまうのもどうかと思うんだ」

「そんな可能性も考慮せねばならんのか……」

まあ、最後のは冗談だけれど。

戦場ヶ原家のほうはまだしも、羽川家については、『よくなった状態』という、具体的なイメージができない。もちろんあの家にも、今よりもマシだった時期っていうのはあるんだろうけれど……、それがこの十一年前だとは思えない。

羽川は、きっと戦場ヶ原と違って、不幸な過去があるからこそ、幸福な今がある——というような価値観を、持っていない。

まるっきり持っていない。

その価値観を、むしろ嫌っていて。

それはもう、自己否定の領域にまで達している——結局、羽川が誰よりも嫌っていたのは、優秀な自分や、幸福な自分だった。

そんな嫌悪や、そんな憎悪が。

白い猫を生んだ。黒い猫を生んだ。

「なんとかできるものならなんとかしたいけれど——それもきっと、『できないこと』だ」

「じゃな。いや、その考え方は正しいと思うぞ。同様に、猿女やら前髪娘やらをどうこうすることも、お前様には不可能じゃろう。そこはあのにっくきアロハ小僧の言う通りなのじゃよ」

人は一人で勝手に助かるだけ。

誰かが誰かを助けることなどできない——

「うん。でも」

忍は、話をまとめるようなことを言ったが——しかし、ここまでは、あくまでも前置きである。戦場ヶ原や羽川に、何にもできない自分というのははなはだ不甲斐《ふがい》ないけれど、しかし。

しかし、だ。

「八九寺は助けられると思う」

「どうしてそう思う」

妙に確信的じゃが、と忍。

「そんな保証、どこにもあるまい」

「いや——だって、あいつが被害に遭った交通事故っていうのは、偶発的なもんだろ？　家庭の事情とか、そういうのとは違って、継続的な何かが積み重なって、気がついたら取り返しがつかなくなったというような種類の何かじゃあ、ない。一瞬の偶然さえ回避すれば、それで避けうるもんじゃねーか」

「いや……お前様の気持ちを考えると、それにあの小娘とお前様の関係を鑑《かんが》みると、水を差すようで悪いのじゃが……あまり言いたくはないのじゃが、それは無駄じゃと思うぞ。ツンデレ女や元委員長と、ケースとしては、お前様が言うほどの大差ない」

　忍は、本当に歯切れ悪く、言う。

　彼女には、言葉面だけでなく、影を通して僕の気持ち、テンションまでが通じてしまうから、余計言いづらいのだろう。

「たとえば明日か？　明日、お前様が、どんな方法を使ってかはわからんが、とにかくあの迷子っ娘が受けるであろう被害を防いだとしよう。明日があの小娘の命日にならなかったとしよう。確かにそれくらいのことなら、できるかもしれん——じゃがな。その場合は、その事故が起こるのが、その翌日だか翌々日だかに、先送りされるだけじゃと思う」

「…………」

「あるいは交通事故ではないのかもしれん。とにかく、何らかの形で、数日の内にあの迷子っ娘は命を落とすことになる。その決定事項は、たぶんズラしえん。お前様のやろうとしていることは、ただの先延ばし——ただの後回しじゃ」

　忍のその言葉は、重く——ただ、しかし、それは僕にも予想がついていることだった。さすがの僕だって、そこまで虫のいいことは考えない。

　八九寺は死ぬ。

　それが明日なのか、明後日なのかはわからないけれど——それは変えようがない、運命。

　だけど。

　だけど、だ。

「いいんだよ、それは」

「？」

「つまり、だけど、死ぬのが明日でさえなければ——母の日でさえなければ八九寺は怪異になったりしないだろう」

　あの少女は。

　八九寺真宵は、母の日に——母に会えずに死んだからこそ、迷ったのだ。

つまり明日、何ごともなく、交通事故なんかに遭うことなく、目的通りにお母さんに会えていたなら──あの子は。

どうあれ、満たされて。

死にはしても、迷うことはなかったはずなのだ。

死んだ後に──

死んだままでいることはなかったのだ。

「………………」

忍は。

それを聞いて──黙った。

ひょっとすると、一笑《いっしょう》に付されて、僕の浅はかさを全力でなじられるかと思ったのだけれど──少なくとも、それはなかったようだ。

的外れではなかった。

言うほどには。

「面白い」

しばらくして出された、忍のコメントは、それだった。

「面白い。正直、試してみる価値はあると思う」

「思うか」

「うむ。いや、成功を保証すると言うわけではない、むしろ、普通に失敗するとは思う。基本的に駄目であることが前提じゃ。じゃが、駄目であることを前提にすれば試してみる価値はある……のかも、しれん」

文末が若干頼りなかったが、忍は僕のアイディアを、言外に肯定した。してくれた。

「儂がそうであるように、怪異とは、運命の枠から外れた存在じゃからのう──ゆえに、時間移動などという蛮行も可能にもなる。じゃから、きっかけとなる一点を回避さえすれば──あくまでも怪異化だけならば、避けられるかもしれん」

すれば。

そう。

八九寺真宵は、十年以上にもわたって、たったひとりで、誰にも頼ることなく、むしろ自分に話しかけてくる人間を軒並《のきな》み拒絶しながら——この町で誰よりも孤独に、迷い、彷徨い続けることはないのだ。

救うことはできないけれど。

助けられる。

僕は、あの子を。

「リスクマネジメント的な意味合いで言っておくと、あの娘が怪異になるところまでが運命に組み込まれているならば、やっぱり無為で無意味じゃがの。母の日という日時がポイントとなるならば、一日二日のズレでなく、来年に先延ばしされることになるのかもしれん。そして」

「そして迷い牛に迷う——か。まあ、その公算は高いかもしれない。だけど、運命がそこまで頑《かたく》なだっていうなら、僕やお前がこうして、十一年前の母の日の前日に、それこそピンポイントでタイムワープしてくるはずがないんだ」

僕は、強い決意と共に言った。

「僕達がここにいる理由。ここに来た理由。それは夏休みの宿題をやるためでも、絶版本を手に入れるためでも、株を買うためでもない——八九寺を助けてやるためだったんだよ」

そう。

そういう運命だったんだ。

強く強く——僕はそう言った。

運命を理由にする者が、その後に辿る悲惨な末路を、歴史から何も学ぶことなく。

010

記憶を辿る。

情報をひとつひとつ引っ張り出す。

確か八九寺のお母さんは、綱手《つなで》という苗字《みょうじ》だったはずだ——そう聞いた。

そして同じく確か、その綱手さんの家は、羽川や戦場ヶ原の家から、そう遠くないはずだ——未だその読み方のわからないあの公園、僕が八九寺と出会ったあの公園、浪白公園のそばのはずだ。

そこが目的地で——交通事故に遭ったのも、その辺りのはずなのだ。

横断歩道で事故に遭ったと言っていたか？

青信号のタイミングで、と——まあ、この辺りまでは、改めて思い出すまでもなく、最初からわかっていた、ただの状況説明みたいなものだ。

だが、目的地、つまりは終点、ゴールははっきりしているものの、八九寺が生前住んでいた家の場所はわからない。

隣町《となりまち》なのか、どこなのか。

子供の足で、あんな巨大なリュックサックを背負って来れる距離なんだから、そう遠くはないはずだ……と推測するのだけれど、でも、そう言えば僕は、別に八九寺が、道中電車やバスを使っていないとは聞いていない。

話しぶりからすると、ずっと徒歩だったイメージだけど、確実にそうだとは言えないし、また、あの小学五年生が見栄を張ったという可能性だって、ないでもない。

僕の記憶違いという線もあるしな。

交通事故を防げばいいだけだなんて、いかにも手軽そうに言ったけれど——実際、明日起こるとわかっている交通事故を防ぐくらいのことは簡単だと思っていたけれど、こうして現実に則して考えてみると、意外と難しそうである。

うーむ。

やっぱ、中々思うようにはいかない。どうしたものか。

「よいアイディアがあるぞ」

「え？　マジマジ？　よいアイディアがあるんなら言ってくれないと、忍ちゃん」

「この町の横断歩道にある信号機を全部ぶっ壊せ！」

「事故の確率が増すわ！　どんなテロリストだ！」

「まま、お前様は、テロロリストじゃがな」

「うまいこと言った風に言うな！」

そんな感じで、試行錯誤《しこうさくご》は行き詰った。

迷子というより行き止まり。

袋小路《ふくろこうじ》だった。

まあ、時間はまだ一晩あるんだから、焦《あせ》っても仕方がない……、と、僕はとりあえず、綱手さんの家の場所を先に突き止めておくことにした。

歩きながらでも、迷いながらでも、考えごとはできるのだから。

未来の母の日に、綱手さんの住所を八九寺から教えられてはいたが、それに一応はその場所に辿り着いてもいたのだが、もちろん僕がそんなことを憶えているわけがないので、一から出直しである。

「お前様」

「なんだよ」

「ひとつ」

と。

歩くのは疲れたと言って、抱《だ》っこ（お姫様抱っこならぬ、普通の抱っこ）の体勢で僕にしがみ付いている忍が、途中で提案してきた。

「交通事故を防ぐひとつの手立てとして、なのじゃが。ツナデという家に住んでいる、あの小娘の母親に、直接忠告するというのはどうじゃ」

「ん？」

「どうせ一度、そのツナデ家の場所を確認するのであろう。ならばそのとき、インターホンを押して、教えてやればよい」

「『離婚して父方に引き取られたあなたのお嬢《じょう》さんが明日交通事故に遭いますよ。母の日だから秘密であなたを訪ねてくるんです。電話して注意を促してあげてください。あ、そうだ、折角だから八九寺家の場所も教えてもらっていいですか』って？」

「うむ。何か問題点はあるか？」

「そうだな。ちょっと考えてみようか。軽々《けいけい》に結論を出しちゃあ、判断を誤るかもしれないからな。えーっと、どうかなー。問題はあるかなー、ないかなー。んー、あるね！」

つーか問題しかない。

通報されたらアウトなんだって。

信号を壊すというアイディアに比べたら、まだしも現実的ではあるけれど——

「たぶん僕、綱手さんに会っちゃ、駄目だと思う」

「どうしてじゃ」

「どうしてもこうしても……、まあでも、考えてみれば八九寺って、親が離婚するまではこの町に住んでたはずなんだよな。綱手さんに直接訊くっていうのはナシにしても、近所の人にリサーチするというのはアリかも……」

たとえば道行く誰かとか、と思ったところで、タイミングよく僕と忍は、正面からの人影に気付く——いや、あまりいいタイミングだったとは言いがたい。

むしろ最悪のタイミングだったとも言える。

だって、僕は金髪の幼女を抱っこしていたし。

そしてその正面からの人影というのも、やっぱり幼女だったからだ。

六歳くらいの幼女——本を読みながら歩いていて。

眼鏡《めがね》で。

後ろ一本の三つ編《みあ》みで。

見るからに真面目そうで。

「もうなんか超絶可愛い幼女だった、って羽川翼じゃん！」

「きゃあっ！」

ロリ羽川が悲鳴を上げて僕から距離を取った。

距離を取りつつも、読んでいた本を僕に投げた。

忍の頭を直撃した。

「ぎゃあ！」

忍が地面に落ちた、殺虫剤をかけられた虫のように。

この間、わずか一秒。

「な、なんですかあなたは！　どうして私の名前を知っているんです！　いえ、答えていただかなくても見ればわかります、変質者ですね！」

「…………」

ロリ羽川にいきなり嫌われた。

膝をつきたくなるほどショックだ。

いやでもすげーな、六歳でもわかるもんだ、羽川は羽川だって。

自分だから、阿良々木暦だったから七歳でもわかったのかと思ったけれど、そうじゃなくっても、案外わかっちゃうものなんだ——いや、羽川だから、僕にとって思い入れの強い相手である羽川だから、それとわかっただけかもしれないけれど。

十一年前でも、この真面目スタイルはないだろう。

というより、阿良々木暦。

羽川翼の私服、初目撃である。

小学生だから、さすがに制服がないんだ！

「きゃっほう！　羽川の私服最高！」

「きゃー っ！」

「そしてつるぺた羽川最高ーっ！　すげー、羽川がぺったんこだー！」

「きゃーっ！　きゃーっ！　きゃーっ！」

ロリ羽川が逃げ惑った。

あの羽川が怯えている！

僕に！

「お前様……冷静になれよ。気持ちは痛いほどに伝わってくるが、本来の目的を見失うでない。ここで逮捕されたら、明日までに釈放《しゃくほう》されるのは不可能じゃぞ……」

「う」

地面にうずくまりながらの忍の忠告に、僕は、ロリ羽川に飛び掛りそうになった自分の足を、ぎりぎりで止める。

靴《くつ》が地面に縫《ぬ》い付けられているイメージを、全力で抱く。

本当に抱きたいのはロリ羽川だが。

我慢我慢我慢我慢我慢我慢我慢我慢！

「何この人怖い……、血の涙を流して直立してるよ……こんな高校生がいるなんて……世の中ってやっぱり真っ黒けだ……」

ロリ羽川の怯えはとどまるところを知らなかった。

絶賛トラウマ構築中。

「お、お嬢ちゃん……」

僕は、精一杯真摯《しんし》な紳士《しんし》ぶった声を作って、ロリ羽川に話しかける、多分失敗しているけれど。

まあ努力だけは評価して欲しい。

「いやいや、名前はね、名札をつけているからわかったんだよ。そうだ、ちょっと道を教えて欲しいんだけど」

「…………」

疑いの眼差《まなざ》し。

仕方あるまい、ロリ羽川は別に名札などつけていないのだから。

意味なく嘘をついてしまった。

うわー、幼女とは言え、羽川から『知らない人を見る眼』で見られるの、キツイナー。『痛い人を見る眼』のほうは、まあ快感なんだけれど。

「この辺りで、綱手さんって家、知ってる？」

「…………」

ロリ羽川は、黙ったまま、右の方向を指差した。

ほほう。

知っていたか、さすが羽川、幼女の頃から半端ない。

「ありがとう。きみは何でも知ってるんだね」

「何でもは知りません。知ってることだけ」

言ってロリ羽川は、とととと、と駆けて行った。

僕から逃げるように。いや、実際に逃げたのだろうけれど。

「——今ので歴史、変わったと思う？」

「変わらんじゃろ」

変わったのはお前様の好感度くらいじゃ、と。

言いながら身を起こす忍。考えてみれば、今のドタバタに限れば忍は何も悪くないのに、本をぶつけられるわ、僕からすべり落ちるわ、散々だった。

それで怒りもしない器のでかさは、さすが六百歳と言うべきなのか。

「あの程度のかかわりではな」

「でも、過去の知り合いと会うってのは、やっぱその後の影響を気にしちまうぜ。それが羽川だったのは、良かったのか悪かったのか……今、出会うことによって、将来羽川が、僕の彼女になったりしないかな？」

「ない」

断言された。

なぜか、必要以上に力強い断言である。

「それに、万が一そういう可能性があったとしても、あの娘は、都合の悪い記憶を――」

「あん？」

「いや、まあよい。とにかく、心配いらぬ。とにかく、これでツナデ家の場所がわかったのじゃ、早く行こうではないか」

「だな」

そして、ロリ羽川から教えられた道筋で、綱手家を目指す――その途中で、僕は思い出した。

十一年後にも、僕は同じ質問を羽川に対して投げかけて、そしてそのときは、きっぱり『知らない』と答えられていたことを。

十一年後に知らないことを、十一年前に知っているなんてことがあるだろうか――いや、十一年後の羽川は、単に状況に即して知らない振りをしただけかもしれないと思いつつ、ロリ羽川の言葉を信じて、僕は歩を進めたが。

行けども行けども綱手家はなく。

最終的に僕達が辿り着いたのは、交番だった。

「騙された……」

幼女の頃からしっかりしていた羽川なのだった。

011

しかし人間万事塞翁《さいおう》が馬とでも言うのだろうか、

それ自体は正直あんまり好きな格言ではないのだけれども、しかし、僕はその交番において、綱手家の場所と、ついでに八九寺家の場所を知ることができた。

どういうことかというと、どういうこともない、交番勤務のおまわりさんに、

「すいません、道を訊きたいんですけれど」

と、助けを求めたのだ。

工夫もない、真っ当な選択である。

一か八かと言うよりは、もう駄目元みたいな、つまりはひとつのギャグみたいな気持ちでのアプローチだったのだけれど、

「あ、綱手さん家《ち》かい？　えっとねー」

と、婦警《ふけい》さんがあっさり教えてくれた。

マジかよ。

と思ったけれど、なるほど、つまりは個人情報に今（現代）より、すさまじく緩い時代だったということなのだ。

「綱手さんは大変だよねー、本当に。離婚してから、一気に老《ふ》け込んじゃって。気丈に振るまってはいるけれど、疲れが顔に出ちゃってるもんねー。無理もないわ、一人娘を、あの人、すっごく可愛がっていたから。えーっと、なんて名前だったっけ？　ちょっと待って、今思い出すから。記憶力はいいのよ、職務上。そうそう、真宵ちゃん。可愛い子だったんだけど、なかなか会いにこられないらしくて。いや、立場としては私は中立だし、旦那《だんな》さんを責めるわけじゃないんだけれど——」

そんな話を延々《えんえん》聞かされた。

約一時間にわたって。

期せずして八九寺家（というか、この場合は綱手家）の内情に詳しくなってしまった。

いくら個人情報の保護が緩い時代だったとは言っても、さすがにあの婦警さんは口が軽過ぎると思った。

現代では裁判になりかねない。

「ところできみは、綱手さんの何？」

と、最後の最後に、職業意識を思い出したかのように、そんな質問をしてきた婦警さん。

僕は、

「友達です」

と答えた。

「真宵ちゃんの、友達」

……格好良くキメたつもりだったけれど、年端のいかない少女の友達という怪しげなプロフィールに、若干婦警さんの目が細まった気がしたので、僕はそれから全力で逃げた。

半吸血鬼少年の全力疾走《しっそう》。

なかなか見られるものではない。

「よーし、婦警さんに書いてもらった住宅地図！こいつがあれば、もう僕は無敵だぜ。強いて言うなら、スーパーマリオブラザーズで、スターを取ったマリオのようにな！」

「そんな力強く言うほど冴えた例え話か？」


全力疾走を終えて——僕と忍は。

例の公園。

浪白公園のベンチに腰掛けて、その手書きの住宅地図（かなり激ウマ）を開き、眺めながら言う。

「ところでスーパーファミコンとスーパーマリオは、どっちのほうが先じゃ？」

「ん？」

あ、いや。

一瞬戸惑っちゃったけれど、明らかにスーパーマリオだな。

むしろスーパーマリオがあったから、スーパーファミコンはスーパーファミコンになったのかもしれないくらいだ。

「まあまあ、スーパーファミコンをスーファミと略した奴のセンスは、感嘆すべきものがあるのう……儂の旧名も、そんな風にうまく略して欲しかったものじゃのう……」

「あれをか？」

僕はその名で忍を、もう呼ばないと誓っているので、曖昧な指示語になってしまう。

「ふっ。本名を忘れてしまった吸血鬼か……」

「いや、格好良く言うなよ」

それはただの記憶力の問題である。

そんな雑談を交わしつつ、住宅地図を改めて確認。

綱手さんの家。

そして八九寺の家。

「思ったより離れてなかったな……小学生の足だと多少はきついかもしれないけれど、これだったら自転車に乗らなくてもいいくらいだろ」

電車やバスなどの公共機関を利用していたらどうしようという心配からは、とりあえずこれで解放された。

無理矢理可能性を考えてみるとするなら、あの小学生がセレブ的に、タクシーを利用していたらどうしようという感じだが、もしそんなことをしているようだったら、もう助けない。

ふざけんな。

と、思うわけだ。

「で——だから、八九寺家と綱手家を最短距離で繋げて、その間にある横断歩道を見張っていれば、それでいいんだな」

「いやいや、どうじゃろうの、お前様」

僕の、ひと段落ついたかのような、言ってしまえばもうことにあたっての難局を乗り越えたような気持ちで発せられた言葉に、苦言《くげん》を呈《てい》するように忍は言う。

ちなみに忍はベンチにおいて、僕の隣ではなく僕の膝の上に座っていた。

その肩甲骨《けんこうこつ》を僕の胸に預けている。

こいつ後ろから首筋舐めたらびっくりするかなー、なんて当《あ》て所《ど》ないことを考えながら、僕は、

「なんだよ」

と言う。

「何か僕の発想に、問題でも？　あとはもう、明日

に備えて寝床《ねどこ》でも探そうかと思ってたんだけど。例の学習塾跡なんかがいいかなあって」

「あのの」

忍はひょいと、首をあげて、僕を見上げるようにして、

「どんな最短距離で繋いだところで、ツナデ家――ハチクジ家の間にある横断歩道の数は、ひとつではあるまいよ」

と言った。

この近さで見ると、改めてこの幼女の唇は魅力的だなあ、この唇でふしだらなことを想像するのは犯罪にあたるのだろうかと真剣に思いつつ、そのかたわらで、

「ああそうか」

と、僕は気付く。

「そうだな。まして縦《じゅう》断《だん》歩道の数まで考慮したら、大変な数にのぼるぜ」

「縦断歩道などという道路区域はない」

「でもスクランブル交差点とかって、どれかは縦断歩道だろ。斜めに走ってる奴は、斜《しゃ》断《だん》歩道だし」

「斜断歩道……格好いいのう」

「銃《じゅう》弾《だん》歩道っていうのも、相当格好いいけどな」

「マトリックスを思わせるのう」

「それも見てるのか……」

「ちなみにお前様よ。歩道橋も、正確には横断歩道橋と言って横断歩道の一分類じゃし、地下を走る横断歩道というものも存在するぞ。それを全て考慮に入れるなら、見張らねばならん候補は、膨大な数にのぼろう」

「いや……歩道橋や地下道で交通事故に遭うのは相当難しいし、その規模の事故が自分の住んでいる町であったら、さすがの僕でもさすがに憶えていると思うぜ……」

何せこの時代の僕は神童だしな。

ゴッドチャイルドだしな。

「しかし忍。お前、なんで道路交通についてそんな、

ひとかどの知識を有しているんだよ」

「あのアロハ小僧に聞いたのじゃ」

「ああ、そう」

そうなると、どうして忍野が道路交通について詳しいのかという疑問に移行するけれど……、まあ忍野は何を知っていても不思議じゃあないか。

何でもは知らないわよ、余計なことだけって感じ。

「ちなみに日本にある横断歩道の数は、二〇〇四年の調査によると、百七十二万五千十五個じゃ。信号のあるものに限れば、九十八万七千三百二十六個。今じゃと、百万を越えておるかの」

「へえ！　そうなんだ！」

「まあ今の数字は適当じゃがの」

「なぜこの局面で嘘をつく！」

普通に感心されてろよ！

他の部分まで一気に信憑性がなくなった——まあ、怪異に、吸血鬼に、信憑性も何もあったもんじゃないけれど。

「信憑性とテンピュール枕《まくら》って、似てるのう」

と言いながら、忍が僕に金髪の後頭部をもたせかけてくる。

女子って香水とかつけなくてもこんないい匂いがするもんなのか、などと、益体《やくたい》もないことを考えつつ、僕は、

「うーん」

と、胸の前で腕を組む。

正確には、僕の胸の前には金髪幼女がいるので、忍の胸の前で腕を組んだ形だ。傍目《はため》には、幼女を抱きしめているようにしか見えまい。

「でも、数あるであろう横断歩道のどれかを決め打ちするしかねーんだよな。僕の身体はひとつしかないんだから」

「どうしてもと言うなら、儂がお前様の身体をバラバラにしてやってもよいぞ」

「そんなどうしてもを言うか！」

「プラナリアみたいな再生の仕方をするのかのう。

木っ端微塵にしてみれば、百人くらいに増えるかも」

「昔八九寺にも、似たようなことを言われたような……ていうか、よくよく考えてみれば」

地図をしまったからというわけではなく、また特になにがきっかけだったというわけではないけれど、特別の考えておくべき可能性に、僕は気付いた。

「考えてみれば、八九寺が最短距離で、八九寺家から綱手家に向かっていたとは限らないよな。というか、その後の展開を考えると、あいつ相当、道に迷ったんじゃないのか？」

「あー。そうじゃのう」

むしろその後の怪異化のことを思えば、最短距離を通ってはいないと考えるほうが正しいかもしれん、と忍は僕の指摘に同意する。

「しかしあっちこっちぐるぐるしながら来られたとなると、もう見張りようがねーぜ——」

大袈裟な話、日本国中の横断歩道が対象になる。

僕は公園の隅のほうにある、住宅地図の看板に眼をやる。

八九寺は、あの日——十一年後の母の日。

あの看板を見ていたのだ。

ひとりで。

たった——ひとりで。

「——どうしたもんかな。羽川のお陰で、せっかく綱手家と八九寺家の場所を突き止めることができたってのに」

「元委員長ロリバージョンのお陰と言うよりは、そこはお前様は、自分のお陰じゃと堂々と誇ってよいと思うぞ」

「そうか？」

「うむ。少なくともあの娘は、そういうつもりで交番の場所を指し示したわけでは、絶対にないじゃろうからのう……」

ふむ、と忍は、そこでにんまりと、そこまで凄惨ではない笑みを浮かべて、「お前様。儂に秘策があるぞ」と言ってきた。

「秘策」

「うむ。秘策士しのぶじゃ。夢のコラボ」

「お前の場合、本当に時代が重なってるから、コラボというより、単なるネタかぶりっぽいぞ」

というか、お前の秘策のせいでこの十一年前に来てしまったというこの揺るぎない現実を、まずはなんとかしろ。

お願いだから秘さないでくれ。

オープンソースで頼む。

そのお陰で八九寺を助けられるかもしれないという可能性ができたんだから、まあ、もうそこを責める気はないんだけれども。

「いや、じゃから。別に横断歩道で待ち構える必要はなかろう。ハチクジ家の場所がわかったのじゃから、そのハチクジ家の前で待ち構えて、ツナデ家に向かおうとするあやつを尾行《びこう》すればよい」

「なぜボケない!」

思いのほか真っ当な秘策に、僕は理不尽な突っ込みを炸裂《さくれつ》させてしまった。両腕は組んでしまっているので、あごで忍のつむじをぐりぐりするという、一風変わった突っ込みである。

「び、尾行して、お、横断歩道のたびに気を張っておれば、あやつの被災は防げるであろう……」

ぐりぐりされるのが気持ちいいらしく、拒絶する様子もなく、ふにゃふにゃにやつきながら、そのまま説明を続ける忍。

「もちろん年端もいかぬ少女を尾行するという行為は相当、傍目には怪しいものとなろうが……、そこはそれ十一年前、その手の奇行《きこう》に対してはまだまだ寛容な時代であろう」

「ふむ……」

奇行ねえ。

まあ、奇行ではあるが——しかし、名案だ。

「より確実に、あの迷子っ娘の安全性を確保したいのであれば、自宅から出てきたところを全身全霊で襲撃し、なんらかのなにかをして、怯えさせて自宅にこもらせ、明日は一日家から出さないという手もあるぞ」

「なんらかのなにかってなんだよ」

襲撃って。

小学生が自宅にこもるようなレベルの奇行、さすがに十一年前でも捕まるだろ。

さっきの婦警さんに捕まるだろ。

「いざとなれば、それもなしじゃないんだろうけれどな、忍」

「なしではないのか」

「まあ、いざとなればだよ。いざと言うときには犯罪者の汚名をかぶる覚悟はできている。でも、基本的にそれはやり過ぎというより、意味がない。交通事故を、ただ防げばいいわけじゃないんだ——僕は八九寺を、生きたままで、綱手家に住むお母さんに会わせてやりたいんだよ」

お母さんに会いたい。

それが八九寺の願いであり。

十年以上、迷い続けた理由なのだから。

「あの婦警さんの勤務年数にもよるけれど、話を聞く限り、綱手さんの一人娘が去年だか一昨年だかに交通事故に遭ったなんてことはなさそうだ——やっぱりこの十一年前の母の日こそが、八九寺の命日なんだよ。だから、やっぱり僕はそのために——この時代に来たんだ。八九寺は、明日、お母さんにさえ会えば、悔いなく——たとえその後交通事故に遭うんだとしても、悔いなく、迷うことなく命日を迎えることができるはずなんだ」

逆に言えば、ここでたとえ交通事故そのものを防ぐことができても、その結果、やっぱり母親に会うことができなかったら——やっぱり後日、八九寺は死んだ後に、迷ってしまうのではないだろうか。

死そのものは避けることはできない。

それが揺るぎない運命であり、歴史であると言うのなら——受け入れるしかなかろう。

しかし。

　だから僕が避けたいのはその後の十年なのだ。

「ま、確かにそうすれば、少なくとも怪異になることはなかろうの。となると、やっぱりストーカー作戦しかないか」

「作戦名を今すぐ変えろ」

「ではスニーカー作戦」

「スニーカー？　なんでだよ」

「スニーカーの語源は、スニーキングと一緒じゃからの。歩いても音がしないということで、スニーカーと名付けられたそうじゃぞ」

「そんないかがわしいネーミングだったのか……」

　僕は自分の足元を見下ろした。

　もろにスニーカーである。

　駄目だ、もうスニーカーをまともに見られない、犯罪者御用達《ごようたし》の靴に見えてくる。

　なんて僕に似合わない靴だろう。

「よし、じゃあ今夜はもう早目に寝て、明日、八九寺家の前で、朝から待ち構えるとするか。身を隠せる電柱とかあるかな」

「まあ、電柱くらいあるじゃろ。基地局はなくともな」

　しかしのうお前様、と。

　忍は言った――特に語調を変えたわけでもないが、逆接の接続詞を挟まれるまでもなく、これから僕に、何かのネガティヴなことを言うのだろうことがわかる、そんな雰囲気をまとって。

「お前様、わかっておるのか？」

「ん？　何を？　お前を抱きしめる安定感なら、そりゃちゃんとわかってるぜ。そういう意味では、感謝している」

「そういう意味では、別に感謝せんでもいい」

　いちいちな、と言って、忍は言う。

「あの迷子っ娘を、ここで助けてしまう意味を」

「うん？　意味って。そのことについては、散々もう議論したじゃねーか。蒸し返すなよ。タイムパラドックスは起こらないって――」

「いや、パラドックス云々ではなく――」

八九寺真宵が怪異化しないということは。

迷い牛に迷わないということは。

道に迷わないということは。

「お前様は十一年後、あの娘と会えなくなるということじゃぞ？」

「…………」

「あの母の日にあの娘と出会うことはなく、その後の楽しいお喋りも、雑談も、すべてがなかったことになってしまうということじゃぞ。それをお前様――ちゃんとわかっておるのか？」

もちろん。

そんなことは――わかっていた。

012

今夜は、あの学習塾跡で、忍野よろしく野宿をしようと目論《もくろ》んでいたのだけれど、しかしその目論見は大きく外れてしまった。

いや、考えてみれば明らかだったのだけれど。

十一年前のこの時代――学習塾跡はまだ学習塾跡ではなく、というより、その学習塾――確か正式には叡考塾《えいこうじゅく》という名前だったけれど――は、まだ存在していなかった。

現地に行ってみれば、そこにあったのは雑木林《ぞうきばやし》だった。

雑木林って！

「参ったな……こんな林の中で寝たら、どれだけ虫に咬《か》まれることか……いや、下手をすれば野犬やらに襲われる危険性さえあるぜ」

「いや、建物がないんじゃったら、もうここに泊まろうという予定自体を放棄せいよ」

なんでそういうとこだけ融通《ゆうずう》が利かんのじゃ、と、忍に突っ込まれた。

いい突っ込みだ。

「しかし、やっぱどっかおかしな気分だな……、僕にとっては当たり前にある、変な言い方だけれど慣れ親しんだあの廃墟が、新築とかに戻ってるっていうんならまだしも、まだ建築さえされていないだなんて……」

つまり、いつなのかはわからないけれど、この時点からしばらくして、あの四階建てのビルディングが建てられて、そして幾人もの子供達の学《まな》び舎《や》となり、そしてそして経営難に陥って潰《つぶ》れる——という運命が、この先にあるということなのだ。

この雑木林を見る限り、そんな未来は、予想できるはずもないけれど。

「潰れるところまでがもういわゆる運命に組み込まれてるわけだろ？　なんだかな……」

「何物にも何者にも過去があり、昔がある。じゃからこそ現在があり、それが未来へと続く。そういうことではないのかの？　お前様も、この儂も、それについては何も変わるまい」

「さて、となると、どうしたもんか。僕ってほら、デリケートだから、知らない場所や慣れない場所じゃ眠れないんだよ。枕が変わると眠れないタイプっていうかさ」

「枕など、そもそもなかろう」

「いや、お前の膝枕を狙っていたのだ」

「まあお前様が望むなら断りはせんが……」

断らないんだ。

うかつな冗談を言えない幼女だよなあ。

「ちゅーか、なんでデリケートな奴が雑木林で寝ることを検討するんじゃ」

「そりゃそうだ」

「それじゃあまるで、デリケートならぬデリートキーじゃよ」

「うまくねえ」

ともかく。

既にこの場所は、僕の知っている場所ではなくなっているのだ——否。

まだ僕が知っている場所になっていない。

のである。

「まあいいや。最悪、徹夜をしてもいいんだし。眠い眠くないって言えば、そこは別に眠気はないんだから」

吸血鬼体質である。

今の僕はノーマルモード、と言うよりはもうイージーモードと言ったほうがいいくらいのバイオリズムなので、吸血鬼性は非常に薄くなっている。

だから肉体的には普通の人間と言ってもいいくらいだけれど、しかしそうは言っても回復力・治癒《ちゆ》力のパラメーターは、やはりそこそこの数値を維持している。

だから、『休息』としての睡眠は、実のところあんまり必要としていないのだ——受験勉強のはかどりは、羽川や戦場ヶ原から薫陶《くんとう》を受けているというのがもちろん一番大きいけれど、単純に、睡眠時間をある程度勉強時間に回せるという優位もあるのだと思う。

そう考えるとなんだかドーピングっぽくて、他の受験生のみなさんに対して多少の罪悪感はあるんだけれど——それは相応のリスクも負っているということで、さておき。

「明日の早朝に行こうと思っていたけれど、もう今夜の内に、場所を確認しておこう」

「ハチクジ家か」

「他にねーだろ」

「いや、ひょっとしたらミスタードーナツの場所を確認するつもりなのかな、と」

「どうしてここにおいてそんな自分に都合のよい妄想を……」

て言うか、どうかな。

塾さえ、影も形もないこの時代に、あのミスドって、ちゃんと経営されてるのかな……。

「ちなみにお前は眠くないのか?」

「夜は儂の時間じゃ」

「だったな。でも、だったら明日の昼間とかは眠くなるのか」

「そーじゃのー。いや、儂の眠りというのは、趣味《しゅみ》嗜好《しこう》的な側面が強いからのー。がんばれば起きておられるぞ」

「そっか……」

がんばれば、というのが曖昧な部分だ。

忍は誰よりも気まぐれなので、がんばってくれないかもしれない。

起きててくれたほうが、助かるのは確かなんだけれど——

「まあ儂の場合、お前様の影で眠ることができるからの。夜の内に寝だめをしておいて、明日は大活躍してやってもよいぞ」

「…………」

なんとなく、乗り気みたいだな。

心境は読めないけれど。

「なあに。心境などない」

忍は、そこで笑ってみせる。

だから、どうにも性格の悪そうな笑みなのだ。

「お前様と二人きりというこの状況に、なんとなーく春休みを思い出して、どことなーくハイになっておるだけじゃよ」

「そっか……」

まあ、そうだな。

僕の影に潜んでいる必然性から、忍とは随分長く過ごしているような気がするけれど、しかし、二人きりという状況は——二人きりという心境は、僕にとっても懐かしい。

戦場ヶ原や羽川との交流はもちろん、学校にはいろんな生徒がいるし、また家に戻れば、妹達や両親がいる。

いくら僕が人付き合いの悪い奴と言っても——なかなか、物理的な意味合いでのひとりにはなれず。

だから二人きりにはなれないのだ。

そっか。

春休みか。

地獄のような春休みと、僕は散々あの二週間のことを比喩してきたけれど——だけどあの地獄は、必ずしも辛いだけのものじゃなかったんだよな。

そうだ。

僕にとって、あの休暇が苦々しく、後悔に満ちて思い出すしかないものである大きな要因が何かと言えば——あれだけの地獄だったというのに。

なのに——楽しかったという思い出も。

そこにはちゃんと混ざっているからなのだ。

不幸が幸福に反転することはありえない。

けれど、不幸とは別に——幸福が、そこにはあった。

表裏一体ではなく、別物として。

「忍」

「なんじゃ」

「キスしよっか」

「するわけないじゃろ!? なんで中三女子みたいな誘い方をする!?」

忍は目を剝《む》いた。

金色の目を。

「なんだよ。さっきはお前から誘った癖に」

「あれこそ冗談じゃ! そんなことしたらバレたときに、ツンデレ娘とかあの辺のに殺されるじゃろ!? 忘れておるかもしれんが、基本今、儂はただの幼女なのじゃぞ!?」

「いやでも、お前ブラック羽川に勝てるわけじゃん」

「ありゃあ相手が怪異じゃからじゃ」

「うーん」

その辺のパワーバランスがわかりづらい。

人間よりは弱いけれど怪異よりは強いってこと?

ジャンケンみてーだな。

でも人間同士でもそれは同じか。

「そっか。キスはしないか」

「せん」

するとすれば百年後じゃ、と忍は言った。

気の長いこと。

すげー据《す》え膳《ぜん》だ。

「お前の基準も、よくわからないよなあ……気持ちがこもると駄目ってことなのか？　それなら今のは、エロい意味でなく、アメリカナイズな意味だったんだけれど」

「知らんがな」

ちゅーかキスにエロい意味なんぞない、と忍は、思いのほか純情なことを言った。

ううむ。

フェイントだなあ。

「じゃあ、とりあえず行こうか。八九寺家の近くに寝床を見つけることができたら、それに越したことはないわけだし」

「そうじゃな」

「最悪の場合、八九寺家と交渉して、泊めてもらえばいい」

「それが無理じゃということは、さしもの儂でもわかる」


そして僕達は八九寺家を目指した。

婦警さんに書いてもらった地図を頼りに——道に迷うことなく。

十一年後の母の日のように、道に迷うことなく。

母の日——八九寺と初めて会った、あの日。

僕の試みが成功すれば、『あの日』は訪れない。

それがどういう風に修正され、最終的にどういう風に辻褄《つじつま》が合わされるのかはわからないけれど……、僕と八九寺との出会いは、僕と八九寺との交友は、すべてなかったことになる。

それで正しい。

それが正しい。

怪異とは、そもそもが『なかったこと』なのだから——あるほうがおかしいのだから。

「なあ、忍。ひとつ確認してもいいか。さっきの話だけどさ。もしも僕が八九寺を助けることに成功したら、その後、僕は八九寺のことをころっと忘れちゃうのかな？」

「さあ。わからん」

「わからんって……そんな無責任な」

「儂に責任などない」

きっぱりと忍は言った。

どの面下げてそんなことを言うのだ、この小娘。

「なんでもかんでも儂に訊くなよ。儂かて、タイムスリップするのは初めてなんじゃから」

「タイムスリップ……」

新しくも怪しい表現だ。

というか古い。

「まあ真っ当に考えたら、出会ってもいない少女のことを、憶えているほうが不自然だとは思うのじゃがのう」

「いやでも、タイムパラドックスは起きないって、お前は断言してくれたけれど、しかしどうだ？　僕が八九寺のことを忘れるなら、やっぱり八九寺を助けようとも思わないわけで——つまり八九寺を助けられなくなるんじゃないのか？」

理論がぐるぐるループしていてややこしいが、そういうことになる気もする——だとすると、僕がこれからやろうとしていることは、ただの徒労となってしまうのではなかろうか。

「タイムパラドックスがどうしても起きんというのなら、お前様がこれからどんな努力をしても——徒労ならぬ努力をしても、迷子っ娘を助けることはできんと見るべきなのかもしれん」

忍は言った。

僕の首筋に抱きつきつつ（言ってなかったが、例によってコアラ抱っこの形である。どうやらこの姿勢が気に入ったらしい）。

「お前様の気勢を削《そ》いではいかんと思って黙っておったが、運命の強制力が働くとするならば、そういうことになるじゃろうな——この時代の迷子っ娘は、怪異ではなく人間なのじゃから。お前様がどれほど助けようとしても、あやつを母親の家に連れて行ってやろうとしても、なんらかの邪魔が入って、達成できない。ということが、考えられる」

「そっか」

「うん？　どうした？」

「いや、決意しただけだよ——まあつまり、どうしてもそうだっていうなら」

僕は言った。

「タイムパラドックスを起こせばいいだけだろ」

何者も何物も、変わらないものなどないというのなら。

運命にも変わってもらうとしよう。

013

八九寺家は、取り立ててこれと言った特徴のない、一戸建ての建売住宅だった——まあ、八九寺という苗字はそうそうある苗字ではないので、ここが同姓の別ファミリーということはあるまい。

辿り着いたときにはもう夜中になってしまったので（偉そうに言っていたけれど、最終的には道に迷った僕だった）、既にすっかり、その住宅街は静まり返っていた。

どの家もほとんど明かりがついておらず。

街灯だけが煌々《こうこう》と光っていた。

「できれば今晩のうちに、八九寺の姿まで確認しておきたいところだったけれど、それは間に合わなかったか」

「ふむ。電気がついておらんところを見れば、迷子っ娘もその父親も、もう寝てしまったということじゃろうからのう。——というか、二人暮らしということでいいんじゃよな？」

「ああ。兄弟姉妹はいないはずだし、父親が再婚したなんて話も聞いてない……、聞いてないだけかもしれないけれど、そういうことがあったんなら、聞いてなきゃおかしいはずだ」

辻褄が合わなくなる。

一応、他に可能性としては、祖父母と同居の二世帯住宅という線は、ひょっとしたらあるかもしれない――まあ、それは、たとえそうだったとしても、大過なかろう。

「二人暮らしだとは思うけどな。まあ、たとえ、万々が一、お父さんが再婚していて、そしてその再婚相手に連れ子がいて、その子が女の子でしかも八九寺と同世代だったとしても――僕が八九寺を見間違えるはずがないだろう」

「たとえ、双子のように似ておってもか？」

「それは……」

「考え過ぎじゃと思うじゃろうが、しかし、万々が一でも万々が一でも、起こりうることは警戒しておいて、損はないぞ」

どんな邪魔が入るかわかったもんではないのじゃからのう――と、忍は言った。

忍自身、そんな針の穴を通すようなパターンを信じているわけではないのだろうが、しかし、彼女としては忠告せざるを得ないところなのだろう。

針の穴を通すように。

まさしく奇跡的に。

今の状態になってしまった彼女には。

「おっけ。じゃあまあ、今晩はそういうことを考えながら過ごすとしよう――ありとあらゆる可能性を潰すことに専念しよう。忍、今何時だ？」

「えっと」

忍は右手首に巻かれた時計を見る。男もののそれは忍の手首の細さと全然あっていないので、時計というよりはブレスレットみたいになっているけれど。

「十一時じゃ。ＰＭ」

「ふむ」

「この時代のセブン－イレブンは閉まるころじゃな」

「そんな昔じゃねえよ」

「ちなみにお前様。セブン－イレブンは、一般的には、今儂がそう言ったように、最初の頃、朝七時に開店して、夜十一時に閉まるから『セブン－イレブン』というネーミングがなされたと思われておる節があるが、それは実はあと付けじゃと知っておるか？」

「え？」

「本当は、創始者達が当時、組織していたサッカーチームのチーム名から取ったのじゃ。じゃから、最初の五年はセブンのつづりが違った」

「へえ、そうなんだ！」

知らなかった！

なるほど、サッカーチームね！

じゃあじゃあじゃあじゃあじゃあ、つづりが違うほうのセブンっていうのは、どういう意味だったんだろう!?

「まあ嘘じゃがの」

「なぜそんな嘘をつく！」

「騙せるかなーと思って」

「そんなお試し的な理由で僕を騙すな！」

とにかく十一時ということらしい。

なんで時間を確認するだけのことで、一ページもかけなきゃなんねーんだ。こんなことだから、羽川に語り部の座を脅《おびや》かされたりするのだ。

恙《つつが》無い進行を心がけよう。

「ところで恙無いって、漢字で書いたら、全然ニュアンスが伝わらんよな。心無い、みたいな意味合いに見えるぞ」

「だから単語ひとつひとつに反応するのをやめろ。何ページかかっても話が終わらないぜ。えーっと、じゃあ、ここにずっと突っ立ってるわけにもいかねーし」

電柱はあった。

それも手頃な電柱が。

神様じゃないのかっていうくらい、立派な電柱が（神様を数える単位が一柱《はしら》、二柱であることを踏まえた、単位ジョークだ。言ってみてなんだか、わかりづらい上にあんまり面白くなく、しかも不謹慎でさえある）。

でもまさか、ここで一晩中、キャンプを張るつもりもない。

周囲の環境によっては、一晩くらいは問題ないと思っていたけれど、どうもこの真っ暗な、閑静な住宅街は、張り込みには向いていないようだった——この辺は、肌感覚の話として。

せめてもうちょっと雑多な感じだったらなー。そう。

妖怪でも出そうな——雑多感があれば、な。

「じゃあ、予定通り寝床を探すか」

僕は八九寺家を、念のためにもう一度確認して——表札の近くに寄って確認して、それから、その場を離れることにする。

忍を抱っこしたまま。

いや、ここまで継続して抱っこし続けてたら、さすがに重く感じないわけじゃないぜ？

「しかし胸にすりあわされるあばらの感覚が、僕に重さを感じさせない……」

「お前様、人類にはありえぬ本音がだだ漏れになっておるぞ」

「幼女と言えば鎖骨とあばらだよな。おっと、危ない危ない。とても現代では言えない台詞だ」

「江戸時代でも言えん台詞じゃ」

「あの時代はロリに寛容じゃねーの？　婚姻《こんいん》年齢も酷く低いし、どころかショタにさえ寛容だったはずだろ。お稚児《ちご》さんとか言って」

「まーのー」

忍は頷く。

神妙に。

「それぞれの時代にそれぞれの常識があるということじゃのー」

「浪白公園みたいな、ある程度の大きさの公園があればいいんだけどな——人に迷惑をかけずに、つーか人に不快感を与えずに、一夜を過ごすことができるんなら、それに越したことはない」

「ふむ。まあ、道路の側溝《そっこう》に挟まって眠るのも、吸血鬼的には棺桶《かんおけ》っぽくてお勧めなのじゃが、しかし、新聞配達のお兄ちゃんとかがそれを見て、朝から不快な気分になっては申し訳ない、というような意味合いじゃな？」

「……そうだが」

お前が人間社会の、気分の機微《きび》に理解を示してくれるのは僕的にはとても嬉しいけれど、しかし道路の側溝で眠るという発想もまた、人類には絶対にありえない発想だな……。

文字通り、ニッチをつく発想である。

残念ながら、八九寺家の近くにはそういう公園がなく、あったのかもしれないけれど土地勘のない僕達には見つけることができず（こうなることを見越して、あらかじめ婦警さんに聞いておけばよかった）、ようやく僕達が望む条件に合致する公園を見つけたときには、深夜十二時を過ぎていた。

つまり、問題の日。

母の日になっていた。

「忍ちゃんの雑学コーナー。実は母の日より、父の日のほうが先にあったって、知っとるか？」

「ダウト」

「ち、バレたか」

まあ、こんな会話をしながらだから（『忍ちゃんの嘘雑学コーナー』）、必要以上に時間がかかってしまっただけかもしれないけれど。実際は、八九寺家からそんなに離れていないのかもしれない。

携帯電話のＧＰＳ機能が使えれば、現在地も確認できるんだけどな……僕達は気軽に、昔はよかったなんて言葉を口にするけれど、本当にこうして十一年前に戻ってくると、やっぱり色々あっちこっちが不便だよな。

昔ってそれほどよくなかった。そりゃそうなんだけど。

とは言え、確かに、悪いことばかりではない。

その公園（浪白公園と違って、読みやすい名前の公園だった）には遊具がたくさんあったのだ——最近はもう、日本中から撤去されている、数々の懐しい遊具が。

うわー、回るやつだ。

なるほど、言われて見れば危険なフォルムだなー。

「やっべー。テンション上がってきたぞ。忍、ブランコで、どっちが靴を遠くまで飛ばせるか、競争しようぜ」

「そういうことをする奴がおるから、日本中から撤去されたのではないのか？」

公園の遊具にはしゃぐ高校三年生が、見ため八歳の幼女に注意された。

まあ、夜中に公園で遊んでいたら、マジ通報されてしまうだろうから、たとえ忍が乗り気になっても、やめておいたほうがいいことだろうけれど。

「あー、でも、逆上がりとかしてーなー。小学校以来やってないもんなー。鉄棒って、今でも舐めたら血の味がするのかなー」

「血の味？」

忍の目が光る。

吸血鬼的な琴線《きんせん》に触れたらしい。

何が彼女の興味を惹くかわからない。

「そうか、血って鉄分じゃからのう……ならば、儂は空腹のおりには、もぐもぐ鉄を食って生きるという手があったわけじゃ」

「過酷なその場しのぎだな……」

水を飲むほうが、血に近いと思う。

多分だけど。

まあ、もちろん、我を忘れて公園で遊ぶほどに、僕達は愚かでもない——けれど、遊具がたくさんある公園だったことは、やっぱりこの場合、救いではあった。

土管を模した遊具の中で寝転がって、つまり屋根と壁のある状態で、一晩を過ごすことができるようになったのだから。

「しかし狭いのう。密着じゃのう。これじゃあ儂がお前様の布団なのかお前様が儂の布団なのか、さっぱりわからん」

「両方違うわ。狭いってんなら、お前は僕の影の中に戻ればいいだろ」

「つれないことを言うなよ。儂にもお前様のあばらを感じさせろ」

「…………」

なんだろうね。

でもまあ、六百歳の忍からしてみれば、十八歳の僕は、ショタの領域なのかもしれない。

僕の鎖骨やあばらが大ピンチだ。

僕は狙われている！

とか言って。

携帯電話のアラーム機能をセットして（携帯電話の時計は時間が現代にアジャストされたままなので、それを計算してのアラーム設定だ）、僕達は明日に備えて眠りにつく。

吸血鬼の忍に、昼夜逆転させるのは申し訳ないけれど、やはり彼女には、明日も話し相手になっていて欲しいので。

014

「寝れるか！」

そんな掛け声と共に僕は目を覚ました。

携帯アラームをセットした時間より、三十分も先行して。

忍も、連動して、というかびっくりして起きる。

「な、なんじゃ、お前様……どうした？」

「いや、ごめんごめん……」

背中が痛くて、思わず突っ込み的に起床してしまった。

この時代は遊具がまだ撤去されてなくてよかったなんて、とんだセンチメンタルだった、学習塾跡の廃墟で千石や神原と雑魚寝《ざこね》したときだって、ここまでの節々の痛みを感じはしなかった。

春休みは、真性の吸血鬼だったから、まるで気にならなかったけどな……いや、忍野ぱねえ。それとも、放浪生活が長ければ、誰しも、この程度の堅いベッドには、慣れてしまうのかもしれない。

というか、寝床に土管を選んだのがとりあえず大失敗だった。堅さのこともあるけれど、それよりなにより床が曲面じゃねーか。

土管の中に対する憧れって、基本的にドラえもんが生んだと思うんだけど、だとするとこれは、遠回しのドラえもんの所為だと言えよう。

おのれドラえもん。

「のぶちゃん、お前は大丈夫か?」

「のぶちゃんというのはのぶえもんからのバリエーションなんじゃろうが、普通の日本人の子供みたいじゃのう。それにどちらかと言うと、のびちゃんみたいじゃ」

「で、大丈夫か?」

僕の問いに、いや、儂は平気じゃ、と言う忍。

ふむ、吸血鬼性は失っていても、元が吸血鬼だから、これくらいの過酷な環境には、余裕を持って対応できるのかもしれない。

「いやいや、そういうことではなくての。儂はそもそも、一睡もできとらん」

「え? なんで? 昼夜逆転できなかったの?」

「いや、そうではない。お前様が寝苦しそうに儂に抱きついてくるので、寝れんかった」

「…………」

マジで抱き枕状態だったのか。布団だったのか。

「儂のあばらをギロのように演奏しながら『羽川ー、羽川ー、ロリ羽川ー』と、魘《うな》されておったぞ?」

「それは嘘だーっ!」

ギロって!

「まあこんな過去に来て心細いというのもあるのじゃろうから、仕方ないなー、と思って、甘えさせておいてやったがの」

「絶対嘘だーっ!」

もしも本当だとしたらもうなんか、お前にも羽川にも、戦場ヶ原にも、申し訳なさ過ぎる！

最低のキャラだ、明日死んだほうがいい！

「……ふっ。だがまあ今日を生きなければなるまい。僕は今日、この母の日、八九寺を助けなければならないんだからな」

「何格好いい風のことを言って、ギャグで済まそうとしておるんじゃ。ふざけんな、儂の肋骨にはお前様の手形がくっきりと残っておるぞ。ほれ、見てみい」

「惜しいな、小説だから確認できない！」

「挿絵《さしえ》を入れればよい」

「何？　幼女がワンピースをがばっとめくって、その中身を見せている挿絵を？」

「ｉＰａｄ版、不思議の国のアリス風の画風での」

「動いて触れるってこと？」

「指で儂のワンピースがまくれるのじゃ」

「いかがわしいなあ……さ、切り替えて、八九寺家に行くか。朝食は食べなくても大丈夫だろう。お前も我慢してくれ、現代に帰ったら、ミスタードーナツをご馳走してやるから」

「いや、じゃから勝手に切り替えるな。ミスドの名前を出せば、なんでも誤魔化せると思うな。ミスドをご馳走するのは、タイムワープの代償として、もう決まっておることであろう」

「ぬう」

「もしもこの手形をなかったことにしたいのならば、アンドナンドをおごってもらわねばな」

「なぜそんな、ミスタードーナツの高級店のことを知っている……」

誰が教えた。

そんなもん、僕の町には今も昔もないし、これからも来ねーよ。

「そんなすぐに消えてしまう手形など証拠にはならない」

「ならばお前様の携帯電話で写メって、証拠にするまでよ」

「そんな画像が携帯電話に入っていたら、証拠云々以前に、羽川からは縁を切られるし、戦場ヶ原からは別れ話を申し入れられるわ」

「そしてあの婦警に逮捕されるのじゃな」

「あの人、現代でも警官続けてるのかなあ……」

だとすれば、向こうの世界でまた会うってこともあるのかもしれない。

　人の縁ってのはわからないもんだからな。

「しかし、写メという言葉を普通に使う吸血鬼も、お前くらいのもんだぜ」

「その吸血鬼の肋骨を」

「ごめんなさい、マジでごめんなさいするから、その話題を蒸し返すのはもうやめてくれ！」

　まるっきり記憶にはないけれど、この土管の寝苦しさから考えると、そんな魘され方もあるいはありえるのではと自分が信用できず、結局は正面から謝罪する僕だった。

「まあ、ドーナツを大量にご馳走してくれる、それもこれから毎日という約束をしてくれたお前様に、仇をなすつもりは儂にはないよ」

　ほくほく顔の忍。

　それを見る限り巧妙に嵌められた気がする。

　手形くらい自分でもつけられるだろうしな。

「まあいいか……忍のあばらを目一杯楽しめたという可能性を残すことで、引き換えに幸せな気分を得ておくとしよう」

「ポジティヴな奴じゃのう……」

　土管から這い出る僕達。

　昨日と同じく、晴天だった。

　この場合の昨日とは十一年前の昨日のことだ。

　雨が降っていたら尾行の難易度が下がるので（雨が音と姿を隠してくれる。そして傘が後方確認をおろそかにしてくれる）、多少期待していたのだけれど、そううまくはいかなかったか。

　まあ八九寺も、その日が雨だったとかは言ってなかったしな。

僕と忍は、公園の広場で固くなった身体をほぐすために軽くストレッチをして（忍にストレッチが必要だったかどうかはわからないけれど、付き合ってくれた）それから八九寺家に向かった。

現地時間で午前八時。

いい時間だろう。

さて、別に寝ている間に考えたというわけではないけれど、電柱のそばに身構えて、八九寺家を見張るミッションを遂行《すいこう》するにあたって、考えられる問題は、やはりその不審度の高さだろう。

ゆるい時代とは言え、それでもあまりに張り込みが長時間にわたると、近所の善良なるかたがたから声をかけられる可能性も、ないではない。

日曜日という条件を考えれば、午前中に家を出そうなものだけれど、なにせ相手は八九寺だ、それは読み切れたものではない。

案外、午後五時に出発という線もありうる。

リュックサックの中身はお泊まりセットだとか言ってたし、だとすると、遅く行って早く出るという宿泊計画だとしても不思議はない。

あんまり長居をしても迷惑かも、とか、そんなわけのわからん気の回し方を、あの小娘はしかねないのだ。

「ったく、面倒な奴だぜ。死ねばいいのに」

「じゃから、このままじゃと死ぬのじゃろうに」

お約束の会話をしつつ、しかしその点についてはしっかり対策を打っておく。

たとえ張り込みが十時間に及ぼうとも、近所のかたから声をかけられないような対策——それは忍に血を与えることだった。

僕の血を吸わせることだった。

別にこのあと、バトル展開が待ち構えているわけでもないのに、どうしてそんな、ある意味恒例のことをするのかと言うと、血を吸わせることで、僕はもちろん忍の吸血鬼度を上昇させることができ、そしてその結果として、彼女は外観を変化させることができるからだ。

　変化する、しないは、実際のところ忍の腹積《はらづ》もり次第、胸三寸《むねさんずん》なのだが——だからこそ忍には、幼女姿から変化してもらおうと思ったのだ。

　今が八歳の小学生だとすれば。

　せめて十三歳の、中学生くらいの姿に。

　本当は一気に成人してもらったほうが、この場合の目的には適《かな》うのだけれど、しかしそこまで『本来の姿』に近づけてしまうと、僕も忍も、太陽の光に耐えられなくなる。

　身体が炎上してしまう。

　そうでなくとも大火傷してしまう。

　人間味は、残しておかなければ。

　太陽のお陰で生きていられる、人間らしさ。

「？　で、中学生になることになんの意味があるのじゃ？　言っておくがお前様、世間的に見れば中学生を相手取るのも、十分十二分にロリコンの範囲内じゃぞ」

「いや、そうじゃなくってだな」

　まあ、中一と付き合う高三というのも、恐らくはつまはじきの憂《う》き目《め》に遭うだろうことを考えると忍の言うことは正しいんだけれど、ちげーよ、そもそもそういう目的じゃねーんだよ。

　お前を色んな年齢にして楽しみたいわけじゃねーんだよ。

「憶えているか、昨日の女子中学生達を」

「忘れた」

「思い出せ！」

「ああ、あいつらか。なるほど、わかったぞお前様の企みが」

「ほほう。なかなか聡いな、忍」

　絶対わかっていないと思いながら、説明を促してみる僕。

　僕も忍もノリがよ過ぎる。

「つまりあの女子中学生達とお喋りすることで、女子中学生の魅力に目覚めた、と」

「違うっつってんだろ！」

「現代に帰ったら、まず前髪娘の家を訪ねるわけか……いや、そんなことをせんでも、お前様の家には、中学生の妹キャラが二キットあったのう」

「妹をキットで数えるな」

つーか千石はともかく、妹キャラを、魅力対象にし始めたらやばいだろう。

「センゴクはともかく、なのか」

「ん？　あー、まあ、だってあいつは中二だし。ていうか、最近妙に大人っぽく見えることもあるんだよなー」

「……意外なことに、奴の行為が実を結びつつあるわけか……」

「奴って誰だ？　そのラスボスっぽい響き……さては貝木か？」

「いや、別によい。触れたくない。で、だとすれば儂を中学生にした意味はどこにあるのじゃ。儂に女子中学生の集団を思い出させた意味は」

「だからー、幼女のお前を連れていたら、それを理由に声をかけられやすくなっちゃうんだよなって話。でも、お前には是非とも一緒に張り込みをして欲しいし。そこでこのお利口な暦くんは考えたわけさ。中学生くらいまで成長させちゃえば、お前って可愛いっていうより奇麗な外装になるし、どこか近寄りがたい高貴さも滲《にじ》み出るし、声をかけるのに恐れ多い雰囲気を持つ、誰もが心を奪われる妖艶《ようえん》の美女って感じじゃん」

「…………」

あれ？

当たり前のことを言っただけなのに、中学生忍が頬を赤らめたぞ？

どうした、体調でも悪いのか。

やはり吸血鬼性を戻すと、太陽は敵なのか。

五年分くらいの成長なら、問題ないと思ったんだけど……。

「大丈夫か？」

「ん？　んん？　あ、ああ、大丈夫じゃぞ。さ、さあ話を続けるがよい。もっと、もっともーっと、儂を褒めるがよい」

「？　いや別にお前を褒めてはいないけれど……、えっと、だから、幼女のお前と一緒にいたら声をかけられやすくなるけれど、中学生のお前と一緒にいたら逆に遠巻きにされるはず、不審という点では同じかもしれないけれど、声をかけづらくはなるはずと思ったのさ」

「声をかけづらくなる？　どうしてどうして？」

「いや、だからお前が奇麗過ぎるから……」

「ぐ、具体的にはどういうところが奇麗かな」

「？　まあどこっていうよりは、全体だけどな。まあふわっふわの金髪しかり、キメ細やかな肌しかり、眼の形やら唇やら、どこか未成熟さを残しながらも完成されたスタイルはもちろん、手足の長さも完璧なバランスと言っていいし。レオナルド・ダ・ヴィンチが現代にいたらモナリザじゃなくてお前を描いていたであろうことは間違いねーだろ」

「やんっ！」

蹴られた。

吸血鬼パワーで蹴られた。

こちらも吸血鬼化しているので、釣り合いが取れてそんなに痛くない——はずなのだが、僕は仰向けにぶっ倒れるほどのダメージを食らった。

どんだけ本気で蹴ってんだよ。

なんだろう、怒ったのだろうか。

「あれ？　僕、的外れなこと言った？」

「言っとらん言っとらん。なーにーも言っとらんぞー、お前様は。まあまあまあまあ、お前様がそう言うのであれば、儂も協力してやるのにやぶさかではないぞ。強力に協力しよう」

起き上がってみると、中学生忍の衣装がスタンダードモデルから変化していた——このくらい力が戻ると、衣服程度の現実は思うがままにいじくれる忍である。

で、今回のドレスチェンジは。

まさに昨日会った、女子中学生達の制服。

ワンピース型の、千石と同じ、つまりは僕が通っていた中学校の制服である。

うわあ、なんだこの超レアカード。

忍の制服姿……。

「このほうが、声はかけにくいじゃろう。しかもこの国では、制服という衣装は、身分を保証してくれるものでもあるからのう」

「……あ、ああ。確かに」

その案は思いついていなかったわけではない。

ただし、メチャもて委員長ばりにお洒落にこだわりを持つ忍が、学校の制服みたいな、他にも着ている人間が多くいる服を着てくれるとは思わなかったので、提出前に却下した案なのだ。

でも忍が自ら、ここまで協力の姿勢を見せてくれるなんて……別段ミスタードーナツで釣ってもいないのに、果たしてなにが彼女の機嫌をよくしたのだろうか。

わからん。

謎だ、不可思議だ。

それがわかれば、今後の忍との関係上、非常に有利なのだけれど……。

「何ならお前様の制服も用意してやろうか？」

「あー、じゃあ、頼もうかな」

好意に甘えておくことにした。

制服を着るだけで不審度が下がるという、十一年前からなんら変わらぬこの国のシステムには、いささか不安を覚えるけれど。

僕は忍に、直江津《なおえつ》高校の制服（男子の）を作ってもらい、再び土管の中にもぐって着替えたのだった——これでどこからどう見ても怪しくない、進学校に通う男子高校生と、留学生の女子中学生が完成というわけである。

ちなみに忍は、僕が着替えている間に左右に振り分けた三つ編みと眼鏡というスタイルに更に変化していて、なぜかかつての羽川を模していた。真面目な学生をイメージしているのかもしれない。

まあ高校生と中学生が、どういう理由で一緒にいるのかは、よく考えたらちっともわからないんだけれど、万が一、それでも声をかけられてしまったときは、我が家にホームステイしているのだという言い訳で通すという無理のある打ち合わせをしつつ、僕達は八九寺家の前に、再び到着した。

別にバミられているわけでもないけれど、なんとなく電柱のそばに立って、僕達の張り込みはスタートする。

昨日、ロリ羽川が投げつけ、そのまま忘れていった本を拾ってあったので、それを忍に読ませつつ（変な文学少女みたいになった）。

僕は携帯電話をいじっている振りをしつつ（この時代にはこのフォルムの携帯電話はないのだけれど、まあだからこそ、ゲームをしている高校生に見えるだろう）。

家から出てくる八九寺を待った。

大きなリュックサックを背負って――母親の家を訪ねようと、きっと、不安と期待で胸いっぱいになっているであろう八九寺真宵を、待った。

なに、僕の読みでは、やっぱり出発は午前中のはずだ――そう長く張り込むことはないだろう。

恐らく三十分も待つことなく――

僕は出会うことになる。

生前の八九寺真宵と。

015

「出て来ねーじゃねーか！」

午前十一時を過ぎたあたりで、僕は叫んだ。

危うく携帯電話を、腹いせに地面に叩きつけるところだった――機種変したばかりだというのに。

「どんだけ気を持たせるんだ、あいつは！」

「お前様は張り込みには向いておらんのう――まだ数時間ちょっとしか経っておらんぞ」

「そうだけどさ……確かに、いざとなれば十時間くらい張り込むつもりじゃあいたけれどもさ、そうは言っても、なんとなく午前中だと思ってたんだよな
……八九寺の口ぶりからして」

狙い通りに、制服僕と中学生忍という組み合わせの僕達に声をかけてくる人間はいなかった――ブロンド美少女の忍が目立つことは避けられないので、道行く人達はこちらをちらちらと見てはいたけれど、しかし、足を止めてまで、僕達を注視する人もいなかった。

案外、三つ編み姿も効《き》いているのかもしれない。

金髪の三つ編みって、見るだにただならぬものがあるからな。

個人的には、意外と来ると思っているんだけど。

しかし、忍を変装（変身？）させるために、僕も忍も吸血鬼度を上げてしまったので、やっぱり太陽がキツく、実際は五月だからそんなことはないはずなのに、なんだかサウナの中に閉じこめられているような気分である。

忍も平然とはしているけれど、相当にキツいはずだった。

なんだか可哀相というか、ちょっと見込みが甘かったかもしれない、忍を変装させるべきでなかったのかもしれないと後悔しないでもなかったが、しかしそんな後悔も、今更なのだ。

やらずに後悔するよりやって後悔するほうがいいと、先人も仰《おっしゃ》っているしな。よくよく考えてみれば、随分と無責任な言葉だとは思うけれど。そもそも後悔するようなことをするなよ、という話だろう。

まあ、こうなったら根競《こんくら》べだ。

八九寺真宵と根競べだ。

いっそ、明日までだって、ここに根を張って待ち

続けてやるぜ——

「ちょっときみ達」

と。

決意を新たにしたまさに直後、僕達は声をかけられた。られてしまった。

まるっきりの不意打ちで、もう今日は声をかけられることはないだろうと決めてかかっていただけに、このときの驚きといったらなかった。

「え、あ、はい」

ぎりぎり取り繕《つくろ》いながら対応する僕。

全力の素知《そし》らぬ振りである。

忍は、事前に打ち合わせした通りに、日本語を詳しくは解《かい》さない留学生の振りをして、本を読み続けていた。

あとからよく考えてみれば、その読み続けている本が日本語の本（『プラム・クリークの土手で』という外国の本だが、日本語に訳されている）なので、この誤魔化し方は矛盾していたのだが。

「おやおや、なんですか？　怪しくない僕達に、何かご用ですか？」

さりげなく返答する僕。

必要以上にはきはきした発音になってしまった。

僕は舞台役者か。

「僕達の怪しくなさについての講釈を聞きたいのですね？　わかりました、説明させていただきます。もちろん僕達は吸血鬼なんかじゃありません。汗っかきなだけです」

「いや……そんなことはどうでもいいんです」

目前の、壮年《そうねん》の男性は、いかにも焦った風に——取り乱している風に。

僕や忍の怪しさになんて、まるで気付いていないかのような感じで、

「うちの娘を見ませんでした？」

と、訊いてきた。

「小学五年生の女の子で……、髪を二つに結んで、大きなリュックサックを背負っていたと思うんです

けれど……」

「…………！」

僕は、一瞬目を切ってた八九寺家のほうに視線を戻す――すると、玄関と門扉が、開けっ放しになっている。

誰かが飛び出してきたように。

いや、そんな曖昧な表現で、全ての可能性を考慮して賢人《けんじん》ぶっている場合じゃない、飛び出してきたのは、明らかにこのおじさんであり。

このおじさんは――八九寺家の人間であり。

そして。

探している小学五年生の女の子とは、八九寺真宵なのだろう。

「え……いや、見ませんでしたけど」

僕は、動揺度で言えば目前のおじさんとそう変わらないくらいだったけれど、それでもせめてそれを出さないように取り繕いながら、精一杯クールに対応する。

それに、取り繕うといっても。

見なかったというのは――嘘じゃない。

ずっとここで、見張っていたというのに。

「その女の子がどうかしたんですか？」

「わ、私の娘なんですが……」

おじさんは、自宅を振り返りながら言う。

「家出をしたらしくて……なかなか起きてこないと思って部屋を覗いてみたら書き置きがしてあって、文面から察するにどうやら朝五時くらいに、家を出たようなんです」

「八九寺ィ！」

僕は思わず、奴の名前を叫んでしまった。

自分の名前を呼ばれたと思ったのか、びくりと反応するおじさん――八九寺氏。しかし僕は、そんな彼のリアクションになど、構っていられなかった。

「どこまでなんだ、あいつは！」

朝五時出発って。

漁にでも出るのかあいつは！

相手側の迷惑なんて、考えてもいねえ！
長居する気満々だ！
八九寺真宵。
生前から彼女は、意外性の女だった。

016

八九寺氏には、とりあえず落ち着くように言った。申し上げた。そんなことを僕のような、見ず知らずの高校生に諭されたくもないだろうけれど、しかしそんな見ず知らずの高校生にすがり付いてしまうほどに足元を見失っている彼を、そのままにしておけなかった。まさか朝の九時前からここで自宅を見張っていたことを知っているわけでもないだろうに、まず目に付いた僕達に娘の行き先を訊いてしまうだなんて、酷く我を失っているとしか判断できない、下手をすれば何かの事件に繋がってしまいかねないほどに。

とりあえず娘さんの友達に電話して訊いてみたら如何《いかが》でしょう、と、僕は忠告した。

的外れな忠告だが。

しかしまさか、きっとそちらに向かっていると思いますので、離婚した彼女のお母さんの家に連絡を入れてみたらどうでしょう、と言うわけにもいかなかった。

怪しまれてはいけないのだ。

母の日だから、母親に会いに行ったのではないかというような発想には、考えてみれば僕が言うまでもなく辿り着いても不思議ではないけれど……。

「そ、そうですね……じゃあ」

と、八九寺氏は家の中に戻っていった。

玄関はともかく、門扉のほうは開けっ放しになっていたけれど。

彼を見送って——そして僕は走り出す。

　忍を脇に抱えて、全速力で。

「畜生！　どんなに怪しまれようと、夜っぴてあの電柱に隠れているべきだった！」

「と言うより、これも運命の強制力という奴かもしれんの。儂もなんだかんだうるさいことを言いつつ、小娘の命日を明日へズラすくらいのことはできると思うておったが、やはり運命的に、あの娘はどうしても、今日、車に轢かれて死ななければならぬのかもしれん」

　抱えられた忍が、いつの間にか幼女フォルムに戻っていた——どうやら抱えやすさを考慮してくれたらしい。それを見て、僕は脇に抱える形から、背に負う、スタンダードなおんぶ体勢に切り替えた。

　そして前傾姿勢に。

　風の抵抗はこっちのほうが少ない。

　しかも吸血鬼化しているモードの僕のこと、身体能力は全体的に跳ね上がっている——本来こんな使い方をするつもりはなかったのだけれど、不幸中の幸いと言ったところか。

　今の僕なら百メートルを五秒もかからない。

　だけど……、
　だけど、六時間前に家を出た八九寺に、それでも追いつけるわけがないことは頭ではわかっていた——八九寺家から綱手家までは、徒歩で一時間もかからない。

　たとえ子供の足であることを考慮したところで——間に合わない。

　既に事故に遭っている可能性は限りなく高い。

　間に合わない。

　時間を戻しでもしない限り——

「何が運命だ！　そんな運命、認めるかよ！」

「言っておくがお前様よ。失敗したからと言って、もう一度時間を戻ってやり直し、みたいな、ゲーム世代の考え方は勘弁してくれよ。お前様がどうしてもと言うならばやってもよいが、またぞろ時間移動に失敗し、最悪の場合、五億年前ということはないにせよ、恐竜時代あたりにタイムスリップし、もう帰って来れないという可能性じゃってあるのじゃかならな」

「わかってるさ……」

こんなチャンスが何度もあると考えるほどに、虫がよくもない。

これはたった一度だけの奇跡なんだ。

ボーナスゲームじゃない、ただのバグだ。

再現性などない。

「くっそお！」

だから僕は、もう間に合わないことが明白であるとわかっていながらも、足を止めることなく、全力で走り続けたのだった。

道々思うのは、八九寺の父親のことだった。

父親。

離婚し、八九寺を母親に会わすまいと、法律さえ無視して、家の中では母親の話など一切しなかったという——八九寺に母親のことを忘れさせようとした、そんな父親。

なんと言うか、聞いていたそんな話から、僕はどこか、悪鬼羅刹《あっきらせつ》のような父親像をイメージしていたけれど——娘の『家出』に対して、ああも取り乱す彼には、そんなイメージと重なる部分はひとつもなかった。

ただの。

あれは——ただの父親だった。

そうか。

あれが父親か。

父親は——あんな風に外聞もなく、娘を案じるものなのか。

なんだろう、不思議なものだ。

僕はどちらかと言えば、母親としての綱手さんのほうにばかり感情移入していて、八九寺氏についてはやっぱり、八九寺とお母さんの間を引き裂こうとする悪い敵みたいな見方をしてきていたのだけれど——今は。

今は、あの人のためにも。

八九寺の命を救いたいと思っている。

たとえ一日でも二日でも——たとえ数分だって娘と過ごす時間を、長くしてあげたいと思っている。

「お前様！」

忍がそんな風に叫んで、首を絞めてくれなければ、きっと僕は見逃していただろう。

カーブを曲がるときにうまく角度を調節すれば、背中にいい具合に忍のあばら骨がごりごりとこすれて、孫の手でかゆいところを掻いているように気持ちいいという事実に気付き始めた頃である。

もう少し言うなら——例の公園。

浪白公園。

八九寺家から綱手家を目指して走る過程において、浪白公園を、振り向きもせずに通り過ぎようとした頃のことである。

後ろから僕の首を絞め、そのまま右にねじるようにして、忍は僕の視界を強引に変えて——

浪白公園内に設置されている住宅地図の看板を、思いつめたような顔をして見つめるひとりの少女を、発見させてくれた。

ひとりの少女。

ツインテールで、大きなリュックサックを背負って——どこか蝸牛を思わせるフォルムの。

どこか切ない悲しさを湛《たた》えた。

可愛らしい女の子。

「…………っ！」

ブレーキをかけようとして失敗する。

普通に転んでしまった。

人間ではありえない速度で走っていただけに、それこそ、ほとんど交通事故みたいな転び方をしてしまった。

運動神経が上昇している忍は、僕がすっ転ぶ前にジャンプして分離し、ムーンサルト気味に空中でくるくる回った末に危なげなく着地していたが（いや、危ない危ない）、それを冷たいとも、お前首を絞める以外にも僕の足を止める方法は絶対にあったはずだろうとも、思わない。

　そもそも僕だって吸血鬼化しているがゆえに、転んでできた擦過傷なんて、あっという間に治るのだから。

「……忍、こっちだ」

　僕は声を潜めて――こんな距離からでは聞こえるはずもないのに、細心の注意を払いながら、僕は忍の手を引いて、しかし身を潜めるような場所がそばにはなかったので、今度は木の陰へと隠れることになった。

　電柱に隠れたり木に隠れたり、今日の僕は忙しい。

「忍、もっと密着しろ。見つかるぞ」

「了解じゃ。あばらあばら」

　アブラカタブラみたいな、謎の呪文を唱えつつ、忍が僕に密着する。

　そして、

「あれに……間違いないかの？　反射的に止めてしまったが、しかし、正直言って儂には人間の区別はほとんどつかん」

　と言う。

「巨大なリュックサックを背負っておるのだけを頼りに判断した」

「まあ――女の子の背負うような大きさのリュックサックじゃねえからな」

　特徴的ではある。

　僕は木の陰から、忍者をイメージしながら、それでも念のために、改めてその少女を確認する――距離は相当にあるけれど、そんなことはまったく関係ない。

　僕の八九寺に対する思い入れは、この場合関係なく、物理的に――非物理的に、僕の視力は現在、馬鹿みたいに跳ね上がっているのだ、吸血鬼化したことによって。

　今の僕は一キロ先の幼女のシャツの柄《がら》だって見分けられる。

「幼女である必要があるのか」

「わかりやすいたとえとしてだよ」

「確かにわかりやすくはある、お前様の人間性——いやさ、怪異性が」

言われるのを聞き流しながら、僕は。

八九寺が八九寺であることを確認する。

「…………」

なんと言うか、当たり前なんだけど——十一年後、僕が出会う八九寺とそっくりだ。

どこにも違いはない。

けれど——それでも、生きている八九寺は、死んでいる八九寺よりも、どこにも違いがないのに、どこか違う気がした。

あれが——これが、生きていると死んでいるの違いか。

「ひょっとしたら、もうクルマに轢かれたあとで、あれは既に怪異化した八九寺なのかとも思ったけれど——」

住宅地図を一心に見て、なんだかオーバーリアクションで首を振っている八九寺を見たまま、僕は忍に言う。

「——どうやらそんなことはなさそうだな。なんて言うか、言いにくいんだけど、生き生きしている風と言うか」

「ふむ。ま、同意じゃの」

忍は言う。

怪異をエネルギーに変換できる怪異殺しの彼女がそう言うのだから、まあ間違いはないだろう。

「影も人形《ひとがた》で、蝸牛形ではないし」

「それはアニメ版の演出だ」

「しかし不可解ではある。どうして朝五時に出発したというあの小娘が、未だこの公園で燻《くすぶ》っておるのじゃろう」

「別に燻っているわけではないだろうが……」

「出発が六時間前……いや、それ以上前じゃぞ？」

忍は時計を確認しつつ言う。

本当に不可解だと思っているらしく、険しいと言っていい表情だった。

「朝五時と言えば、お前様が儂のあばらを演奏するのに一番執心《しゅうしん》しとった時間ではないか。サビの部分のソロパート的に」

「もっと他にいいたとえがあるはずだ」

「六時間と言えば、まあおよそ、お前様が目を覚ますまで、儂のあばらを弾き続けた時間じゃな」

「それが本当だとすれば、お前の肋骨、大丈夫か?」

手形じゃ済まないだろ。

ギターの弦が切れるごとく、折れてておかしくない。

「かっかっか。とんだ約束手形じゃな」

「何もうまくない」

言って僕は、忍の疑問に答える。

「たぶんだけど」

「ん?」

「道に迷ってるんだろ。生まれて初めての、一人での遠出だって言ってたしな……」

八九寺が道に迷うという可能性は、確かにあらかじめ含んでいたものの、このレベルで迷うとまでは、さすがに僕達は思っていなかった。

しかし、これは——幸運と捉えていいのだろう。

助かった。

八九寺を助けるつもりの僕だけれど。

僕のほうが救われた気分になった。

「…………」

綱手さんの家の住所が書かれているのであろうメモを見ながら、住宅地図を何度も見返している八九寺の姿に、僕はデジャブを感じざるを得ない。

あのメモを——僕も見せてもらった。

あの母の日を。

八九寺と出会ったあの日を、思い出さざるを得ない——それは、今のところ、全然デジャブではなく、十一年後に起こる現実ではあるのだけれど。

それを本当のデジャブに、これからしなくてはならないのだ。

僕は。

「思い出すな……ああやって困っている八九寺に、僕は優しく声をかけ、あいつを綱手さんの家に導いてやったんだ……」

「大事な記憶が飛んでおるぞ」

「何故知っている」

あの頃のお前は、まだ学習塾跡で膝を抱えていたはずだ。

影を通じて、僕の記憶まで伝わっているのか。

だとすると、プライバシーなんて一ミリもあったもんじゃねえ。

「安心しろ、さすがの僕でも、いやさすがの僕だからこそ、このシリアスなシーンで同じ轍《てつ》を踏んだりはしない」

「ふむ」

「暴力行為に打って出たりはしない」

言って。

ふむ、と僕はこれからどうするかを考える。

慎重になろう。

ゆっくり考えるぞ。

当初の予定では、僕は八九寺が綱手さんの家を目指すのを後ろからさりげなく尾行し、横断歩道ではさりげなく横並んだりしながら、まったく言葉通りの意味でのつきまとい行為を気取ろうと思っていたのだが——つまり素人《しろうと》SPじみた真似をしようと思っていたのだが、しかしマルタイである八九寺自身がこのレベルで道に迷っているのでは、その方針は切り替えなくてはならない。

下手をすれば、今日一日中かけても、八九寺は綱手家に辿り着けないという可能性も、それはそれでありうるからな。

「……んー。どうしたもんかな。忍、ちょっと腰骨《こしぼね》を触らせてくれるか。いいアイディアが閃《ひらめ》くかもしれない」

「お前様、世にも珍しい、骨フェチの高校生になりつつあるぞ」

「む、閃いた」

触ったか触ってないかはともかくとして、僕はこれからの方針を定めた。というか、まあまあ、悩んでいる時点で、既に方針そのものは見えていたのだけれど。

決意するかどうかだけの話だ。

僕は木の陰から姿を出し、そして住宅地図の看板のほう――即ち八九寺のほうへと向かって、歩き出した。

「どうするつもりじゃ」

「どうするもこうするも。僕があいつを、綱手さんの家にまで案内してやるつもりなのさ」

「なんと。接触を持つ気か」

「仕方ないだろ。変にうろうろ、道に迷い続けられたら、事故に遭う確率が跳ね上がってしまうんだから。なにか問題はあるか？」

「ないとは思う。助言がないのと同様、忠告もない。もっとも、強いて言うなら念のため、名乗らぬほうがよいじゃろうな。この時代にも阿良々木暦はおるわけじゃし」

「よし。じゃあ僕のことはマッスル緒方《おがた》と呼んでおけ。とりあえずな」

「骨フェチじゃし、筋肉に対する強い憧れはあるし、お前様の趣味はもう、常人には理解できない領域に達しつつあるの」

達しつつあるどころか、越えている恐れさえあるようだった。

恐ろしい。

まあ、僕を知らない八九寺に会うというのは、ひどく緊張するものがあるけれど、しかし、それは一度経験していることであり、だからよりうまくはできるはずだった。

暴力行為に打って出ないことはもちろんのこと。

ちゃんと案内してやれるはずだ。

皆さんに成長した僕をお目にかけよう。

そして僕は足音を消し（？）、抜き足差し足忍び足で(!?)、対象から気付かれないように細心の注意を払いながら(!!)、八九寺の背に近付いた。

一心不乱に、何度も何度も看板と手元のメモを見比べ、それでも理解は困難なようで、どうやら混乱の極《きわ》みにあるらしい八九寺は幸いなことにそんな僕に気付かない――僕は。

僕は背後から、そんな八九寺のスカートを全力でまくった。

スカートがリュックごと、彼女の上半身を覆う形になる。

「ぎゃーっ!」

当然、八九寺は悲鳴をあげる。

なんだか懐かしい感じの悲鳴だった――しかし八九寺はそのまま、後ろを振り向きもせずに、全力のダッシュ。

子供ダッシュ。

とは言え小学五年生の全国平均を、大きく上回ると予想される脚力である。

「あっ! しまった!」

「しまったどころの話ではなかろう」

「くそっ! なんてこった! 僕は漫画の主人公で言えば、冴羽《さえば》獠《りょう》かよ!」

「ものすごくいい風に言うのう」

どちらかと言えば諸星《もろぼし》あたるじゃろう、と忍に突っ込まれた。

どうも忍は小学館びいきの気配がある。

「しかし、別に批判的な意味で受け止めて欲しくはないんじゃが、冴羽獠って、半端ではない中二的ネーミングじゃよなあ」

「それをどうやって、批判的以外のどういう意味合いで受け止めればいいんだよ――畜生! これが歴史の強制力って奴か、八九寺を救おうとすると、必ず邪魔が入る!」

「今のは自業自得《じごうじとく》としか……」

忍の正し過ぎる突っ込みを無視し、あくまで非情な運命を呪いながら。

僕は八九寺を追った。

いくら八九寺の足が速くとも、吸血鬼の脚力さえ超えるということはない——あっという間に、その背は見えてくる。

公園を出てすぐのところで、追いつけそうな見込みにはなった——とりあえず追いついて、僕が怪しい者ではないと説得するところから、始めねばならなくなった。

大変な説得作業だ。

いや、ちょっと待て。スカートをめくったとき、八九寺は後ろを一回も振り向かずに脱兎《だっと》の如く駆けだしたので、僕を視認していないはずだ——じゃあなんとか先回りして、別人の振りをして登場すれば、さっきのミスは取り返せるかもしれない。

そんな算段を僕が立てながら、ややピッチを遅らせていると、

「あっ……！」

予想だにしないことが——そのとき起こった。

公園を飛び出した八九寺が——そのままの速度で、道路に飛び出したのだ。

横断歩道、ではある。

しかし——信号は赤だった。

赤色。

停止の色。

そしてそこに——一台のトラックが、まるっきりスピードを緩めずに突っ込んでくる。

017

漫画とかでは、よくある話だ。

クルマに引かれそうになっている子供やら、まあ猫やら犬やら？　そういうのを庇って、道路に飛び出して片手で突き飛ばして、自分が代わりに轢かれるとか——

僕ももう少し年齢が低いときには、そういう、ある種の自己犠牲の体現である、ヒーロー的要素を含んだ、献身的なエピソードを感動的に見聞きしていたものだけれど、さすがに高校生になってからは、そもそもそういう行為は、物理的に不可能なんじゃないかと思うようになってきた。

実際、瞬間的にさえクルマより速く走れる人間なんていないるわけないんだから、気付いてから駆け出しても間に合うはずがないだろうということだ。

あと動物の身体は、子供であれ、犬猫であれ、結構きちんとしたバランスで構成されているので、突き飛ばしたって、そうそう突き跳んではくれないということもある。言い換えれば、地球の重力を舐めるなという話でもある。

この場合は助けに入るほうも助けに入られるほうも両方轢かれてしまって、これでは何がなんだかわからない。

突き飛ばさず、全身で抱え込むようにして庇うという線もあるけれど、それはそれで、人間ひとりの身体がクッションになれるほど、クルマに轢かれる衝撃というのはヤワくない。それを軽く見ている人は、交通事故の際に生じるすさまじい爆音に、びっくりすることになるだろう。

下手をすれば、内に抱え込んだ対象のほうがクッションになってしまいかねない。

結局、障害となるのは、クルマという乗り物の持つ、想定外のパワーと意外な大きさということなのだけれど――しかし。

しかし、この場合は違う。

僕は自動車以上のパワーを持ち、自動車以上のスピードを持つ吸血鬼だった。

円滑な張り込みを行うために、即ち忍を中学生化させるためだけに、僕は自身の吸血鬼度を上げていたのだが――これがいいように働いた。

横断歩道の真ん中で、迫ってくるトラックに気付こうともしないでいる八九寺の背を――僕は突き飛ばした。

「ひゃんっ」

と、八九寺は物理的に抵抗する余地もなく、横断歩道の向こう岸まで、僕の吸血鬼パワーで吹っ飛ぶ——そしてその反作用でその場に留まるようなことはなく、ありあまる吸血鬼のダッシュ力は僕もまた、その向こう岸まで八九寺に遅れること一瞬、到達させるのだった。

地面で顔をしこたま打った。

トラックは僕の靴の裏を掠めるように——

スピードを緩めることなく、通り過ぎていった。

今更のようにけたたましいクラクションを鳴らしながら。

まあ向こうにしてみれば、青信号を法定速度で走行していたところに、小学生と高校生が飛び出してきたのだから、およそたまったものではなかっただろう。

まあそこまで計算して踏み切ったわけではなかったけれど、それでも吸血鬼なんだから、僕に限ればトラックに轢かれたところで平気ではあっただろうけれど——影縫さんの超常暴力に耐えうるだけの肉体が、たかがトラックごときに破壊されるはずもない——しかし、地面に顔をぶつけただけでこんなにも痛いのだから、ひょっとしたら僕はまたも、考えなく、とんでもなくリスキーな真似をしてしまったのかもしれない。

案外トラックに轢かれただけで、痛みでショック死したかもしれない。

交通事故。

恐るべし。

「大丈夫か？　お前様」

と、地面の中から声がする。

というか、正確には僕の影の中からだが。

どうやら忍は、僕のアクロバットの邪魔にならないよう、咄嗟《とっさ》の判断で影に沈んでくれたらしい——このあたりの息の合い具合というのは、まあ影縫さんとのバトルを経て得た、数少ないひとつの成果なのかもしれなかった。

「ああ……大丈夫……」

「勘弁して欲しいのう、無茶をするのは。吸血鬼は、再生能力が高いだけであって、別に痛みに強いというわけではないのじゃぞ？」

「わかってる……今、身をもって体験している……だけどここで意識を飛ばすわけには……」

ここで気絶するわけにはいかない。

それだと何の意味もない。

「忍……何か気付けとなるようなことを言ってくれ」

「エロいことか。エロくないことか」

「エロいことだ」

「ここで気絶せんかったら、幼女状態のくるぶしで足裏マッサージしてやろう」

「ぐおおおっ！」

渾身《こんしん》の力で意識を保つ僕。

歯を食い縛って、いやもう内頬《うちほほ》と舌《した》を噛み締めて、なんとかその痛みで自我を保つ。

約束だ！

絶対に約束だぞ！

「あの——大丈夫ですか？」

と。

もう一度訊かれて——しかし、その声が忍のものではなく、そして地面の中からでもなかったことに、僕は驚いて。

そして見上げた。

「ああ……大丈夫、だ」

忍に答えたのと同じように——僕は答える。

倒れている僕のそばに、心配そうにしゃがみ込んでいる——八九寺真宵に。

リュックサックを背負ったツインテールの。

迷子の少女に。

答えた。

「……お前こそ、大丈夫か？」

「は……はい、すみません。わたしが赤信号で飛び出してしまったばかりに……」

「………」

見る限り。

かなり乱暴に、見境なく突き飛ばしたにもかかわらず、八九寺の身体には、擦過傷やらは見当たらない――どうやら、運よく、背負っているリュックサックがクッションになったらしい。

僕は顔面を地面にぶつけ、八九寺はリュックサックがクッションか……。

「その辺は普段の行いの差じゃのう」

地面の中からそんな声。

言葉もねえよ。

ちなみにこの場合、忍の声は僕にしか聞こえない。

「ま、よかったではないか。これで首尾よく、事故をうまく避けられたようじゃ」

そういうことになるのだろうか。

今のが本来歴史で起こるべき事象だったのか、それとも僕の行動（スカートめくり）によって生じた、偶発的な、本来歴史では起こらざるべき事象だったのかは不明である。

赤信号だったたし。

八九寺が事故にあったのは青信号のときだったというし――それに、彼女が轢かれた車種がトラックだったとも聞いていない。

わかんねえ。

タイムパラドックス以前の問題だ。

後者だった場合、もしも今僕が突き飛ばすことに失敗していたら、僕が時間移動をしてきたばかりに八九寺はクルマに轢かれたことになって――それはそれで、歴史がぐるぐるする。

ややこしい。

深く考えたくない。

八九寺を救おうという僕の気持ちが、そのまま八九寺を事故に遭わそうとしてしまうとは――自分の行動を庇うわけではないけれど、これは普段の行いとか、自業自得という言葉では、まるで収まりがつかない。

恐るべき、と言うべきだ。

僕は今——運命を敵に回している。

吸血鬼化していなければ、絶対に今、八九寺を救うことはできなかったのだから。

「ごめんなさい。なんだか変な人に変態的に追われて、焦っていたんです。信号を見る余裕なんてなくって……」

八九寺は、本当に申し訳なさそうに言う。

それを聞いて申し訳なく思うのは僕のほうだった。

その変な人というのは僕である。

変態的に追ったのも僕である。

一方で胸を撫で下ろす。

やはり先ほど姿は視認されていなかったようだ。

「そうか……変態か、許せないな。まあ、世の中、変な奴はいっぱいいるから、気をつけなければいけないな」

全力でとぼける僕である。

影の中から痛いほど視線を感じるが、それも全力で無視する。

さすがは吸血鬼の回復力、既に痛みは引いているので、起き上がりつつ。

「まあ、幸い僕のような真っ当を絵に描いたような男が、今さっき唐突に現われて通りすがったからよかったようなものの」

「はい、そうですね……」

八九寺は普通に頷いた。

おや。

突っ込みが来るかと思ったが、来ない。

普通に反省している風である。

ああそうか——当たり前だ。

この八九寺は。

この時代の八九寺は、僕を知らないのだから。

今でこそ僕とあれだけのお喋りを、気の置けない風に交わす八九寺ではあるけれど、そもそもこいつは、相当に人見知りをする性格なのだった。

まして。

蝸牛に迷う前となれば。

「それに、ちょっと今わたし、道に迷っていまして——実を言いますとお母さんの家に向かう途中なんですけれど、全然、このあたり、わからなくなっちゃって」

忘れちゃったんです、と。

八九寺は更に——小さな声で。

消え入るように言う。

母親の住所の書かれたメモを、握りつぶすようにして。

それを受けて僕は。

もうそれ以上ふざけることはなく、

「じゃあ」

と言う。

ちゃんと言う。

「そのメモ、ちょっと貸してみろよ」

それは八九寺と初めてあったときに言ったのと、まったく同じ台詞だった。

018

結局、僕はこの時代の八九寺真宵、つまり生前の八九寺真宵と、それ以上言葉らしい言葉を交わすことはなかった——綱手家まで僕が先導してやる間、ずっと彼女は、黙りこくったままだった。

不安そうに。

怯えるように。

僕を値踏みするように、上目遣いで窺いながら。

まあ、トラックに轢かれそうになったところを助けた程度のことで——実際に死んだわけでもないのに——信頼を勝ち取れると思うほど僕も浅はかではなかったけれど、この『人見知りモード』の八九寺と、打ち解けるだけの時間は、残念なことに綱手家までの道のりの間にはなかった。

「ありがとうございました」

と。

綱手家に到着したところで、余所余所しくお礼を言われただけだった。

心がこもっているとは言いがたい語調ではあったけれど、考えてみれば小学五年生の少女にそこまでを要求するのは無茶と言うべきだろう。

僕は、

「ああ。じゃあ」

と、言い、まあ軽く手を振って、陽気で人付き合いのいい好青年を精々《せいぜい》装いながら——八九寺から離れた。

もっとも、八九寺自身にとってはそこからが課題だったのかもしれない。僕が去ってから、もう少し具体的に言うと、僕が去った振りをしてブロック塀の陰に隠れて彼女を見守り始めてからインターホンを押すまでに、更に一時間かかったのだから——そして、

「はい」

と、いう返事が、スピーカーからあって——

あって。

その後のことは、僕は知らない。

綱手さんから返事があったところで、今度こそ僕はその場を離れたからだ。

「なんじゃ、お前様。感動の親子対面を見ていかんのか」

忍が不思議そうに、そう訊いてくる。

僕の真意がわからないという風だ。

「なんだよ、見たかったか？」

「別に、儂は興味はないが。お前様は見たがるじゃろうと思っておった」

「興味がないと言えば嘘になるが」

僕は答える。

綱手家を振り返りたい気分もあるけれど、そこはぐっと抑えて、むしろ早足で、移動しながら。

「まあ、プライベートなことだし——つうか、本来、僕が知ってちゃ駄目なことだろ。八九寺に会って、ちょっとだけでも言葉を交わしちまった時点で、既にやり過ぎだ」

それに、感動の親子対面となるとも限らない。

僕としては感動的であって欲しいけれど、世の中は往々にして、そんな風にはできていない。

母親のほうが、今現在、八九寺に対してどんな気持ちを抱いているかなんて、わかるはずもないんだから。

離婚の原因がどちらにあったかなんて知らないし、そうでなくとも、やはり、他人の家庭に首を突っ込むべきではない。

まあ願わくば。

あの父親のように、母親も八九寺のことを、思っていて欲しいものだ——

「さて、やることはやったし、忍。現代に帰ろうか」

「ん？　もういいのか？」

「いいよ。他にすることねーだろ」

「本屋に行くとか、ロリツンデレ娘を確認するとか、写メるとか、せんでいいのか」

「まあ、心残りがないわけでもないが」

ロリツンデレ娘を確認するという案を提出した憶えはこちらにはないんだけれど……僕は、そこはスルーして、忍の問いかけに答える。

「正直疲れるわ、過去の世界」

「ほう」

「いろいろ気ィ遣っちゃうし、神経も遣っちゃうし。まさに色々すり減ったって感じだぜ。なんか意味のないことをしたって気もするしな——別に僕がこんな躍起《やっき》になって何かをしなくとも、案外八九寺は普通に綱手さんのところに辿り着けたんじゃないかって気もするし」

「それはないのではないか？　お前様は——ちゃんと歴史を変えたと、儂は思うぞ」

たとえそれが、数日で修正されてしまうような歴史であっても——と、忍は言う。

僕を気遣っている風でもない。

だから本当にそう思ってはいるのだろう。

まあ僕だって、本気で自分のしたことがすべて無意味だったかもしれないなんて思っているわけでもない——まあ、それがどちらかと言えば建前《たてまえ》で、やっぱり疲れたというのが本音だ。

疲れた。

マジで。

「でもまあ、人間なんて、生きているだけで歴史を変えているんだと思うしな。で、今何時？」

「昔は僕で、今汝《なんじ》」

「語呂がいいだけで、ひとつも面白くない！」

「明日は我が身」

「あ、ちょっといい台詞っぽくなった」

しかし、だからどうということもない。

僕は時間が知りたいのだ。

「午後四時じゃ」

「つまりもうすぐ逢魔ヶ刻か。じゃ、それを待って、北白蛇神社に戻って、お前をぎりぎりまで吸血鬼に戻して、——タイムトンネルを作って、現代に帰ろうか」

「ふむ。儂としては、この時代のミスタードーナツを食したいという気持ちは強く強く、あるんじゃがの——とは言え、貨幣がないのではどうしようもない」

「お。物分りがいいじゃん。ミスドを襲撃する気なんじゃないかと、内心不安だったんだが」

「ミスドは聖地じゃ。襲ったりはせん」

「…………」

ミスタードーナツに対する思い入れが深過ぎるなあ、こいつ……。

印象はいいな。

「嘘雑学。ミスタードーナツって、ケンタッキーフライドチキンの創始者であるカーネル・サンダースが、引退後に、今度はスイーツを作りたいって言って立ち上げた企業なんだぜ」

「お前様、嘘雑学って最初に言ったぞ」

「しまった！」

しまったというか、しまらない話だった。

ただの無駄話とも言う。

「んじゃ、やっぱ帰るか……今度は時間を間違わないでくれよ。十一年後に行くつもりが、二十二年後に行っちゃうとか、勘弁してくれよ。過去には対応できても、未来の世界には対応できねーぞ。携帯は、やっぱり機能しないだろうし」

「安心しろ。儂は生まれてこの方、失敗したことがない」

「まだ言うか……」

強硬過ぎる。

しかしここで、忍の気勢を削いでも仕方がないので、僕は、

「そうだな！　お前は僕の最高のパートナーだぜ！」

と言った。

すると忍は、

「あ、うん……」

なんて、普通に照れた。

本当に読めねーよ、こいつ。

まあ、特に時間潰しをするまでもなく、普通に山に向かい、北白蛇神社を目指して階段を登っているだけで、太陽は沈んだ。

昨日は、僕も混乱していたので気付かなかったのだが、どうも十一年後より、山道は険しいように感じた。

そう思うとそう思えてしまうと言うだけのことかもしれないが。

普通に考えたら十一年後のほうが、その分植物が茂って歩きにくくなりそうなものだけれど……、まあなかなか、そんな頭で考えるようにはいかないのかな。

植物だって枯れもすれば、朽ちもするだろうし。

それよりもむしろ、僕が驚いたのは——北白蛇神社の、そのありようだった。

十一年前だから、新築同然ということはさすがになくとも、少なくとも今の姿よりはいくらか原形を保っているとばかり思っていたのだけれど、鳥居から本殿まで、何から何まで、すべてが——ぼろぼろだった。

現代と同様に。

いいや、そんなことはありえない、それこそただの思い込みからくる勘違いだとわかった上で言わせてもらえるならば——十一年後より。

十一年後の北白蛇神社よりも、荒れ果てているように見えた。

「え、どういうこと……、おいおい、勘弁してくれよ。過去に来ていたと思ったけれど、実は間違って未来に来ていました的なオチじゃねえだろうな？　そのトリック、結構面白いミステリー小説が一本書けるぞ」

「ここで言っちゃったから、もう書けんがの」

それはないよ、と忍は言う。

確信的な断言である。

「ロリ元委員長や、ハチクジという、知り合いの幼姿《おさなすがた》に、お前様は会ったではないか。お前様本人にもの。ハチクジやショタ暦はともかく、ロリ元委員長を見間違うということは、お前様にはありえんじゃろうが」

「そりゃそうだ」

キャラクターの呼称が色々気になるけれど、そこはスルーして——羽川を見間違うってことはないだろう。

八九寺の場合は、生前死後、ビフォー怪異、アフター怪異という違いがあるから、人違いという可能性も、まるっきりないではないにしても——羽川については、確信がある。

あれは十一年前の。

六歳の羽川——それは間違いがない。

「じゃあ、どういうことになるんだ？　今僕達の眼前《がんぜん》に広がるこの理屈に合わない光景は、どういう意味を持つ?」

「解釈はひとつしかあるまい。これからの十一年の間に、何らかの形で修繕され、それからまた、荒れたのであろう」

「修繕……」

ふうん。

そういう過程があると仮定すれば、まあ、納得できなくもないか……合理的な発想だしな。なんだかあまりに合理的過ぎて、上手《じょうず》に違和感を上塗りされてしまった感はあるが。

「ま……、別にそんなのは考えなくてもいいことなのか。どうせもう帰るんだし——忍。いいぜ、僕の血をもうちょっと吸って、ぎりぎりまでパワーアップしとけよ」

「いや、お前様。これはついておるぞ、どうやらその必要はなさそうじゃ」

「うん?」

「この場は——この時代もまた、霊的エネルギーに満ち溢れておる」

忍は、神社全体を見渡すようにして言った。

「十一年後に儂が来たことでここが怪異の吹き溜まりになったのは確かじゃが、それ以前から、どうもここは溜まりやすい場じゃったようじゃぞ」

「ふうん——」

僕には全然わかんねーけどな、そういうの。

吸血鬼的なセンサーでわかることではなく、あくまで、それはキャリアの問題らしい。

「儂的な何者かが来た——ということかもしれんがの」

「………」

「まあ、使い切ってしまって問題あるまい。あって、いい影響のあるものでもないんじゃしの——アロハ小僧ならうまい対応もあるんじゃろうが、儂にはないしな。それに、儂がぎりぎりまで吸血鬼化するという行為には、やはり一定のリスクが伴うわけじゃし」

「リスクって……なんかあったか?」

「儂がお前様を裏切るというリスクじゃ」

きっぱりと、忍は言った。

「力を失っておる今じゃからこそ、儂はお前様と仲良うやっておるが、力を取り戻せば取り戻すほど、儂は怪異としての本分を取り戻していくじゃろうからのう——お前様がいくら儂を信用してくれようと、それはまた別の話じゃ」

「…………」

そう言われてしまうと、言葉はない。

忍は。

きっと誰よりも、自分を信用していないのだ。

なにせ一度は——自分を殺しかけたくらいなのだから。

「さて、ゲートを作るには、やっぱり鳥居を使うかのう」

と、僕が黙り込んでしまったのをいいことに、忍は着々と、帰還に向けての準備を始める。二度目ということもあって、手馴れたものだった——あっという間に、例の黒い壁が、鳥居の内側に生じる。

「おい。呪文の詠唱はどうした」

「あ。忘れた」

「おい」

「違う。呪文の文章を忘れたのではない、唱えるのを忘れただけじゃ」

「同じことだろ」

どうやらあれはその場のノリだったらしい。

ふざけんなよ。

懐かしいとか言いつつ、実は僕、あの詠唱に興奮もしてたんだぜ。

「お前様」

「ああ」

僕は呼ばれて、忍の横に立つ——そしてこの時代に来るときそうしたように、忍と手を繋ぐ。

指と指を絡ませあうように。

「一応、確認しておくけどさ。この先、やっぱり飛び込んだら、階段になってんだよな」

「うむ。十一年後の階段じゃ」

「そうか……」

だとしたら、受け身を取る準備をしておかないとな……できるだけ勢いを殺して……、いや、いっそ思い切って、背中から飛び込んだほうがいいのかもしれない。

「いや、それはあんまりお勧めせんのう。行くべき時代をイメージすることが大切じゃからなあ。後ろ向きで飛び込んだりしたら、時空の狭間《はざま》で永遠に彷徨うことになるかもしれん」

「あんまりお勧めせんどころか、全力で止めろ！」

「いやいや、まあ吸血鬼だけに、生き死にの話ではないからのう」

「おおらか過ぎるわ！」

迷子の少女を救った代償に異空間でとこしえに迷子になるとか、ひでぇオチだろ！　吸血鬼だから死なないだけに、より酷い刑罰だ！

「わかったよ、前向きに飛び込むよ……、まあ、影縫さんにフルボッコにされても生き残るこの身体、階段落ちくらいじゃあ死なないだろ」

僕と忍は、結局、来たときと同じように、黒い壁の中に普通に飛び込んで——懐しき現代へと帰ったのだった。

その先に何が待ち構えているかを知る由《よし》もなく。

僕が八九寺を助けたことで、未来の世界がどれくらい変わったのかを、想像することさえなく——というか。

まあ、結論から先に言って、僕と忍が時間旅行から十一年後の世界に帰ってみれば——

世界が滅んでいた。

019

滅んだ世界と聞いて、人はどんな世界をイメージするのだろうか。

草一本生えない荒れ果てた大地か。

氷河に包まれた凍り果てた大海か。

灼熱に燃え盛り焼け果てた大空か。

それぞれにそれぞれの、滅びについて固有のイメージがあるだろうけれど、この僕、阿良々木暦がその言葉を聞いて真っ先に想像するのは、実は世界のありようそれ自体ではない。

逆に言えば、世界がどのようであっても構わない。

荒野だから滅んだとは思わないし。

氷河だから滅んだとは思わないし。

熱空だから滅んだとは思わないし。

極端なことを言ってしまえば、たとえ地球が爆発し、宇宙から消えてなくなったとしても、場合によってはそれを世界の終わりだとは思わないかもしれない。

たとえどんな変わり果てた世界であろうとも。

たとえどんな終わり果てた世界であろうとも。

そこに——人さえいれば。


世界は滅んでいないと思う。

そう、だから僕のイメージする滅んだ世界とは、つまり人間がひとりもいない世界なのである——そして。

タイムスリップから帰ってきた十一年後の世界、つまり僕が知っていたはずの現代の世界は、まさしくそういう世界だった。

例によって階段から転げ落ちた——まあ今回は打ち所がよかったからか、それとも吸血鬼性が上がっていたからなのか、幸い失神はしなかったのだけれど——僕達を待っていたのは、いわゆる無人のゴーストタウンだった。

ゴーストタウン。

この場合、それほどふさわしい表現は他にあるまいというほどに、ゴーストタウンだった。いや、世界そのものが滅んだということは、ゴーストワールドと言ったほうが、よりふさわしいというべきなのかもしれない。

もちろん、僕達がその事実に気付くのはそれなりに時間がかかった。

どころか、最初は、ちゃんと十一年後の現代に戻って来られたのかどうかも、怪しかったくらいである——だって、後から考えればそれが当然なのだけれど、試しにと思って取り出した携帯電話は、やっぱり使えなかったのだから。

十一年前と同じくワンセグを受信することはなかったし。

そしてダイヤルしてみた、戦場ヶ原や羽川の番号にも、繋がらなかった。

「おいこら。また間違えたのかお前は。また失敗か、ミステイク忍ちゃん」

「なんじゃその不名誉な呼び名は。即刻取り消さんといかに寛容な儂とて出るところに出るぞ」

「もう忘れたのか……」

「間違えたわけがない。今回は成功したという確信があるわい」

「疑わしいな。根拠はなんだ」

「根拠を必要とするところが、お前様と儂との知的レベルの差じゃ」

「なんだその堂々とした物言い……なんだよ知的レベルって。普通にレベルって言えばいいじゃねえかよ。ふん、まあいいだろう。町に下りてみればわかることだ」

そんなやり取りがあって——後から考えれば、実に牧歌的なそんなやり取りがあって、僕と忍は町に向かった。

十一年前に鳥居をくぐったときが夜半で、階段を転げ落ちたらがらりと昼間に変わっていたので、少なくともタイムワープをしたこと自体はどうやら間違いなさそうだけれど、しかし、問題は今日が、西暦何年の何月何日なのか、なのだ。

携帯が使えないという事実をどう受け止めるべきなのか——単純に携帯電話の故障という可能性もそんなに低くない以上（過去に持っていったから、なんらかの不具合を起こしたという可能性だ)、軽々に判断できたものではない。

果たして今は、何月何日なのか。

そんなズレた問題意識を抱えて町に向かった僕達だったが、しかし向かっただけでは、まだ何にも気付かない。何もわからない。

自分達が仕出《しで》かしてしまった結果を、こうもまざまざと見せ付けられながら——

「あれ? なんか人いねーな」

「そうじゃのう」

「どうしたんだ。みんなで一斉に引っ越したのか」

「みんなでお前様を避けようというプロジェクトでも発動されたのではないか?」

「なんで僕、そんな町単位でいじめられてるんだよ……」

くらいの認識しか持っていない。

むろん、十一年前の世界から帰ってきた僕を迎えるために、盛大なパレードが開かれていてしかるべきだとまでは思わないけれど——


「やっぱり夏休みの最終日じゃから、みんな宿題に精を出しとるのではなかろうか?」

「社会人には夏休みの宿題なんかねーよ……、つーか、そもそも夏休みがないらしいが」

「ないのか」

「便宜上、盆休みと言って誤魔化しているらしいぞ。ていうか、え? タイムワープをしたのが夏休み最終日の夜中なんだから、今日が夏休みの最終日ってことはないだろうよ」

「ああそうか。一日勘違いしておった。タイムワープが成功したのだとしたら、今日は新学期初日になるのか」

「お前それで、よく成功したという確信を持てたもんだな……」

「儂の確信は現実を超越するのじゃ」

「それってただの勘違いってことじゃあ……いや、待て待て、だとするとまずいぞ、深刻にまずいぞ。海賊《かいぞく》で言えばシンコックだ。結局僕は夏休みの宿題をやり終えられなかった上に、学校を初日からブッチしちまったことになる」

大変だ。

ただ宿題をやっていないだけなら究極的にはまだしも、その生活態度の悪さは内申書に影響する。心証の悪さが度を越している——と。

とか。

そんな心配をしてたりした。

的外れな心配だ。

ここはそんな心配など、まるっきり不必要な世界だったというのに。

まして、最終日とか初日とか、そんな細かな違いさえも、どうでもよくなってしまう世界だったというのに。

さすがに違和感を——本当はずっと前から感じていたはずの違和感を覚え始めたのは——無視しきれなくなってきたのは、通行人はともかくとして、車道に一台のクルマも走っていないという事実にはっきりと気付いたときだった。

そりゃあここは田舎町で、人口も知れているけれど、しかしだからこそ、移動手段としての自動車は不可欠のはずなのに——なのに。

ただの一台も。

たとえ道路に飛び出しても——赤信号を無視しても、絶対に交通事故に遭うことはないだろうと断言できる——飛行機の滑走路として使えそうなほどに、がらんとした道路が、僕の、僕達の眼前に広がっているのだった。

……いや。

そもそも、信号機が動いていない。

すべての信号が故障中だ——故障中の表示もなく。

「忍。なんかおかしくねえか」

「話しかけるな」

「いや、話しかけるなって……」

「今必死で考えておる。じゃから、話しかけるな」

「うん……」

口調からして、ギャグで言ってるわけではなさそうだったので、

「じゃあ僕も考える」

と言って。

そこから先、会話は途絶えた。

春休みから無言期間が長かった忍ではあるけれど、基本的にはお喋りな好きな奴なので、現在、僕と忍との間に会話が絶えるということは珍しいのだが——この場合、広がる景色のほうがよっぽど珍奇ではあったし。

また、考えるとは言ってみたものの、考えれば考えるほどどつぼにはまっていくような気分だった——自分の家に近付いていけばいくほど、不審は不安に変わっていく。

というより、実際は一目瞭然なのだ。

しかし何がどう、と、言葉にすればいいのかは難しい——言葉にならない。

まあわかりやすいところから挙げてみれば、街路《がいろ》樹《じゅ》や近隣住宅の庭が荒れていて、まるっきり手入れされていないように見える——そして、全体がそうなっているから、少しわかりにくいけれど、立ち並ぶ家そのものが。

傷《いた》んでいるような——古びているような。

そんな風に見える。

わからない。

気のせいかもしれない。

だって僕は、この町の十一年前を、ついさっき見てきたわけであって——それと較べれば、経年劣化があるがゆえに、今までは当たり前に見えていた街の景色が、そんな風に見えるのも、むしろ当然なのかもしれない。

でも。

なんというか——僕は知っている。

こういう町を知っている。

正確に言えば、こういう建物を知っている。

熟知してさえ——いるだろう。

「なあ、忍……」

「…………」

結局、のしかかるような感情に耐え切れず、再び僕のほうから忍に呼びかけてみるも、今度の忍は、「話しかけるな」とさえ言わなかった。

何も言わなかった。

そう言えば八九寺の、僕に対する第一声も「話しかけないでください」だったよなあ——なんて、そんな見当はずれな現実逃避にも、うまく逃げ込めないまま、僕達は歩き続けた。

いや実際、無駄な足掻きなのだ。

足掻きで、悪足掻きなのだ。

僕も忍も、とっくに、とっくの昔に、結論には迷うことなく——道に迷うことなく、辿り着いてしまっていると言ってよかった。

しかしその結論を、結論として出してしまうことを避けているように——決定的証拠を出されるまでは、猶予を残すように。

悪足掻きをしていた。

実のところ決定的証拠なんて、もうとっくに提出されているのに——が、そんな悪足掻きも、もどかしい隔靴掻痒《かっかそうよう》も、阿良々木家に到着するまでのことだった。

傷みに傷んだ自分の家は——決定的どころか、確定的なまでの、揺るぎない証拠だった。

傷み。

しかしそれは荒らされたのとは違う——傷み。

散らかっているのでもない——傷み。

さながら何ヵ月も人が住んでいないような——そんな傷みかた。

埃《ほこり》が積もっていて、まるで廃墟のようだった。

というか——まあ、自分の家の中を見て、遂にはそれを認めざるを得なかったというだけのことであって、そもそも町全体が。

世界全体がそんな感じだったのだ。

そう。

僕はよく知っている。

こういう建物を知っている。

あの——学習塾跡の廃墟を知っている。

人が住まず、放置され、風雨に晒されるがままにさらされた結果としてのありかた——要約すると僕達の町は。

全体として廃墟と化していて。

つまりはゴーストタウンと化していたのだ。

「八月二十一日、月曜日——午前九時十七分。ふむ、タイムワープ自体は、どうやら正常に成功したようじゃぞ」

阿良々木家のリビング、テレビの前においてあった、カレンダー機能つきの電波時計の表示を見て、言う。

とは言え、その時計が、ちゃんと電波を受信しているかどうかは怪しいものだ——正しい時間を発信するアンテナが、この世界で正しく機能しているとは思えない。

まあ、その表示は僕の携帯電話の時間とも合致するので、タイムワープ自体は——現代への帰還自体は、忍の言う通り、成功したと確信してもよかろう。

しかし実際、それを聞いた僕が感じるのは、現在時刻がわかったという喜びではなく、人がいなくとも時計は電池の続く限り動き続けるという、そんな当たり前の事実の切なさだった。

少なくとも。

それは電池を入れ替えた誰かが、少なくともかつてはいたという事実を指し示す——一体、いつからこの阿良々木家が廃墟となっているのかはわからないけれど。

試みにリモコンを手に取り、テレビをつけてみる。

しかしテレビは無反応。

リモコンの電池が切れているというより、これは、家自体に電気が通っていないようだった。確認のために、昼間なので別に暗くはなかったけれど、電気のスイッチを押してみた。

反応なし。

電球が切れている——ということもなく。

「信号機も動いてなかったし……うん、なんとなく状況は読めてきたって感じかな……、今いち乗り切れないところはあるけれど。ふむ、まあ当たり前だけれども、あの学習塾跡ほどの年季の入った廃墟にも見えねえ。数ヵ月か、長くても半年くらい、放置されてるって感じ……？」

僕は、思ったことをそのまま言う。

よくわからないままに、まとめもせず。

「僕の部屋に行って、参考書の進み具合でも確認すれば、一体いつからこの家が——この町が無人になっているのかはわかりそうだが……なあ、忍？」

あまり考えて喋ってはいないとは言え、それでも一応僕は忍に対して話しかけていたのだけれど、しかし忍はまるっきりの無反応だった。

阿良々木家までの道中で「考えておる」ときの無反応とは違って——そもそも僕の声が聞こえていないという風だった。

考え事をしているから僕を無視している、というより——僕どころではないという風に。

「おい、忍」

「………………」

「おい、忍！」

「ひゃうん！」

近付いていって、後ろから忍の鎖骨（あばらではない、念のため）に触れて呼びかけてみると、ようやく忍は僕に反応し、こちらを向いた。

「お、おお……誰かと思ったら、お前様か」

「他に誰がいるんだよ。誰もいなくなってるよ」

火憐も月火も。

父親も母親もいない。

煙か霧みたいに——痕跡《こんせき》もなく消えている。

「そして誰もいなくなったって感じだが……、マリー・セレスト号だっけ？　クルーが全員、忽然《こつぜん》と消えちまった船というのは……、もっとも、飲みかけのコーヒーは用意されてないみたいだが」

「……お前様。一応、他の家も調べてみんか？　阿良々木家だけがこうなのか、それとも町全体がこうなっておるのか」

「確認するまでもねーと思うがな」

「しかし確認せねばなるまいよ」

その責任があろう、と忍は言った。

まあそれは、その通りだった。

責任があり、また責任感があった。

それから僕達は、近隣の家のみならず、町のあちらこちらを検分することにした——たっぷり、およそ五時間ほどかけて。

それは救いを求めての行為だったのか、それともより深く絶望するための行為だったのかは、結果からしてみれば後者だったとしか言いようがない——いや、やっぱり、どちらなのかは、わからないと言うべきなのか。

なんというか、途中からは惰性《だせい》になってしまったというのもあるし、あまりに現実離れしたこの状況を、この現実に、どれだけ突きつけられても、飲み込むことができなかったというのは、依然として厳然とある。

午後三時前に阿良々木家に帰ってきて、それこそコーヒーでも飲もうとしたけれど、電気同様に水道もガスも止まっていて。

僕と忍は、飲み物も食べ物もなしで、ソファに座った（食べ物については、一応キッチンに賞味期限が過ぎていないスナック菓子があるにはあったが、飲み物なしでは厳しいタイプの乾《かわき》物《もの》だったので、控えておくことにした。

ちなみに座ったと言うのは、向き合う形でなく、膝の上抱っこの形である——当然、僕の上に忍が座る形だ。

「さてと」

僕が言った。

まあ、どちらが言ってもわかりきっていることで、だからそもそも言う意味も大してなかったとは思うけれど、一応は示しというか一応のけじめとして、そう、僕が言った。

「世界が滅んでるぞ」

「うん」

「返事が可愛いな」

「うん」

「つまりこれはお前が不用意にタイムスリップをしたせいで歴史が変わってしまったということで間違いがないようだな」

「お前様があの迷子っ娘を助けたために歴史が変わってしまったとしか考えられん」

何気に責任を押し付けあおうとする、責任感皆無の醜《みにく》いツーマンセルの姿がそこにはあった。裏を返せば、それくらいにふたりとも、責任を感じていることではあった――しかし。

しかし。

「駄目だ……世界って。スケールが大き過ぎて、全然実感が湧いてこない……、衝撃的過ぎて、パニックにもなれない」

春休みが地獄で、ゴールデンウィークが悪夢だったとするなら――今回は本当に、どうしようもなく冗談じみている。

滑稽《こっけい》でさえある。

「火憐や月火が行方不明になっちゃってるのに、戦場ヶ原も羽川も、神原も千石も見当たらないって言うのに、嘆き悲しむことができない自分が、正直かなりショックだぜ……でも泣き喚けねえよ、さすがにこれは」

認識が追いつかない。

感情がついて来ない。

実際にはショックなんてものじゃないのだろう。

ただ――さすがに世界となると。

いち高校生に把握できる規模の事件では、これはなかった。

「つーか、全然タイムパラドックス起こっちゃってるじゃんよ。歴史の強制力だとか、運命の修正論だとか、どこ行っちゃったんだよ。何がどうなれば、あのあとどういう事実があれば、迷子の女の子をひとり助けただけで、人類が滅亡するんだよ」

「ふむ。つまりこれが、バタフライ効果か」

忍が納得したように言った。

新しい言葉を身をもって理解したという感じである——よかったね、ひとつお利口さんになって。

「しかしこれは一体どういうことだ……？　つまり、八九寺があの後、本来よりも延びた寿命の間に、何かとんでもないことをしでかして、世界を滅ぼす原因を作ったとでもいうのか……？」

「いや、あの娘にそこまでの器があったとは思わんが……」

「うん……それにこれ、核戦争が起きたって感じでもねーよな」

町、それに家々は傷んでいるとは言え、兵器によって破壊されているという感じではない。あくまでも、人が住んでいないがゆえに傷んだ廃墟の町という感じなのだ——

「住人全てが誘拐されたって感じでもあるんだが……ラオウみたいな奴が徴兵《ちょうへい》していったんじゃねーのか？」

「そこまでの滅び方は、じゃからしておらんようじゃし……わからんのう」

うぐ、と。

呻《うめ》くようにそう言って、僕に体重を預けてくる忍。

なんだか参っている風なのは、日差しの強い中、町中を検分したからというわけではないのだろう——彼女は精神的に参っている。

実際、五百年、いやさ六百年生きていると言っても、と言うより六百年生きているからこそなのかもしれないけれど、忍はメンタル的にはとても弱い——なにせかつては、自殺志願だったくらいなのだから。

この状況、この現実は。

忍にとっては——あるいは僕以上に重いのかもしれない。

国が滅んだり、政治体制がなくなったりするのを、たくさん見てきた彼女ではあるだろうけれど——それで滅びを受け入れる耐性ができるわけでもないだろう。

どころか。

実際は逆なのでは——とも思う。

そんな経験は、トラウマにしかならないのではないか、と。

「バタフライ効果か……、こうなると、互いに吸血鬼度を上げておいて、とりあえずはよかったって感じだな、忍。しばらくは飲み食いしなくても大丈夫だから」

「まあ、せめてもの救いを探るなら、そんなところかのう」

忍は言った。

「とりあえず、ドーナツをたらふく食べる計画は、放棄するしかなさそうじゃ」

うん。

僕達はそのほかにも、色んなものを諦めるしかなさそうだった。

020

こういう場合、とりあえず現在の状況を整理するというのが僕のいつもの手法なのだけれど、今回に限っては整理すべき状況があまりないというのが、正直なところだった。

整理すべき世界が滅んでいるのだから。

整理する意味もない。

忍の言い草ではないけれど、仮に今、この状況から——状況なんてものは既にないに等しいけれど——何らかの救いを見出すとするならば、とりあえず僕の記憶が、いわゆる『歴史』に合わせて変化するということはないらしいことだった——特に『滅んでいない世界』としての夏休みを、ちゃんと覚えている。

僕の、僕の知る夏休みを——滅んでいない歴史の夏休みを。

なかったことになってしまったあの夏休みを、まるで妄想のように覚えている。

貝木とのやり取り。

戦場ヶ原の更生。

影縫さんとの暴力沙汰を——恐らくはこの現代では、この歴史では起こらなかったあれこれを、ちゃんと憶えている。

逆に、変わった歴史の記憶が補完されているということもないし——それに、そう、別に夏休みに限らず、三ヵ月前の母の日に。

八九寺真宵という、迷子の少女と出遭った記憶も、その後の楽しいお喋りの記憶も、まるで消失していない。

僕が過去で八九寺を交通事故から救った以上、そして綱手さんの家に送り届けてやった以上、彼女の怪異化は確実に食い止められたはずで、だからあの母の日は存在しないはずだから、やっぱり現実とは食い違ってくるはずだけれど——そこの部分は修正されることはないらしい。

懸念がひとつ解消された形だが。

まあ、現在僕の眼前にあふれている懸念の数を思えば、そんなことは救いと言えるほどの救いではないのかもしれなかった。

「やれやれ……うっかり世界と共に滅びるのを忘れちまった気分だぜ」

「なぜこの状況で格好をつける。さながらハリウッドのように」

「小学館好きの忍ちゃん。初期のドラえもんに登場したひみつ道具で、どくさいスイッチって知ってるか？」

「知らんのう」

「だからお前のどの辺が真の藤子ファンなんだよ……」

「ドラえもんは後期しかしらん」

「むしろ新規の藤子ファンじゃねえか」

「で、どんくさいスイッチとはなんじゃ」

「どくさいスイッチだ。そのスイッチを押すと、嫌いな人間をこの世から消せるって道具だよ。殺すとかじゃなくって、最初から『いなかったこと』にするっていうか……だからその道具の場合は、周囲の人間の記憶からも消えちゃうんだけどな」

「ほう。便利な道具もあったもんじゃのう」

「ないんだけどな。まあSF要素が強かった頃の作風のアイテムなんだけど……のび太は例によってああいうキャラだから、最後にはそのアイテムを使って、世界中の人間を消しちまうんだ」

「とんだ独裁者じゃのう」

「独裁者の資格ってのは虐殺《ぎゃくさつ》を行うことだって定義もあるけどさ……、いや、そういう深い考察をするつもりはなく、単に、まるでどくさいスイッチを使ったみたいな世界の様相だなあって思ってさ」

「つまりこの世界のどこかにのび太くんがおるかもしれんと言うことか！」

「違う。どうしてそんな結論にたどり着く……そしてのび太くんのキャラのファンって、おかしいだろ。のび太萌えって、わけわかんねーよ。じゃなくって、人類がひとり残らず消えているっていう状況は、普通じゃやっぱ考えられないよなと思ってさ。虐殺があったにしろ、集団誘拐にせよ、なんらかのSF要素がなければ、ありえないって気もする。長期間にわたって」

「ふむ……」

なるべくわかりやすいように漫画作品を例に取ったた割にはうまく言えなかったけれど、しかしどうやら言いたいことは伝わったようで。

僕達はその後、自分の部屋のドリルを確認する前に、まずは自宅に保存されている新聞紙のたばを漁《あさ》った。

阿良々木家のご両親（まあ、つまり僕の父親と僕の母親ということだけれど）は、かなり几帳面《きちょうめん》なので、新聞や広告の関連は、きちんと整理整頓されて、保存されているのである。

整理好きは遺伝というわけだが――もしも世界が段階的に、つまり手順にのっとって『まともに』滅びたとするならばその経過が、少なくとも前兆のようなものが、新聞記事になって残っているはずだという、そういう読みである。

携帯電話でインターネットに接続できればもっと手早く検索できるのだけれど、こういうときに最後まで残るメディアは結局紙ということらしい。

まあこの紙も、数百年後、数千年後には風化してしまうのだろうけれど――それに、この行為は結局のところ、まるっきりアテが外れてしまったと言っていい。

いや、何が起こって、どういう経緯で世界が滅んでしまったのかを知る上ではアテが外れてしまったのだが、もっとも、得るものが皆無だったわけではない。

阿良々木家に保存されている新聞は、六月十四日分の夕刊までだったのだ。

それ以降の新聞は一部もない。

そのタイミングで僕は、自分の部屋に行ってドリルを調べてみるも、同じ日付で、ページは止まっていた。

「もっともこの場合、この歴史の僕がドリルをここで放棄したって可能性もないじゃあないけれど……日記でもつけていればよかったな」

「妹御の日記を見てみればどうじゃ？」

「いやあ、あいつらが日記をつけているとは思えないし……仮につけていたとしても、さすがの兄も、妹の日記を勝手には読めねーよ」

まあ。

符号が合ったことは確かなので、これはこれで信用してよかろう。あとこの世界の僕も、ちゃんと受験勉強をしているらしいという事実もさりげなく確認でき、それはそれで胸を撫で下ろすことではあったけれど——

「さてと」

とリビングに戻ってきて、もう一度、六月十四日の夕刊を広げてから、僕は言う。

「これはつまり、どうやら六月十四日の夜半頃に——夕刊が配り終えられ、そして朝刊が作られる前に——何かが起こって、何らかの何かが起こって、そして段階的にではなく一気呵成《いっきかせい》に、崩壊的に世界は滅んだということを意味していると判断していいんじゃないかな」

それこそどくさいスイッチのような何か。

SFじみた何かだ。

「この世界の戦争兵器がどこまで進化したのかは知らないけれど、それでも人間だけを煙みてーに、しかも全員消しちまうことのできる何かなんて、開発されているはずもない」

「ということは、どういうことじゃ？」

「なんらかの怪異現象だって考えるべきなんじゃないかってことさ。歴史の強制力や、運命の修正論とかいうのから外れられるのは、怪異だけなんだろう？　だからお前には時間移動ができるし、僕には八九寺を助けることができた——八九寺の怪異化を防ぐことができた」

「なるほどな。ありそうな話じゃ」

「うん……」

と。

それとなく、それっぽく、分析してみたけれど。

そしてたぶんこの推理は間違っていないのだろうけれど——けれど、じゃあこの推理があっていたからといって、だからどうしたという感は否めない気もする。

怪異現象であろうとなかろうと。

同じことという気がする。

分析に何の意味がある？

なんというか。

この僕、阿良々木暦は、それなりに修羅場をくぐってきているつもりだ。何度も触れている春休みの地獄、ゴールデンウィークの悪夢だけではない。数々のトラブルを経験し、そのたびに、精神的に成長してきたつもりである。

しかし——今回は本当に桁違いだ。

これまでは、そうは言っても、個人的な規模で話は終わっていた。妖怪大戦争だって未然に防いだし——ブラック羽川の蛮行にしたところで、とりあえずあれが一番被害者の多い事件だったけれど、それでも一般人の死人が出るところまではいかなかった。

なのに死人どころか。

生きている人がいなくなってしまったというのは、あまりに異質である。

「うーん。まあ六月十四日、あるいは六月十五日あたりに何かがあったとして、どうやら現在の滅んだ世界は、滅亡後、約二ヵ月が経過した世界ってことみたいだな……つまり滅亡は思いのほか、最近の話だったらしい」

と、忍に話を振ってみると——振ってみると忍は、こめかみの部分をぐりぐりと押さえるようにして、そのまま、黙っていた。

本当に精神の揺れ幅の大きい奴だ、新聞を調べて現実に向き合うことで、また暗い気持ちになってしまったのか——と思ったけれど、今回はそうではなかったようだ。

単に。

悩んでいるだけのように見えた。

「……どうした？　忍」

「いや……、何か思いつきそうじゃったのじゃが……いまいちピンと来ないのじゃ。儂の記憶力は本当にポンコツじゃのう」

「？　なんだよ。心当たりでもあるのか？　世界がこんな風になっちまった理由に——もしもそうだったのならだけれど、世界をこんな風にしちまった怪異に」

「うーん……そうなのかのう」

忍は首をかしげているけれど、可能性としては、それは考えられなくもない。忍は例の学習塾跡の廃墟——今となってはすべてが廃墟だが——において、忍野から、怪異についてのレクチャーをある程度、受けているのだ。

それまでは種類など関係なく、怪異であればただ喰らっていた忍が、食材の名前を覚えたということだ——ならば。

「あれ。でも、考えてみたら、この場合の、変わっちゃった歴史における忍が、同じように忍野からレクチャーを受けているとは、決して限らないわけか……」

「この世界の儂がレクチャーを受けとらんでも、ここにおる儂はレクチャーを受けておるのじゃから、それは関係あるまい」

「あ、そっか」

ややこしいな。

僕の頭の中がパラドックスだぜ。

「ていうか、ちょっと待ってくれ。そこを突き詰めると、更に状況はややこしくなりそうだけれど……、僕や忍は、この歴史においてはどういう立場なんだ?」

「立場とは?」

「十一年前の過去に戻ったとき、僕は僕に会ったじゃないか。まあ正確には会ったんじゃなくて、覗き見ただけだけれど」

「そうじゃのう。可愛かったのう」

「可愛さはどうでもいい」

「どうでもよくはなかろう。褒めているのじゃ。喜ばんか」

「この状況で七歳のときの可愛さを褒められても喜べねえよ……問題は、可愛かったあの子が十一年後、どうなったかってことなんだ」

「どうなったって……ヒネた高校生になったんじゃろう?」

「そういう意味じゃねえ。阿良々木くんは、高校三年生の六月半ば、このXデーにはどうしてたんだって話」

「…………」

「お前はその頃、まだ学習塾跡で忍野と同棲していたはずだけれど……、その辺の歴史も変わっちゃってるのかな？　まあどっちにしろさ、他の全員と同じく——僕やお前も、みんなと一緒に、滅んだってことになるのかな？」

死んでしまった——という表現を使うのには抵抗がある。

斧乃木ちゃんの言ったことではないけれど、死と言うのは、取り扱いが難しい。

なにより死体がない。

「神隠し的な怪異って、色々とあるんだろう？　人類全員がその被害に遭ったってのが、割と現実的な推理だって気もするけれど……だとすると、僕はその怪異に対して、抵抗できなかったってことなんだろうか」

忍はともかくとして——忍野や羽川でさえいなくなってしまっているのに、僕なんかがその現象から生き残れたとは思えない。

「お前様。この現象が怪異現象だと決め付けるのは早計じゃとは思うがの」

「え？　どうしてだよ。さっきお前、同意したばっかじゃないか」

「ありそうな話じゃと言っただけじゃ。別にそうに違いないとは言っとらん——根拠は今のお前様の言葉じゃよ。敵が怪異であったならば、ありとあらゆる怪異の天敵である儂がむざむざやられるはずがないし、あのバランスを取りたがるバランサーのアロハ小僧が世界を滅ぼすような怪異を見過ごすはずもなかろう。理由があればともかく」

「忍野なあ……あいつなんかは、どっかで生き残ってても不思議じゃあないけどな」

ん？

待てよ。

六月の半ばくらいって、本来の歴史——今となってはこっちのほうが本来の歴史なんだろうけれど——においては、忍野がこの町を去ったあたりのことじゃないのか？

よく憶えてないけど、その辺のことだったような気がする……なんだろう、この符合は。

何か意味があるのだろうか。

「まあ、しかしそれはなんだか希望的観測という気もするのう」

忍は言う。

「儂もお前様も、この世界では死んでおると考えるのが、一番真っ当であろう」

「そうだな……だとすると本気で歴史が変わってるんだな」

変わってしまった歴史の阿良々木暦が、どういう奴だったのかはわからないけれど——自分がいなくなってしまった世界というのは、やっぱりすさまじい違和感である。

世界と一緒に滅ぶのを忘れてしまった気分だとか、そんな洒落たことを言ってたけれど、阿良々木くんはちゃんと忘れずに、世界と一緒に滅んだようだった。

律儀な奴だ。

我ながら。

「それなのに今僕がここにいるというのは、やはり奇妙だぜ」

「ま、とりあえず収穫はあったの。世界が滅んだ日付は判明した」

「そうだな。しかし、問題はその日、その夜、一体何があったのかということだ。それがわからないことには手の打ちようがないぜ」

「手の打ちよう？　お前様、この状況に対して、何か、手を打つつもりなのか？」

「いや、もしも神隠しみたいな状況ならさ、その怪異問題を解決すれば、みんなこの世界に帰ってこられるわけだろ？　この二ヵ月の空白を埋めることはできなくっても、世界を元通りに修正することは、きっとできる」

わかんねーけど。

でも、その希望はあるだろう。

火憐や月火、戦場ヶ原や羽川と、もう一度会える希望は、そういう意味では確実にあるのだ。

「だから僕は、世界が滅んだ原因を知りたいんだ」

「そうか」

忍は頷く。

「その諦めの悪さが、お前様のお前様たる所以《ゆえん》であり、由来なんじゃろうなあ——それでは、原因を調べに行くとするか」

「ん？　行くって、どこに？　捜索範囲をもっと広げるって意味か？　町の外、あるいは東京あたりまで繰り出してみるって意味か？」

「いやいや」

横向きに手を振って、忍は今更のように言う。

「もう一度過去にタイムスリップして、六月十四日の夜に行けば、一体何があったかははっきりするじゃろう」

021

「お前それができるんなら原因を突き止めるどころか原因を取り除くことだってできるだろうよ！」

なんて、そんなオチは待ち構えていないので、安心して欲しい。あと五ページで物語は解決して、残りは全部僕が忍のあばらを撫で回している描写、というようなことはないのだ——そうだったら、いわゆる伝説なんだけど。

その理由は、過去に戻ったところで歴史や運命を変えることはできないから——ではない。そんな理屈は、今となっては机上《きじょう》の空論《くうろん》もいいところである、実際に、僕達のタイムスリップが原因で、世界はこうして滅んでしまったのだから。

「まあ、八九寺を助けてしまったから世界が滅んだと考えるのは、やはり考えてみれば早計だよな。それ以外にも、僕達は過去の世界で、色々と活動しているわけだし。通りすがりの女子中学生やら、ロリ羽川やら、婦警さんやら、八九寺のお父さんやら――あるいは僕を轢きかけたトラックの運転手やら、色んな人の過去に関与してしまったんだから。たとえば、僕達に本を投げつけて、その本を無くしてしまった羽川が、それを元に魔王化してしまったという可能性はないでもない」

「まあ、あの娘ならのう……」

割と軽口のつもりで言ったのだけれど、忍は妙に納得するようだったのが、印象的ではあった。

とは言え、バタフライ効果的に言うならば、僕達の行為の何が原因で世界が滅んでしまったのかは、わからない。わかるはずもない。

ただ、そこまで原因を、十一年前まで遡って探る必要はないのだ――遡るのは二ヵ月前でいい。

世界が滅んだ、人類が滅んだ、直接の原因。

六月十四日の夜を探ればいいのだ。

「で――その時間に戻れるのか」

「戻るしかなかろう。前にも言ったが、失敗すれば恐竜時代に戻ってしまうかもしれんが――しかし、それはもう、この滅んでしまった世界とそれほど大差あるまい」

「大差ね……」

大差はあると思うけれど。

二十対零くらいの大差。

何の試合かは知らないけど。

しかし、確かに動物一匹さえも見かけなくなってしまったこの世界と、数億年前の世界とは、大差はあれど、似たようなものなのかもしれない。少なくとも較べっこが成立するくらいに。

「でも、ちょっと待てよ。吸血鬼としてのパワーを取り戻している今のお前でも、未来への移動は可能でも過去への移動は不可能なんじゃなかったのか？今よりも力をお前に戻すのは——」

まずいのだったか。

本人が嫌なのだったか。

確かにそういわれてしまえば、僕も納得するしかなかったけれど、しかしこの状況では——

「うむ」

と言う。

「それに全盛期まで力を戻したところで、過去への時間移動は厳しいものがある」

「ふうん……じゃあ、どうするんだ」

「いやいや、考えてもみい。お前様や儂が、六月の時点で既にいなくなっておると言うのならば、そして世界が滅び、学校制度もなくなっておると言うのならば、当然、お前様が夏休みの宿題を遣り残すことはなく、儂があの神社で十一年前の過去に向かってジャンプする必要も、できるはずもないのだから——この歴史においては、あそこの神社の霊的エネルギーは一切消費されることなく、残留しておるはずなのじゃ」

「あ」

そうだ。

そういう理屈になる。

考えてみれば明らかだ——ならば、そのエネルギーを利用して、再び過去に跳べば——そして世界崩壊の原因を突き止め、その時点からやり直せば、まるっきり同じにはできないにしても、せめて今よりはマシな形に、歴史を修正することができるのではなかろうか。

「待てよ、思えばわざわざ原因を突き止める必要さえないのかもしれない。さすがに恐竜時代ってのは冗談にしても、忍、今回もタイムワープには失敗するかもしれないよな？」

「儂は失敗などせんが、お前様がする可能性は否めん」

「お前のワープに相乗りしているだけの僕が何を失

敗するんだよ……」

「言ったろう。基本的に、座標をアジャストするのはお前様じゃ。儂には時間の観念が欠けておるから——行き先はある程度、お前様にかかっておるのじゃ。前回十一年前に跳んだのも、思えば儂の失敗とか、神様のはからいとか言うよりは、お前様がジャンプするときに、あの迷子っ娘のスカートの中でも妄想しておったからではないかと、今ならそう思うくらいじゃ」

「ああ」

それはありそうだ。

スカートの中など断じて妄想していないが。

しかしもうちょっと、真面目なことで、八九寺のことを考えていたような気がする。

「ということは、僕がしっかりしてさえいれば、タイムワープを失敗することは絶対にないってことなのか？」

「いや、別に保証はせんよ。儂がフットペダルを担当し、お前様がハンドルを担当しておるというだけのことで、事故の原因がどちらにあるかなど、追及するだけ無駄という話じゃ——じゃから儂がアクセルを踏み込み過ぎて、またお前様がハンドルを切りそこなって、恐竜時代に辿り着いてしまう可能性は、十分にありえる。そのリスクが怖いのならば、タイムワープはやはりしないほうがよい」

アロハ小僧の言う通りじゃ、と。

今更忍はそんなことを言った。

今更過ぎる。

まあ、さすがの忍野にしたって、あのすべてを見透かしたような不愉快な中年男性にしたって、まさかここまでの状況を見越してはいなかったとは思うけれど。

どんな見越し入道《みこしにゅうどう》だよって話だ。

「いや、忍。僕が言いたかったのは、それでもタイムワープはするべきだってことなんだよ」

「？　なんじゃ、急に冒険に目覚めたのか？」

「じゃなくって、もしも失敗して、六月十四日まで遡ることができなかったというのなら、それはそれで仕方がない——七月七日とか、たとえば戦場ヶ原の誕生日あたりに到達したからと言って、現状より状態が悪化するということはないんだからさ」

「ふむ」

「そして、六月十四日より以前に到着してしまったとしても、それはそれでいいんだ——だって、辿り着いた年月日で、生活して待っていたら、いつかは六月十四日はやってくるんだから」

「……いやいや、お前様の脳味噌は醬油のように発酵しておるのか?」

「気取った台詞に突っ込みを入れたくはないんだけれども、味噌に対して醬油をかけたんであれば、味噌だって発酵食品だからな」

「え? あんなおいしいものが腐っとるのか⁉」

「お前って本当、髪の色以外に外国要素ゼロだよな。あと、それで言うなら醬油だっておいしいだろ」

「まあまずくはないけれど、しかしあれ、飲み物としてしょっぱ過ぎるじゃろ」

「醬油は飲み物じゃねえよ!」

「ラッパ飲みじゃ」

「死ぬぞ!」

「で、お前様の脳味噌は味噌なのか? それとも醬油なのか?」

「味噌だよ」

「ならば気付けよ。テイクオーバーが一週間や二週間くらいなら、あるいは一ヵ月や二ヵ月くらいなら、まあいいかもしれんが、そんなことはわからんのじゃぞ? 一日遡るだけのつもりで、十一年前に飛んでしまった儂らじゃぞ? 単純計算できることではないが、同じ割合で考えれば六百八十年前に跳んでしまうことになる。儂さえもまだ生まれておらん。失敗しても構わないなんてゆるい気持ちで臨まれてものう。そのたびに、未来と過去との往復運動を繰り返すわけにはいくまい。歴史が変わり過ぎて、手がつけられんようになる」

「だから忍、別に六百八十年でも、五億年でもいいじゃねえか。それは大袈裟にしたって――だって、ほら、僕とお前は不死身なわけだし」

「む」

「つまりずっと歴史を見守ることができるのさ――六月十四日の夜だけフォローすればそれでいいかどうかも、わかんねーし。ゆるく構えるなんてとんでもない、長期にわたって歴史を管理監督する覚悟で、過去に飛ぼうって、僕は言ってるんだ」

「スケールのでかい話になってきたのう……」

忍は僕の言いように、かなり呆れたようだったけれど、しかしまあ、スケールの大きい話をしているのだから仕方あるまい。

紙幣が使えなかったり、貨幣が使えなかったり、土管で寝る羽目になったり、そんなあれやこれやは一泊だけでもうたくさんというのが、やっぱり本音の中の本音なのだけれど――それでは済まない状況になっているのだ。

たとえぴったり目測通りのXデーに飛べたとしても、その後の二ヵ月――そして失敗したとしても、その後の何年にもわたって、歴史の修正役を務めてやろう。

歴史が歴史を修正してくれないなら――僕達がそれを担当するしかあるまい。

「我が身を犠牲にしようなんて殊勝《しゅしょう》な気持ちではなく、ただ、もう一度戦場ヶ原や羽川達――妹達や両親に会うために、ちょっとだけ長きにわたって、がんばってみようという話さ。いうならこれは、僕にとっての夏休みの宿題なんだ」

そんな決意と共に。

なんだか格好つけようとして失敗したみたいな台詞と共に、僕と忍は再び、北白蛇神社のある小山を目指して出発したのだった。

そう言えば、この時代に帰ってきたとき、山のふもとに自転車はなかったのだけれど（そのときは今度こそ盗まれたのかと思ったけれど、この歴史における僕はタイムスリップをするために八月二十日の夜に神社に向かっていないので、そこに止まっていないのは当たり前だった——)、しかし、そのママチャリは家にもなかった。

ふむう。

この歴史の僕は自転車乗りじゃなかったのだろうか——そんな風に、地味に歴史が変わっているのだろうか。

まあ僕にとっては大事な愛車だけれど、世界が滅んでしまっている今、自転車の一台くらい大した問題ではなかろうと、神社には歩いて向かった。

もう夜も近かったので、忍も歩いて疲れるような虚弱さを有してはいなかったのだけれど、しかしなんというか惰性で、僕が忍をコアラ抱っこして。

もうそれを見咎《みとが》める、女子中学生も警察官もいない、そんな町中を。

ありきたりだけれど、人が住んでいない世界は、夕方の時点で既に相当に暗くって——そして空も、抜けるように青かった。

たぶん夜になれば。

満天の星空が見えるのだと思う。

いつか戦場ヶ原と共に行った、天体観測を思い出す——

…………。

んー。

あれはどうだっけ?

この歴史ではあったことだっけ?

それとも間に合っていないのかな?

細かい日付を憶えてはいないけれど、あれは確か六月の——

「まあ、吸血鬼性が上がっているがゆえに、たとえ町が電気で満ちていても、大気汚染が浄化されていなくっても、星空なんて見放題なんだけどな。山中を登るのも、お手の物だ」

「足のものじゃがのう」

とか。

そんな冗談をいう余裕さえ生まれたのは、しかし調子に乗っていたというか、油断していたところはあっただろう。

実際、まるで非常に冷静に、論理的思考に基づき結論を出したかのような描写をしてきたけれど、これから行おうとしているナイスアイディアの着想を得たときには、僕と忍はイエーイと何度もハイタッチをしたくらいで、互いにグーサインをぶつけあったりしたものだけれど（そのはしゃぎっぷりときたら、とても皆様にお見せできるものではない）、しかしいざ。

いざ、すっかり慣れてしまった登山を終えて、北白蛇神社に辿り着いてみると、

「…………」

一気に忍の表情が曇った。

一条の光も差さない曇天と言っていい。

その表情を見る限り、わざわざ訊いて確認するまでもなさそうだったけれど――訊いてあげないのが優しさなのかもしれないけれど、しかし、一縷の望みをかけて、

「どうした？」

と訊いてみる僕。

「……うむ」

と、忍は僕から飛び降り、着地する。

「エネルギーがまるっきり残っておらん」

「そっか」

既に数秒前に落胆は、そして絶望は終えていたので、いかにも素っ気無い返事になってしまったけれど――

しかし納得できるわけでもない。

散々忍と論じた通りの理屈から言えば、タイムスリップが行われていないこの場所においては、エネルギーはまるまま残っていてしかるべきなのに。

「原因は、そうじゃの」

あれかの、と、忍はすぐに発見し――そちらの方

向を指差した。

その指さし確認の意味がよくわからなかったけれど、忍がすたすたとその方向に歩いていくので、何もわからないままに、僕もその後ろについていかざるを得ない。

これじゃあどっちがどっちの影に縛られているのかわかったもんじゃないな、とか思いつつ——まあ厳密に言えば、吸血鬼性をぎりぎり近くまで発展させている今の忍は、短時間ならば僕の影からは離脱することができるんだけれど（僕が充電器で、忍が子機みたいなものだ）。

そして参道を歩き、本殿に近付くに連れ忍の言いたいことを理解する。

そのぼろぼろの本殿。

いや——そこに張られた一枚のお札を。

「あれ……？　これって……」

僕はそのお札を見て——一見ではよくわからなかったけれど、しかしよくよく見て、首を傾げる。

もちろん、知っている。

それは忍野から頼まれて、僕が、正確には僕が神原と一緒に貼りに来たお札なのだから、知らないわけがない——それは妖怪大戦争を未然に防いだという、若干僕には荷が重過ぎる任務だった。

だから思い出深い。

その後の千石との一件も含めて、思い出深いのだけれど——

「……違う札だぞ、これ」

僕だって、こんな読めない書体で書かれたお札の区別がはっきりとつくわけじゃあないけれど……、しかしそもそも色が違うのだ。

僕がこの本殿に貼ったお札は、赤い墨で書かれていたが——今ここに貼られているお札は、黒い墨で書かれていた。

「まあ赤い墨を、墨と言っていいかどうかはわかんねーけど……どういうことだ？」

「儂もあのアロハ小僧から、すべての手ほどきを受けておるわけではないのじゃがな……種類というより、効果が違うんじゃよ」

変わる前の歴史と、変わった後の歴史とでは、お前様がアロハ小僧から渡された札が別なんじゃ——と、忍は言う。

「つまり世界の存亡のみならず、こういった些細なところでも、色々と歴史が変わっておるということじゃな」

「ふうん……」

「儂らにとっては些細なことではないがの。お前様が貼ったお札は、霊的エネルギーがまとまらないように散らす薬。今儂らの目の前にあるお札は、霊的エネルギーを吸収する札なのじゃ」

「きゅ……吸収？」

「お前様が託されたものよりも、数段効能が過激な札ということじゃよ。まあ、妖怪大戦争を防ぐという意味では、結果は同じなんじゃが……」

「そうだな」

僕達にとっては全然同じではない。

タイムワープのための霊的エネルギーがああして吸収されてしまっていては、そもそも過去に遡ることができない。

僕達のナイスアイディアは、そして意気込みは、たかが一枚のお札によって見事に引っ繰り返されてしまったのだ。

バグは——やはりバグ。再現性はなかった。

「まあこんなことを言うのは自分のことを棚に上げた筋違いだということはわかっちゃいるけれど、それでもどうせ誰も聞いてないからと思って勝手な事を言ってしまうか。何してくれんだよ忍野！」

「まあ、勝手じゃのう……アロハ小僧にしてみれば、別にどっちの札を使おうと、同じことじゃからのう……」

特に考察なく手癖や指運で選んでしまって問題ないところじゃったろうからのう、と忍。

まあ……そうだよな。

いくら忍野と言えど、後に僕や忍がタイムスリップに使うかもしれないから、集合した霊的エネルギーは念のために保存しておこう、なんてところに考えが及ぶはずもない。

いや……。

仮に及んでいたとしてもな……あいつはバランサーだからな。

そんな気遣いをしてくれるわけがないな。

「二枚組のＤＶＤを再生しようとして、ディスク１を先に再生しようとディスク２を再生しようと、そんなのは同じようなもんじゃろう」

「いや、それは結構違うぞ……」

特典ディスクを先に再生してしまったらどうするんだよ。

適当な例え話をするな。

「ただまあ、手癖や指運で、こんな大事なことをするほど適当な男でもないと思うから、きっとこの歴史ならではの、必然的な理由があったんだと思うけれど……、それを追及したところで、既に意味がないだろうな」

「そうじゃの」

「はー……、賽銭《さいせん》でも放り込んで、神頼みでもするしかねーかな、こうなったら」

前に、こんなボロボロの神社に神様はいないなんて罰当たりなことを言っておきながら、今更虫がいい感じだが——最早僕達には、それくらいしかすることがなさそうだった。

「あ、待てよ。このお札を剝《は》がして、それからずっと、気を長くして待っていれば、またこの場所に霊的エネルギーって奴が溜まっていくんじゃないのか？　ここがエアスポットであることには違いないんだから。妖怪大戦争のリスクは再発するけれど、今はとてもそんなことを言ってられる状況でもないんだし——」

「お前様！」

と。

不用意に、お札に伸ばしかけた手を忍は止めようとする——が、遅かった。

僕は札に触れてしまった——そして。

弾き飛ばされた。

静電気で指が弾かれるというレベルじゃない、身体ごと後方に吹っ飛ばされた。尻餅《しりもち》をついて身体を起こしてみると、

「…………っ！」

指先が軽く、焦《こ》げている。

いや——炭化していると言っていい。

神経まで一瞬で焼ききれたのか、痛みをまったく感じない。

むろん、吸血鬼化している今の僕だから、そのダメージは瞬時に回復するものの——しかし、驚きからはなかなか回復できない。

「言ったろう。札の種類が違うのじゃ——この札は、お前様……や、儂と言った、怪異に属するものが触れる種類の札ではない。剝がすどころか、触れることさえできんのじゃ。十字架と同じ。吸収されて——喰われてしまうのじゃ」

「……いやでも、これを貼ったのは、他ならぬ僕なわけだろう？」

「人の話は最後まで聞け。じゃから、もちろんお前様も同行したのではあろうが、実際に札を託され、持ち歩いたのは猿の小娘じゃったということであろう——あの娘ならば、左手で持たなければ問題ないんじゃからの」

「…………」

そうか。

あの仕事に神原を同行させる必然性が——こちらの歴史では、より高かったということか。あるいはこの歴史では、千石のことも、違う具合に起こっていたのかもしれない。

しかし……。

しかしこれじゃあ。

「今の世界には、神原どころか誰もいないんだから、誰一人いないいんだから、僕とお前しか世界にはいな

いんだから、つまりこのお札を剝がせる奴はいないってことになるんだよな……」

「そうなるのう」

「じゃあ、今のアイディアは実行不可能ってことになるのか……」

お札に直接触らず、まわりの本殿ごとどこかに持っていくというのはどうだろうとも思ったが、しかしそれで片がつくのではことが単純過ぎる。たぶん、本殿全てにお札の効果が伝播《でんぱ》しているだろうことを思うと、迂闊に動けない。

炭化してしまった指先を思えば。

「それに剝がせたところで、意味はないよ。ここに集まっておった霊的エネルギーは、全盛期の儂がこの町に来たからこそ集まったもんじゃからな。もうあれだけの力は集まりようがない」

「そうか……では絶望だな」

「絶望じゃのう」

こうなってしまうと、むしろ忍野は意地悪で、こうやってタイムスリップをした僕達を困らせるためにそんなお札を使ったんじゃないかと思える感じである——別に自分の言うことをきかなかったペナルティとして、世界滅亡を避けようという僕達の行動を邪魔するとまで、思わないけれど。

けど公平さを強いるなら、そうするのが正しいということになるんだろうか？

たとえ世界を救うためでも。

タイムスリップはするべきではないと、あいつはそういうのだろうか。

バランサーとして。

「ここ以外に、日本のどこかにエアスポットってあるのかな。エアスポットっていうか、今風に言えばパワースポットってことになるんだけれど」

「アテはないが、それを探してみるしかないのかのう——」

と、そんな風に。

僕達はそれでも、既に絶望するしかない状況でも、まだ悪足掻きをするつもりだったのだが――タイムスリップするに足る霊的エネルギーが存在するであろうスポットを求めて、忍野や羽川ではないけれど、海外には渡れないにしても、この国中を放浪でもしてみるかと思ったのだが――具体的には、まずは青森の恐山《おそれざん》だったり、静岡の富士山《ふじさん》だったりに向かってみようとか、そんな旅行プランを立てていたのだが――しかし。

しかし、事態は僕達のそんな思惑をはるかに越えていく。

人類が滅んだ世界。

人間がいなくなった世界。

だけど、果たして消えてしまった人間が――消えてしまったみんなが、一体どこに行ってしまったのかを、この直後。

僕は知ることになる。

そう、どこにも行っていなかったのだと。

知ることになる。

彼らはずっと――ここにいた。

いや、正確には。

彼らの死体は、ずっとここにあった。

022

「!!」

驚き。

というほか、なかっただろう。

そんなに時間は経っていない認識だったけれど、気がつけば辺りは真っ暗になっていた。気分が真っ暗になっていたのと混同されてしまって、気付くのが遅れた――いや、そもそも今の僕の視力は、むしろ夜のほうが強く働くので、暗くなったからものが見えにくくなるというようなことはないから、気付けなかったのかもしれない。

まあどちらの理由でも同じことだ。

僕達が遅きに失したことには違いはない。

気付けば——僕達は囲まれていた。

囲まれていた？

何に？

と問われれば、もちろん死体に——と答えるしかないだろう。

しかも、なんというか——腐《くさ》った死体だ。

どろどろに融《と》けたような、どろどろに爛《ただ》れたような、着ているボロボロの服と、身体のどろどろの肉が半ば交じり合っているかのような、そんな死体が。

ぼとり、と。

そんな死体の——腕が一本、地面に落ちる。

否、一本ではない。

あっちこっちで、あっちこっちのゾンビの腕が、ぼたぼたと、まるで水のように、地面に落ちて、地面に溶けていく。

否、腕だけでもない。

あるいは足が、あるいは胴体が、あるいは頭が。

脆い粘土細工のように、崩れて落ちる。

けれどそれらはそんなことには頓着しない。

さながら粘土細工を作り直すように。

腕はどろりと再生し。

足はぐちゃりと再生し。

胴体はぐだぐだに再生し。

頭はにゅるんと再生する。

元通りになって、元通りに崩れる。

それをただただ繰り返す。

永遠に死に続ける死体のように、繰り返す。

異臭漂う、動くはずもないそんな死体が、立って動いて、僕と忍を取り囲んでいた。

数えるのも馬鹿馬鹿しくなるほどの人数が、さして広くもない神社の境内にひしめいていたけれど、それでも他にすることもなかったのでざっと数えてみたところ、五十人以上いる。

いや、死体を人数で数えるのはおかしいのか？

五十体以上、というべきなのか？

それともかろうじて人の身体の形を保っている以上は、あくまでも、どうしても人として扱うべきなのだろうか？

そうすることが倫理なのか？　道徳なのか？

しかし何か……、そういう常識めいた何かをすべて裏返してしまうほどの、この圧倒的な状況——腐った死体、のろのろと動く死体に取り囲まれているという、この圧倒的な状況の前に。

僕が感じるのは、だから驚きではなく。

シンプルな恐怖だった。

「な……なんじゃこれは」

僕だけではなく。

忍もまた、青ざめていた。

忍の場合は驚きでも恐怖でもなく、ただただひたすらに混乱しているという感じだったが。

「どういうことじゃ——こやつら、この町の住人か？　住人の死体か？　儂らの気配を嗅ぎつけて、山を登ってきたというのか……？」

「住人……」

忍のその言葉は、ひょっとすると独白ではなく僕に投げかけた質問だったのかもしれないけれど、しかしそんなことを言われても、わからない。

僕達を取り囲む死体の群れは、だから表面がどろどろに融けてしまっていて、個人の区別がつくような形を保ってはいないのだ——身体の大きさから、かろうじて大人と子供の区別くらいはつくけれど、しかし男女の別あたりからは、もう相当に怪しいくらいである。骨格で判断するのがやっとだが——しかし、今更男女を見分けても、意味なんてあるとは思えない。

そうだ。

こ、こういうのを何と言うか——僕は知っている。

僕でなくとも、誰でも知っている。

「ゾ、ゾンビ……」

「動くなよ、お前様……」

何をしようとしたわけでもないけれど、一歩を踏み出そうとした僕の服の裾をつかんで、引っ張るようにする忍。

顔色は青ざめたままだ。

「とりあえずここにいれば、こやつらはこれ以上近寄ってはこんようじゃ」

「え……ああ」

言われてみれば。

僕達を囲むように、円状に取り囲むゾンビ達だったけれど、ある一定の距離からは近付いてこない——すべての動きが緩慢《かんまん》な所為でわかりづらかったけれど。

目測する距離にして、三メートルくらい。

それくらいの位置で足を止めて、そこでぐらぐらと左右に揺れているだけだ。

ただし人数は時間が経つごとに増えている。

どうやらどんどん山に登ってきているようだ。

「どうしてだ……？　しかしどうしてこいつら、これ以上近付いてこないんだ……？」

「この札のせいじゃろうな」

忍は言う。

背後の本殿に貼られたお札を指さして。

「この札の効果は既にお前様が経験した通りじゃ。お前様は、それでも人間の部分を多少なりとも残しておるから実際に触ることができたが——明らかに完全に怪異であるところのこの連中は、近付けてここまでなのじゃろう。これ以上は危険じゃと、わかっておるのじゃ」

「わかっている……？」

そうか？

確かに、こいつらがこれ以上近付いてこないのは、このお札のせい——このお札のお陰なのかもしれないけれど、しかし。

しかしこいつらに——そんな、意志めいたものなんてあるのか？

どいつもこいつも目が空ろ——というより、見えているのかどうかも怪しい腐った眼球が埋まった、ただのくぼみって感じなんだが……。

「よくわかんねーけど……、こいつらが世界を滅ぼしたってことか？　ゾンビってのは確か、人の肉を食べるんだよな……？　で、喰われたらゾンビが伝染する、とか……」

「さての。その辺は色々とバリエーションがあるとしか言いようがないが——とりあえず、霊験あらたかなお札の効果があるうちに、ここからは離れたほうがよさそうじゃ」

「え？　離れる？　ここにいる限り、安全じゃあないのか？」

「お前様も見ての通り、どんどん人数が増えてきておるからのう……、はっきり言って状況が読めん。本人達に近付いて来る気がなくとも、混雑ゆえに後ろから押し込まれてくるという展開もありうるし——また、なんじゃ。怪異である以上、儂や……それにお前様の敵ではないとも思うが」

確かに。

不気味で、何を考えているかわからない怖さ、おぞましさはあるものの——いつぞやのヴァンパイア・ハンターやら、猿やらのような、戦闘力は感じない。

数が多いというくらいだ。

その数の多さこそが問題でもあるが——だが。

だが——しかし。

「しかし、元がこの町の住人かもしれん、この町の住人の死体で作られたゾンビかもしれんと思うと、迂闊に蹴散らすわけにもいかんじゃろう」

「そうだな——」

思いのほかまともなことを言う忍に、僕のほうが後から頷く。どちらかと言えば、蹴散らすくらいのことはしてもいいんじゃないかと思っていたので、反省の意味も込めて。

だが……本当にどういうことなんだ？

わからない。

世界は。

人類は滅んだんじゃなかったのか？

それとも——まさか。

まさか。

「じゃからとりあえず逃げるぞ、お前様」

「逃げるって——でも、どこに」

前も後ろも、右も左も、びっちり円状に取り囲まれていて——こうしている今も、ゾンビは次々と数を増やしていると言うのに。

逃げる場所なんて、どこに。

「前も後ろも右も左も駄目なら、上に逃げるしかなかろうよ」

と。

そう言って忍は、僕の腰の辺りに抱きつくように腕を回して——それから、跳ねた。

タイムジャンプ的な意味合いではなく。

実際にジャンプした。

「うおっ……」

と、そんな風に声を立てて驚く暇も、実際のところはなかったと言っていい——それくらいいきなり、とんでもない高度まで、瞬間で跳ね上がったのだ。

目算で、三百メートル以上は跳んだか。

膝を折り曲げもせずに。

あのゾンビ達に視力があるかどうかは、やっぱり相当に怪しいけれど、もしもあったとするならば、僕達がいきなり目の前から消えたようにしか見えなかっただろう。

力を相当に戻している今だからこそできる芸当である——これで全盛期には遠く及ばないというのだから恐ろしい。

いやはや、全盛期の頃には、ひょっとすると助走なしで宇宙に飛び出すことさえできたのではないだろうか。

太陽をいつか倒すというあの、滅茶苦茶な物言いも、案外冗談ではなく、真っ当な、手の届く範囲の目標だったのかもしれない。

星くらい消せたかも。

歴史が変わるわけだ。

「とりあえずこれで脱出には成功したの」

「ああ……しかし一体なんだったんだあいつらは」

「わからん……いや、しかしあれはゾンビと言うよりはむしろ――」

忍は何か言いかけたようだったが――その台詞は、途中で止まる。

と言うのも、飛び上がったからにはいつかは着地をしなければならず、真上に飛び上がって真下に飛び降りたのではこの場合何の意味もないので、器用に空中で身体を（僕ごと）回転させ、足を広げたり曲げたりすることで空気抵抗を利用し、空中を蛇行しつつ、着地点をどこにするか探っていたようなのだが――つまり山の上のゾンビからなるべく離れた安全な場所というのを探っていたようなのだが、しかし。

はるか上空から見下ろす僕達の町に。

世界に。

安全な場所――なんてものはなかった。

「…………っ！」

「…………っ！」

僕と忍は、空中で――揃って絶句する。

吸血鬼の視力で、夜の町を見下ろして絶句する。

山の上に――北白蛇神社に大量のゾンビが集まってきた、のではなかった。

五十体か。

六十体か。

最終的には八十体くらいだったか。

それだけの数のゾンビに、僕達は取り囲まれてしまっていたけれど――あんなのは、全然少数派だったのだ。

「町が……ゾンビで溢れている」

着地点を探る意味などない。

町中の、ありとあらゆる場所を――ゾンビ達は我が物顔で、闊歩《かっぽ》していたのである。

それこそ数える意味などないだろうが、その数は間違いなく、この町の人口とほとんど等しくなるのだろう。

いや、この町だけではない。

目を凝らせばぎりぎり見える、隣町や更に離れた区域でも——同じような現象が起こっている。今まで一体どこに隠れていたのか、地に埋まっていたのかどうなのか、現れた大量のゾンビ達が、ふらふらと——夜のお散歩の真っ最中だった。

つまり。

「人間がみんな、ゾンビになってる……？」

人類は滅んだ。

しかしいなくなったわけではなく——みんな、みんながみんな、死体になって。

そして怪異になってしまったようだ。

斧乃木ちゃんが言うところの——死に続けているタイプの怪異。

「なんてこった……」


八九寺の怪異化を防ごうとした挙句。

僕はどうやら——全人類を怪異化してしまったらしかった。

「これはさすがに……言い訳のしようもなく、償《つぐな》いようのない過ちだぜ……僕がタイムスリップして過去を変えようとしたばかりに、まさか全人類をゾンビにしてしまうだなんて……」

「いや、お前様。これはお前様が気に病むようなことではない」

と。

僕を抱えたままで、忍は言った。

慰めの言葉でもかけてくれるのかと思ったけれど——そうではなかった。

忍は。

青ざめた吸血鬼は、僕を慰めようとしたのではなく、

「悪いのは儂じゃ」

と、懺悔《ざんげ》をしようとしたのだった。

「すべては儂の所為じゃ」

「……？　どういうことだよ。責任の押し付け合いの次は、庇い合いかよ。気持ちは嬉しいが、だけど忍、だって、僕は――」

「いや、庇って言っておるのではなく、ただの厳然たる事実じゃ。厳しい現実じゃ」

「忍」

「いいから聞くがよい。まずお前様、ありゃあゾンビじゃなくて吸血鬼の成れの果てじゃ」

「吸――血鬼？」

それはつまり。

僕達と、同じ？

あのどろどろに融けた、動く死体としか言いようのない怪異の群れが？

「お前様ひとりと同じ、と言うべきじゃろうな――何故ならあやつらは、お前様と同じく、儂に吸血鬼化された元人間なのじゃから」

「え……お前が？」

「そう」

と、忍は言う。

力なく、神妙な顔をして。

「つまり――この歴史において、この世界を滅ぼしたのは、儂なのじゃ」

023

いよいよ前代未聞の、世界を滅ぼしてしまった最有力容疑者となってしまった主人公二人組、空前絶後のツーマンセルというわけで、ここで嫌気が差して読むのをやめられてしまっても仕方がないと思っているのだけれど、だからもうここで口をつぐんでしまうのが咎人《とがにん》として示せるせめてもの誠意というものなのかもしれないけれど、図々しいかもしれないが、とりあえずは義務として、その後の展開を記述させてもらおう。

町中にあふれるゾンビの群れ。

どこに着陸しようが安全な場所などない。

連中にはっきりとした意志があるのかどうかはわからないけれど、先ほどの北白蛇神社での事態を思い出すと、地に足をついた瞬間に彼らから襲われるであろうことは明らかだった。

何をされるかはわからないけれど。

どろどろに融けた肉体の中で、目立って唯一鋭利だった牙を思えば――そう、吸血鬼のような牙を、吸血鬼と同じ牙を思えば、想像もつこうというものだった。

もちろん僕と忍は、言ってしまえば百戦練磨。

特に今くらいまで互いに吸血鬼度が上がっていれば、ゾンビがたとえ無限にいても、ゲームセンターにあるシューティングゲームのように、彼らを『蹴散らす』ことはできるだろう。

が、彼らが元人間であり――まして元住人だというのなら、そんなことができるはずもないというのは、忍の言う通りだ。

だからと言って北白蛇神社の境内に再度降り立ったから均衡が保てて安全ということもあるまい。それも忍の言う通りで、背後にあのお札がある場所で、大量のゾンビともみ合いになるのは避けたいところだった。

それで僕らがどうしたのかと言ったら――どこに着地しようと地上はゾンビの楽園という状況なのに、迂闊に飛び上がってしまった僕らがどうしたのかと言ったら、これがあっけない話で申し訳がないけれど、着地しなかったというのが答である。

着地しなかった。

即ち、高度三百メートルオーバーの座標で、浮遊《ふゆう》し続けたのだ。

お前達はどれだけ長時間空中で会話し続けられるんだと思った人は、思い出して欲しい。

忍野忍は飛べるのだ。

背中からコウモリみたいな羽根を生やして。

ちなみに羽根を生やすだけなら（飾り羽根?）、力を戻していないイージーモードのときでもできるそうだ、あとで聞いた話だが。

僕には絶対にできない芸当である。

さすがに飛行を可能にするには、相応に吸血鬼モードに入らないと駄目なようだけれど――幼女姿のままのときは飛べないそうだけれど――そりゃそうだ、コウモリみたいとは言ったものの、風に乗っているわけでも浮力を使っているわけでもなく、本当にただ、力技で浮いているみたいな飛びかたなんだもん。

すげー羽ばたいてて、なんだか蜂みたい。

ただ虫呼ばわりするのは悪い気がしたので、ハチドリのようと、本人には伝えたけれど。

ともかく。

そのまま高度三百メートルを保って、僕達は夜明けを待ったのだった。

なんとも格好のつかない主人公達ツーマンセルだが（あらすじに嘘になってしまった。なにが物語史上最強のツーマンセルだ）、高度三百メートルで十時間近く浮き続けるのに使用する体力と精神力を思えば、その点についてだけは取り返しがつくのではないだろうか。

とは言え馬鹿みたいにただ浮いているだけでは芸がないので（忍には芸があるけれど、僕にはないので）、その十時間近くは、空をあっちこっちに飛び回って、下界の様子を観察した。

市町村、どこを観察しても同じだったが。

県境を越えるかどうかのところで、このパトロールは、昼間の探索と同じく絶望するだけの結果しか生まないということがわかってきたので、元の位置まで戻ってきたが。

なんかパーマンのパトロールみたいだな、と、藤子ファンの忍に言ってみようかと思ったが、忍のテンションがさっきからずっと低いままだったので、やめておいた。

テンションが低いからこそ言うべきだったのかもしれないけれど——少なくとも彼女の、すべてが自分の責任だという言葉の真意を問うまでは、あまりふざけたことを言わないほうがいいような気がしたのだ。

その判断は正しかったろう。

僕もたまには正しい判断をするということで——そして夜明け。

太陽が東の空から昇ってきたところで、あっさりと地上からゾンビの群れは姿を消した。この場合、姿を消したと言うのは文字通りの意味である……地上から目を離した憶えもないのに、いつの間にか彼らはいなくなっていた。

まるで夜明けと共に消滅するタイマーがセットされていたかのようだった。地中にでももぐったのか、それとも日陰に隠れたのか——しかし夜明けと共に急に動きが機敏になるということもないだろうけれど。

まあいずれにしても、夜明けと同時に忍（と僕）の力も弱まってしまうので、途端に高度を保てなくなってしまい、一直線の急降下、普通だったら死んでいるような乱暴な着地をする羽目になってしまったので、彼らの消滅は僕達にとってはありがたいことだった。

消滅と言っても。

別に本当に消えたわけじゃあ、ないのだろうし。

いなくなりは——していないのだろうし。

ここにいて——どこにでもいる。

そして僕達は阿良々木家に帰り——先ほどまで、ゾンビの群れが闊歩していた形跡など微塵もない、廃墟の町を歩いて阿良々木家に帰り、そのリビングで忍と話すことになった。

正確には忍の話を聞くことになった。

結局空じゃあ、そんな話はできなかったし。

「で——お前の所為ってのはどういう意味なんだよ、忍。教えてくれ」

例によって飲み物を用意することもできないまま、

前置きもなく、僕は忍に訊く。さすがにこの状況においては、忍を腕の中に抱きかかえるようにはできなかった。

向かい合っての話である。

「普通に、自分がタイムスリップをした実行犯だからってわけじゃあないんだろう？　それなら僕も共犯者なんだし——言い出したのはやっぱり僕なんだから、僕のほうが罪は重いだろう。でも、お前のいい振りだと、まるで自分の単独犯みたいだったじゃねえか——どういうことだよ？」

「儂のせい」

忍は。

忍は疲れきったような口調で言う。

その原因は、一晩中空を飛んでいたから——というわけではないのだろう。

「正確にはこの歴史における、儂のせいじゃ」

「……？　この歴史っていうのは」

つまり。

変わってしまった——僕達が変えてしまった、この歴史における忍野忍という意味だよな？

「そう。この世界の儂が、儂ならぬ儂が二ヵ月前に、いわゆる全人類を吸血鬼化した——ということじゃ」

「そこもわかんねーんだよ、忍。あれのどこが吸血鬼なんだ？　まあ確かに、吸血鬼だって広い意味じゃあ動く死体ってことにはなるのかもしれないが——ああそっか。夜歩《ナイトウォーカー》くとも言うわな？　確かに連中は夜中中、歩き回っていた——大した意味もないように、ぶらぶらと、本当に散歩でもするように。そういう意味か？」

「ふむ。お前様も儂も、同じくらい混乱しておるとは思うから、最初から説明するのがよいのかの。この場合は——と言うより、やっぱり相当に言いにくくはあるんじゃが」

「いや、同じくらいっつーか、僕のほうがよっぽど混乱していると思うけどな。昼はゴーストタウン、夜はゾンビタウン。人間はみんなゾンビになっていて、しかもお前はそれを、自分の所為だと主張してやまない。たった今、世界一混乱している自信があるぜ——つっても、世界には僕とお前しかいないいんだけどな」

「…………」

「おい、だから暗くなるなよ」

「暗くもなるわ。儂がやったことをお前様に話せば、お前様が本気で怒るかもしれんのじゃからな——もちろんそうされても仕方がないとは思っておるが、しかし——」

「そういう言い方はよせよ」

気まずそうに僕から目を逸らす、煮え切らない忍に——初めて見るそんな様子の忍に、僕は思わず、彼女の説明を遮ってしまった。

「何も言いよどむことなんかねえ。あのな、忍。最初からって言うなら、僕のほうも順番として、先に言っておくぞ。この歴史のお前だろうが、今僕の目の前にいるお前だろうが」

僕は手を伸ばして、忍の両肩を持った。ソファから腰を上げ、かがんで、彼女と顔の高さを合わせ。

その金色の瞳を真っ直ぐに見つめて。

「僕とお前は一心同体だ」

言った。

「僕がやったことはお前がやったことで、お前がやったことは僕のやったことだ。仮にお前が何かをやらかしたとして、僕はそれに怒るかもしれないけれど、それで僕がお前を見限るということは絶対にない。僕は戦場ヶ原のことが一番好きで、羽川のことを誰よりも尊敬している。八九寺と喋るのは何より楽しい。だけど、一緒に死ぬ相手を選べと言われたらお前を選ぶ」

「……お前様」

「もしも何か背負い込んでいるものがあるのなら、ひとりで抱え込むな。それは僕とお前がふたりで背負うべき荷物だ。どちらかと言えば、お前に隠し事をされるほうが傷つく」

幼女の小さな肩を、少し強くつかみ過ぎたのか――忍は痛そうに、身をよじる。そんな反応を受けて、僕は彼女から手を離したが――忍はもう、僕から気まずそうに目をそらすことはなかった。

そして、

「儂も」

と言った。

「儂も死ぬときは、お前様と一緒だと思うとる」

「……ああ。そんなことはあまりにも当然で、言葉にするまでもない」

忍が明日死ぬのなら、僕の命は明日までいい。

その誓いは、未だ揺るぎなく。

僕の心に刻まれている。

深く、深く。

どこまでも深く。

血肉となって――骨身に刻まれている。

「ふむ……。ならばやっぱり、順を追って話そう。と言うより、最初から心当たりがまるっきりないでもなかったのじゃ――思い当たる節がないでもなかったのじゃ。そして新聞を見たときにも、引っかからないでもなかった」

「ああ……そう言えばそんなこと言ってたな。なんだっけ、記憶が定かではないとか、なんとか」

「六月十四日」

「ん」

「その日が何の日だったか、さっきようやく思い出せたのじゃ――遅きに失したとしか言いようがないが……いや、そんなことはないのか。どっちみち、遅かったんじゃからの」

「その日が何の日だったかって……」

「お前様も覚えておるはずじゃぞ。印象深い日のはずじゃ。なにかピンとこんか？」

「そりゃ、世界が滅んだ日なんだろ？　印象深くて当たり前だ。六月十四日の夜、あるいは六月十五日って――」

「違う違う、そうではなく、本来の——元の歴史における、六月十四日の夜じゃ」

「そんなこと言われても——心当たりのある記事なんて、あの新聞には載っていなかったけれどな」

「いや、記事は関係ない。あくまでも日付じゃ、この場合重要なのはの」

「六月十四日、ねえ……十四日、十四日……、えっと、水曜日だから——十五日は木曜日で——」

携帯電話でその月のカレンダーを表示させてみるも、やはり僕には何も思いつかない。

「……ぴんとこんようじゃのう」

忍はなんだか残念そうに言う。

僕のあまりの不理解っぷりは、確かに残念なものだったろう——いや。

次に続けた言葉からすれば、忍が残念に思っているのは僕の不理解だけではないのだろう——なんというか。

僕と言う人間の、そもそもの残念さ加減を。

残念に思ったのだろう。

「六月十五日が文化祭とやらの前日であると言えば、お前様にもわかるかのう」

「……あっ」

そうか。

そこまで言われて——そこまで言わせて、僕はようやく気付く。

自分の鈍さに気付く。

六月十四日——文化祭の前日、の前日。

その日がそういう意味合いを持つ日だったといわれれば、何があったのかは、実際思い出すまでもない。

と言うより、忘れられるはずもない。

その日は、僕は戦場ヶ原と生まれて初めてのデートをし——天体観測に出かけた翌日であり、そしてまた、羽川翼が二度目のブラック羽川化をした日であり——そして。

廃墟で忍野メメと一緒に暮らしていた頃の忍が家出をした日であり——僕が忍を探して、町中を駆け回った日であり。

最後にそして、忍野メメが、この町を出て行った日でもある。

「気付いたようじゃのう」

「あ、ああ……」

「最低の男じゃのう。恋人との初デートの日付も、普段からあれだけ恩人恩人言っておる元委員長の身に重大事件があった日付も、儂の家出も、アロハ小僧が去っていった日付も、ぜーんぶまとめて忘れておったとは」

「…………」

言葉もねえよ。

そうだな。読者はきっと気付いて笑ってたな。

まあまあ、もうみんな、呆れちゃって読んでないだろうけど。

うん、誰も読んでない場面で明らかになった事実でよかった。

「いやでもさあ、僕も女々しい女々しい言われるけど、女子ほど記念日を記憶に残す奴じゃないいんだよ。日記とかつけてないしさー」

「それでも憶えておってしかるべきじゃろうが、あれほどの事件が、立て続けに起こった日なのじゃから」

「次の日の文化祭が楽し過ぎて忘れたんだよ」

一応はそう釈明しておくものの、まあそれについては素直に反省だ。

だけど。

「だけど、だからどういうことなのかって言われても、やっぱりわからないぞ。色々あったのは確かだけれど、だからと言って、世界が滅んだりはしなかったじゃないか」

戦場ヶ原とのデートにしろ、ブラック羽川にしろ、忍にしろ、忍野にしろ——その行動が、世界の滅びに繋がるとは思えない。

多少歴史が変わっていたところで——

「強いて言うならブラック羽川の跳梁《ちょうりょう》が、怪異現象には繋がるけれど……けれどあれにしたって、あのときのブラック羽川は、ゴールデンウィークに較べて大分丸かったし……ああでも、僕はそれでも、殺されかけたんだっけ」

「いや、ブラック羽川も現象としては無関係ではないが、重要なのは儂の家出のほうじゃ」

「お前の——家出？　でも、あれこそ何事もなく解決して——」

いや。

違う。

何ごともなく解決したのは、あくまでも僕達の知る、僕達の経験した歴史であって——つまり、この歴史では。

何事かがあったのか。

解決しなかったとでも言うのか。

「結局、あの家出の詳細について、儂はお前様に何も語っておらんし、お前様もあえて儂に訊きはせんかった。その気遣いはありがたいと思うし、じゃからここでも、詳しい話をするつもりはないのじゃが、しかしひとつだけ、ここで隠し切れん事実を開示するとしよう」

「おう。もったいぶるなよ」

「あの日儂は、お前様が儂を見つけてくれんかったら、世界を滅ぼすつもりでいた」

「あれってそんな大ごとだったのか！」

いや！

相当に悲壮感がある家出だとは思ってはいたが——そこまでは想像していなかった！

世界って！

「お前のスケールがでけえよ！」

「まあ、一応、世界を股《また》にかける吸血鬼じゃったからのう……」

「股にかけ過ぎだろ。な、なんで……？」

「自暴自棄——と言うか、八つ当たりじゃのう」

どちらかと言えば、と。

忍はわけのわからないことを言う。

「いや、そうはいっても、力を失っておる儂の話じやから、そんなことができるわけがない。言っておるだけ、思っておるだけじゃったのじゃが……、おそらく、この世界では違ったのじゃろう」

「…………」

そういや言ってたな、前に。

これまで五百年（本当は六百年）生きてきた中で、幾度となく人類を滅ぼそうとしたことがあるって……、その一回が、あの日だったということなのか。

思いもしなかった。

「……？　つまり、この世界の……、えっと、ややこしいけれど、この歴史の阿良々木暦は、あの六月十四日に、お前を見つけることができなかったってことになるのか？」

「そういうことになるのじゃろう——な。だって、考えてもみよ。そもそもあの日、儂の家出に最初に気付いたのは、あの迷子っ娘じゃったろう」

「そう言えば……」

相変わらず、枝葉の記憶が曖昧で申し訳ないけれども、言われてみれば。

「八九寺がお前を、ミスタードーナツの前で見かけたのが、あの日の始まりだったっけ……」

よく憶えていないが、戦場ヶ原との天体観測デートの自慢話を、朝、登校中に出遭った八九寺に自慢した覚えがある。

そのときに——聞いた。

家出中の忍の話を。

「だから僕は、八九寺からその話を聞くことができなかったから、ゆえにお前を見つけることができなかった——」

いや。

いや、でも、多分、だから忍を見つけられなかったということはないはずだ。

その後の忍探しにも、八九寺には協力してもらったが——しかし手伝ってもらっておいてある意味酷い言い方になるけれども、結局、忍を見つけるに当たって、八九寺の助力が大きかったというほどではない。

忍の家出そのものにしたって、八九寺に教えてもらわなくとも、遠からずいつかは露見していたものだろうし……。

だから僕の推測はこうだ。

その日に限った話ではないのだ。

八九寺——怪異としての八九寺がいなくなれば、六月十四日どころか、そもそもあの母の日に僕が八九寺に出遭うことはない——つまりこの世界の阿良々木暦は、八九寺真宵と出遭っていない阿良々木暦なのだ。

それが多少なりとも、彼（あえて他人のように呼ばせてもらうが）の行動や、彼の人格に、影響を及ぼさないわけが——考えてみれば、あるはずがないのだ。

母の日だけのことではない。

五月十五日から六月十四日まで。

丁度一ヵ月にわたる八九寺真宵との付き合いを経ていないこの時代の僕は——そんな僕だからこそ、忍野忍を、見つけることができなかったのだ。

きっとあの瞬間。

物語の要となるあの瞬間。

僕は忍に助けを求めることができなかったんだ。

「……そっか。だとすると、僕はあのときに——たぶん、ブラック羽川に殺されたんだな」

この歴史は。

たぶんそういう歴史なのだ。

「忍。これも、答えたくなかったら答えなくてもいい質問なんで、相当に軽い気持ちで聞いてもらっていいんだけれど……、つーか僕は正直、考えたことも考えたくもなかった質問なんだが、どうなんだ？　僕とお前は、こうやって互いが互いを縛っている状態が、春休みからずっと続いているけれど、この状態で、僕なのかお前なのか、どちらか一方が不慮の事故で命を落とした場合、もう一方は果たしてどうなるんだ？」

縛り合っている以上、一緒に道連れで死ぬことになるのか？

それとも——

「それとも、のほうじゃな」

忍はすぐに答えた。

すぐに答えたからと言って、別に答えたくなくはなかったということにはまったくならないだろうけれど——むしろその表情から察するに、まるっきり逆なんだろうけれど。

すぐに答えた。

「あのおつむの足らん猫娘は絶対にわかっておらんかったじゃろうが……、まあ、あのアロハ小僧はわかっておったはずじゃな。お前様も言われたことがあったろう。儂を見捨てれば、いつでも人間に戻ることができると——」

「……つまりそれは、裏を返せば、僕が死ねば……、僕が殺されれば、お前は元の力を取り戻し、最強にして伝説の吸血鬼に——鉄血にして熱血にして冷血の吸血鬼に返り咲くことができるわけだ」

つまり、この歴史では。

忍野忍は——見事、めでたく、キスショット・アセロラオリオン・ハートアンダーブレードに返り咲いたわけだ。

狂い咲いたと言ってもいいのかもしれない。

「ママチャリが見当たらないわけだぜ……、はは……」

その事実に——そしてその現実に。

僕は思わず、笑ってしまう。

笑わずにはいられない。

「なるほど、なるほど。一緒に死ぬならお前だっていうその誓いは、そういう視点からでも的を射ていたのか」

同じ棺桶に入ってくれないか、なんて。

とんだプロポーズである。

「そう。そしてこの世界では、お前様のその誓いは、残念ながら果たされなかったということじゃろう——そして儂は」

本気で世界を滅ぼしたのじゃろう。

そう忍は言った。

悲痛と言っていい表情である。

「その読みでは、もっとも最初に襲った相手がブラック羽川——つまりあの元委員長ということになるのじゃろうな」

と。

それが一番、忍にとって僕に言い辛いことだったらしく、声が聞こえないほどに小さかった。

ただ——もちろん。

僕にはそれを責める言葉がない。

だって、僕はそれを防ぐことができたはずなんだから——ほんの少しのがんばりで、容易に防ぐことができたはずなんだから。

「こう言い換えることもできそうだな。この世界は、バッドエンドの世界なんだと」

1・助けを求める。

2・助けを求めない。

1を選んだのが今の僕であり、2を選んだのが——いや、選びきれずにタイムアップになってしまったのが、この歴史の僕なのだ。

バッドエンドで。

デッドエンドの阿良々木暦。

「元より、儂と出遭った時点でバッドエンドじゃがのう。お前様を殺した元委員長を直後に襲って、それから儂は——全盛期の力を取り戻した儂は、世界を滅ぼしたのじゃろう。具体的には」

この町中の人間を。

日本中の人間を。

世界中の人間を。

吸血鬼化したのじゃろう——と。

忍は先ほどとは逆に、その台詞は力強く言った。

「人間をすべて——吸血鬼化」

「まあ、現実には儂が直接血を吸ったのは、最初の数人と言ったところじゃろうがな。しかしお前様も知っての通り——というか、お前様が一番よく知っている通り、眷属作りは奴隷《どれい》作りじゃ。従僕作りじゃ。お前様の血を吸ったときは、儂が死にかけじゃったがゆえに、お前様にはその辺に自由度を与えておいたが、本来は儂の分身と同様じゃ」

「分身……？」

「つまり直接血を吸った数人は、儂同様に世界を滅ぼそうとする吸血鬼となり、周囲の人間から吸血し続けるということじゃ。ゾンビが伝染するよう——吸血鬼も伝染する。そうやって生まれた吸血鬼も、また遡れば儂の眷属。同じように、世界を滅ぼそうとする吸血鬼じゃ。そうやって、ネズミ算的に、等比数列的に増殖していき——あっという間に世界を、というより人という種を滅ぼしたのじゃろう」

「…………」

「まあスタートがこの町じゃったから、この町や、周辺都市あたりまでは奇麗なもんじゃが、近隣の都道府県ということになれば、恐らくとんでもないパニックになったじゃろうな。ここがゴーストタウンなら、東京やら大阪あたりの大都市は、焼け野原になっておってもおかしくない」

「まあ……」

その規模のパニックになれば、確実に自衛隊が動くだろうし——まして、海外までいけば。

それこそ核戦争レベルの事態に及んでいてもおかしくはない。

しかし。

「しかし、そんなもん、お前の——そしてお前の眷属の相手になるわけがねーよな……、ギロチンカッターやらドラマツルギーやらが属していた何とか教会の連中も動いたかもしれねーけど……」

それでも。

専門家の連中がどれだけ動いたところで——集団としてのキスショット・アセロラオリオン・ハートアンダーブレードを止められるはずもない。

あの伝説の吸血鬼が、それでもかろうじて止められる理由があったとするのなら、彼女が——絶対に眷属を作らないという。

増殖しないタイプの吸血鬼だったからだ。

個体数の少なさだけが、彼女の脅威を抑えていた。

生涯を通して、実に例外的に僕と、それからもうひとりだけしか眷属を作らなかったかの吸血鬼が、本気で仲間を——否、コミュニティを作ってしまったら。

想像するだに恐ろしいことが起こる——いや。

起こったんだ。

この歴史では。

「この地方を征圧するのに一晩。日本を制圧するのに一日。世界を制圧するのに十日と言ったところかの——」

「ふうむ……」

そんなものか。

さすがに、たったの一晩で世界が滅んだというようなことは、なかったようだが——それでも、相当なスピードだ。

まあネズミ算って、本当にとんでもない速度で増えていくからな……スタートが数人、たとえば五人だったとしても、その五人が二十五人、その二十五人が百二十五人、その百二十五人が六百二十五人、六百二十五人が三千百二十五人、三千百二十五人が——これ以上は暗算ではできないけれど。

あっという間に六十五億人まで到達するだろう。

「しかも、最初のひとりは羽川だったって言うんだからな——ブラック羽川ならぬブラッド羽川ってわけか」

すげー見たかったな、それ。

不謹慎だけど。

「あいつなら勤勉に、人間を吸血鬼に変えていっただろうぜ——指揮をとってたんじゃねえかとさえ思うぞ」

「ならば五日で世界を滅ぼしたかもな」

忍はそう言って。

そして黙った。

いや、そこで黙られてしまっても困る――まだ話は終わっていない。

それだと、確かに世界が滅んだ理由はわかるけれど――そして夜に繰り広げられたあの百鬼夜行、人間がすべて怪異化してしまった理由はわかるけれど――

「その怪異が吸血鬼じゃなくって、見ためゾンビだったのはどういうわけだよ。僕と同じように眷属になったって割には、吸血鬼へのなりかたが、全然違うじゃないか。僕はあんな風に、どろどろに融けたりしていなかったぞ。あるいは、あれがお前の完全なる眷属だっていうなら、お前同様に空を飛べてもよさそうなもんだし……、それに、その話だと、僕は死んでるけれど、お前は死んでないだろう？　この歴史のお前は、今、どこで何をしているんだ？　世界を滅ぼしてしまったあとのお前は。えっと、お前がここにいるんだから――」

「そのふたつの疑問には、一つの答で同時に答えることができるじゃろうな」

僕の素朴とも言っていい疑問に、忍はあらかじめそれを予想していたかのように、用意されていたみたいな答を返した。

「恐らく、この歴史の儂は既に死んでおる」

「――死んで？」

え？

ちょっと待て、ちょっと待て。

それじゃあ前提が引っ繰り返ってしまう。

お前が世界を滅ぼしたからこそ現状があるんであって、そのお前が死んでいるんじゃあ――

「いや、じゃから――世界を滅ぼしたあとで、死んだのじゃ」

「……？　人間の抵抗にあって、化学兵器で殺されたとかじゃなくって？　じゃあ誰がお前を殺したって言うんだよ」

「言うまでもない。全盛期の儂を殺せる者などひとりしかおらん――他ならぬ儂じゃ」

忍は自分を指さして言った。

「つまり自殺じゃな」

「…………」

そんな馬鹿な、とは言えない。

そもそも忍は――キスショット・アセロラオリオン・ハートアンダーブレードは、自殺をするために、日本のこの町にやってきたのだから。

自殺志願の吸血鬼。

春休みに僕と出会ってしまったがために――僕が彼女を助けてしまったがために、彼女は自殺をし損なったのだ。

だから。

だからこそ。

僕が死んでしまった後には――そして八つ当たりを終えたあとには、彼女には生き続ける理由がないのである。

文字通りの吸血鬼として。

生き続ける理由が――ない。

「そして儂が死んでしまったがゆえに、眷属の吸血鬼が全員ゾンビ化したというわけじゃよ」

「え……？　そうなのか？　待てよ、さっきの話じゃ、お前が死んだら、眷属は元の人間に戻れるはずじゃ……」

「それは縛り合っておる儂とお前様の場合じゃ。儂とお前様の場合は、つまるところ主従関係が拮抗《きっこう》しておるからの。どちらもがどちらもの主人で、どちらもがどちらもの奴隷なのじゃから――しかし眷属は違う。完全なる眷属は違う。主人なしでは生きられん、かと言って死ぬこともできん、ただの奴隷じゃ」

「六十五億人の奴隷か……」

すげー規模だな。

絶対王政にも程がある。

しかしその王が、こともあろうか自殺してしまったとなると――国中、世界中が乱れてしまうのは必然だ。

暴動が起きる。

と言うより——吸血鬼の血が、暴走したというわけか。

「吸血鬼から人間に戻るためには、自分の手でお前を殺すって方法があるけれど……、本人であるお前が死んじまってるんじゃ、戻りようもないしな。吸血鬼の血が暴走するのに、任せるしかないわけか」

その結果が——ゾンビか。

意志の消失。

回復機能の暴走。

そして目的だけが残っている——人類を滅ぼすという、そんな目的だけが。

だから僕と忍は取り囲まれたのだ。

僕も忍も、半分吸血鬼だが、半分人間みたいなものだから——その半分のほうの血を、吸いにきたというわけだ。

僕達を吸血鬼にするために。

「だとすれば、間抜けな話ではあるな。僕はともかく、お前はあいつらの、ご主人様だってのに」

「全盛期の儂と、今の儂とでは存在的にもう別じゃからのう——仕方あるまい。奴らはキスショット・アセロラオリオン・ハートアンダーブレードの従僕であって、忍野忍の従僕ではないからの」

「そうか——じゃあ、お前があいつらに血を吸われたからと言って、あいつらが元に戻るってことはねーんだな」

「それができるならしてやりたいよ」

僕はなんとなくそう言っただけなのだが、忍は本気に取ったようで——沈んだ声でそんなことを言った。

その事実が、僕には信じられない。

忍にとって人間は——ただの別の種族で、それこそ、ただの飲料水みたいなものに過ぎないはずなのに。

それなのに。

「ごめんなさい」

なんて。

そんな、恐ろしくらしくない——似合わない台詞を吐く。

僕に対して。

「こんなことをするつもりではなかった——儂はただ、お前様に見つけて欲しいだけじゃった。それなのに、あんな子供が拗ねたみたいな理由で、お前様の大切な世界を滅ぼしてしまうだなんて——」

「やめろ。謝るな」

そんな忍をとても見ていれず、僕は再度、忍の言葉を遮る。

「自分を責めるな。確かにこの歴史のお前がこの歴史を滅ぼしたのかもしれないけれど、それはお前とは違うお前じゃないか」

「そ、それはそうじゃが——儂には違いがない」

しゅんとする忍。

なんだろう……本当にメンタルが弱過ぎる。

自殺してしまったというこの歴史の忍の心も、裏付けられるという感じだった。

いや、違う構成の歴史だとは言っても、大袈裟でなく、そのまんまの意味で自分が世界を滅ぼしていたと知って、冷静さを保っていられるほうがおかしいかもしれないけれど。

僕だってショックだ。

忍が世界を滅ぼしたことがショックなんじゃなくって、忍に世界を滅ぼさせてしまった僕という存在が、ショックだ。

あの日。

六月十四日、家出した忍を見つけてやることができなかったというパターンの阿良々木暦がいるという事実は、かなり受け入れがたいものがある。

それは——どうやらこの時系列での、この歴史での僕は殺され、しかもブラック羽川、つまるところの羽川翼に殺されて、死んでいるという事実よりも、深く心をえぐるものがあった。

だからこれは、お互い様であり——やはり。

ふたりで背負うべき罪なのだ。

「お前がそんな風に思ってくれるだけでも、僕は十分に嬉しいよ、忍」

「しかしそうはいっても、せめてあばら骨の一本でも提供せんことには、儂の気がすまん！」

「怖過ぎるよ」

そこまでのフェチじゃない。

あくまでも人体の中に、即ち皮と肉に包まれた骨がいいのであって……いや。

それはまた今度話そう。

今はそれどころではない。

「……いや、それどころではない、なんてことはないのか。これから、この滅んだ世界で、時間だけはたっぷりあるんだから」

僕はそう気付く。

そうだ。

焦ることなど、何ひとつないのだ。

本当に――何ひとつ。

「とにかく、忍。もう謝らなくていいよ。お前は何も悪くない、少なくも今僕の前にいるお前は。これから先、たったふたりで、この滅んだ世界で、誰もいない恐ろしい世界で、そして大量のゾンビが闊歩するおぞましい世界で、僕達は生きていかなくちゃいけないんだ。今まで以上に、助け合っていこうぜ」

「お前様――」

「忍は何も悪くない」

そう。

強いて、誰かが悪かったのかと言うならば――他でもない、夏休みの宿題をやり損なってしまった、ここにいる、今やなくなってしまった歴史における阿良々木暦、則ちこの僕なのだ。

024

その後の更なる絶望について、付け足す形でいくつか記しておこう。

まずは昨夜、北白蛇神社で話したアイディア――

日本の中の、別の有名なパワースポットを目指し、そこの霊的エネルギーを利用して過去に跳ぶというアイディアを、夜を待ってすぐに実践したのだが――当然、移動の方法は忍に抱きかかえられての空中飛行だ。地上を移動するときは僕が忍を抱っこ、空中を移動するときは忍が僕を抱っこという方程式が成り立ってしまった――しかし、恐山やら富士山やら、知識が有名どころ過ぎて恥ずかしい限りだが、それでも夜の限り、思いつく限りの場所を当たってみたのだけれど（時速百十九キロ、よりはやや速い）、全てが徒労に終わってしまった。

無論、それらの場所は、北白蛇神社とは比べ物にならないほどに霊験あらたかな場所であることに間違いはなかったのだけれど――

「駄目じゃな。どこもかしこも、見事に封じられておる」

とのことである。

忍の鑑定いわく、だ。

「考えてみれば当然か――そもそもアロハ小僧も、あの神社がエアスポットになってしまったがゆえに、封じのお札を貼るという役目をお前様に託したのじゃ。他の場所も――まして有名どころのスポットなれば、アロハ小僧本人ではないにせよ、妖怪変化の専門家が、それぞれ封じておって当然じゃな」

「そうか……そうだよな……、パワースポットであるだけじゃ駄目なんだ。パワースポットであると同時に、専門家の目に止まってない、あるいは専門家がまだ知らない、新規のスポットでないと、タイムワープのためのガソリンはないわけだ……」

「封じ方もより完璧じゃしの。エネルギーがあるにしても、使えんように仕掛けが施しておる」

先に思いついていても良さそうなものだった。

完全なる無駄足になってしまった――というわけでも、しかし、ない。

夜の移動だったので、当然、僕達は地上を見下ろしながら飛行することになったわけで――ゾンビが再び、いつの間にか、本当にいつの間にか地上に現れて、跳梁跋扈《ばっこ》する様子を――本当にただ夜歩く《ナイトウォーカー》だけで、破壊活動をするわけでも、そうでなくとも変わった行動をするわけでもない――観察することができたし、何より上空からの視点だったので、僕達の町を中心に、破壊が外向きに広がっているはずという、忍の推測を裏付けることができた。

町から離れれば離れるほど。

パニックの痕跡というか……、起こったのであろう惨状を示す痕跡が見て取れた。

目を逸らしたくなるような。

しかし目を逸らすわけにはいかない痕跡。

「なんっつーかさ、忍」

「ん？」

帰り道――というか、帰りの飛行の中で。

僕と忍はこんな会話をした。

「昔からある物語のテーマでさ――最近も少年小説の間で一時期はやったテーマじゃあるんだが、世界の平和とひとりの女の子の命が、天秤にかけられたとき、女の子のほうを選ぶ主人公って話の構成、知ってる？」

「まあ、そういう映画は多々あるの」

「なんかそれって、感動的で格好いいじゃん。お前のいない世界で生きる意味なんてないとか、お前を殺してまで世界を救うつもりはないとか――でもさあ。実際、世界かひとりの女の子かって問いに直面したら、そのときはちゃんと、世界を選ぶべきなんだよな」

「…………」

「なんっつーか、厳しい決断から逃げてるだけって気もするんだよなー。倫理を問う問題として、百人の命とひとりの命を較べたら、誰だって百人を救うべきなんだ」

「しかし――それは、お前様の主義とは反する考え方ではないのか？　お前様はいつだって――」

「そう、そうしてきた。だけど女の子のほうだって、迷惑なんじゃないかって思うよ。世界と引き換えに救われちまってもさあ、そんなの、誕生日にいきなりキャデラックを送りつけられるようなもんで、戸惑うというか……、そこまでの規模で愛されることを、はっきり言って、気持ち悪いとさえ思うんじゃないだろうか」

「さてはあの迷子っ娘を救ったことを、後悔しておるのか……お前様」

「どうなんだろ、わかんねー。だけど、もしも八九寺を助けたことが、この世界の滅亡に繋がっていることを八九寺が知ったら、あいつは僕を許さないんじゃないかって思うよ。十数年間道に迷いながら、あれだけ他人を巻き込むことをよしとしなかった奴なんだから――」

僕は。

そういう意味では、あいつが本気で怒ったところを見たことがないけれど――あいつのために僕が世界を滅ぼしてしまったと聞けば、切れてしまうのではないだろうか。

いや。

それでも、あいつは怒ることなく――そして僕を責めることなく。

単に、悲しみ。

泣くだけかもしれない。

「――まあ、あいつはあの数日後に、どうせ交通事故なりなんなりで結局死んじゃったわけだろうから、怒るも泣くもねーけどな」

「……そういう言い方は感心せんの」

儂は、と言う。

忍は、飛行の速度を緩めないままに――言う。

「儂は春休みに、お前様が瀕死の儂を救ってくれたとき、嬉しかったぞ。何も考えずに救ってくれたとき、世界ではないにしても自分の命と引き換えに、儂を救ってくれようとして、嬉しかった」

「…………」

「お前様はそれを、最後には後悔しておったが――

儂を助けたことで起こる事態を、それこそわかっておらんかったお前様は、最後には後悔した挙句、儂を殺し直そうとしおったが——今でも後悔しておるのかもしれんが、それでも、最初に嬉しかった気持ちは、引っ繰り返らん」

そんな忍の気持ちは。

僕は——初めて聞いた。

世界が滅んで初めて聞けた、忍の本音だった。

「とは言え、儂があの迷子っ娘だったとすれば、少なくともそんな風に、後悔して欲しくはないのう」

「後悔しているのかどうかは、だからわからないんだ。ただ単に……」

単に——

空しくなっただけだ。

歴史から、運命から喰らった、あまりに重いしっぺ返しに。

僕の浅はかさに。

「それとも、どうじゃ。春休みに儂を助けんかったら、こうやって世界が滅亡することはなかったが——そっちのほうがよかったか？」

「いや……そうだな。確かに、そういう話じゃあ、ないんだよな」

それとこれとは別問題だ。

斧乃木ちゃんにも言った通りだ。

不幸なことはあったけれど。

幸福なこともあった。

だから——後悔なんて意味はない。

「これを言うことで、お前様が少しでも楽になるかもしれんと思って、ありきたりな慰めの言葉を言わせてもらうがの。そんなことを思っておっては、身動きが取れなくなるとは思えんか？」

「身動きが……？　どういう意味だよ」

「今回、お前様は、儂の力を借りてタイムスリップという、人間の倫理がまだ追いついておらん行動に手を出したばかりに、重大なルール違反を犯したような気持ちになっておるのかもしれんが——人間の常識では、交通事故に遭いそうな子供がおったら、助けるのが当たり前ではないのか？」

「………」

「溺れておる人間がおったら助ける。困っている人がおったら助ける。それが人間が、数千年かけて培《つちか》ってきた良識という奴じゃろう？　お前様は──その良識にのっとって、儂を助けてくれたのではなかったか？」

「いや……そうだよ。そうだけど」

「で、じゃ。しかし、交通事故から救ってやった子供が、将来犯罪者になって人を殺す可能性を、誰も否定することはできまい。溺れておるところを救われた子供が、将来もっと酷い死に方をする可能性だってそうじゃ」

　助けた吸血鬼が──世界を滅ぼすことだってある。

「──そのとき、では助けた判断が間違っておったと、本当に言えるのか？」

「………」

「逆のパターンだってあろう。お前様のお気に入りの元委員長、あやつはあらゆる両親から虐待されて育ったがゆえに、人間にはありえないほどにすさまじく高い能力を身につけた。だったらあやつは、両親に感謝すべきなのか？　愛してくれなくて、苛《いじ》めてくれてありがとうと」

「それは──」

　そんなはずがない。

　それはもう、戦場ヶ原に、貝木に対して感謝しろと言っているのと同じようなものだ──善意は善意、悪意は悪意。

　結果によってそれが引っ繰り返るようなことは、あってはならない。

　ならないのだ。

「逆に、両親に愛され過ぎて──甘やかされて駄目になっちゃうってケースもあるんだよな。……忍野のいう、人が人を助けることなんかできるわけがない、人は勝手に助かるだけだ、って言葉の真意を、僕は未だにとらえきれてないところはあるけれど――案外、そういうことだったのかもしれねー。助けてもそれが本当に助けたことになるのかどうかは、将来になってみないとわからないって」

忍野。

あいつがもしも、今の僕を見たなら――どんな助言をくれるだろう。

いや、助言はくれないのか。

この状況でも、あいつは――僕を助けてはくれないのだろうか。

「……そういや、スポットが封印されているのは、そもそもお前が世界を滅ぼすずっと前のことなんだろうけれど、代々収められているんだろうけれど、そういう封印をする専門家、つまり忍野とか、あるいは影縫さんとか斧乃木ちゃんとか、まああんまり考えたくはないけど、それにあいつはちょっと違うのかもしれないけれど、貝木とか……、あの辺の連中は、世界が滅びるに際して、一体何をしてたんだろう？」

「そりゃ全滅じゃろ」

「全滅……かな。でも、忍野は全盛期のお前の心臓をえぐったこともあるし、それに影縫さんは不死身の怪異を専門とする専門家で――」

「まあ、奴らクラスの専門家となれば、そりゃあ苦戦するかもしれんが、しかしそれすら儂がひとりの場合じゃや。大量の、本当に大量の眷属を作り出した後ならば、まるっきり相手にもならん」

所詮奴らは人間じゃ、と言う。

その口調はやや誇らしげでもあったが、しかしすぐにその不謹慎さに気付いたらしく、ふう、とため息をつく忍。

自己嫌悪のように。

まあ、僕の見解を述べさせてもらえれば、忍は自己評価が著しく高い傾向があるので、言うほど余裕だったと彼女の言い分を鵜呑みにすることはできないけれど――ただ、少なくとも僕の知る三人の専門家のうち、忍野がこの状況を看過したとは思えないので、何らかの手は打ったはず——そして、その末にこの結果があるというのなら。

どういう経過を辿ったにせよ。

惨敗したにせよ善戦したにせよ。

忍野は負けたのだろう。

彼は——彼らは、敗北したのだ。

大量の吸血鬼の前に。

「しかし……、自分の行動とは、正直思いたくないのう。眷属を、そんなにやたら滅多ら創作するなど。好きな男に振られたショックで、誰でも構わん自暴自棄の気持ちになってしまった女のようじゃ」

「？　それはたとえ話だよな？」

「ん、あ、いやいや、そう、もちろんたとえ話じゃ」

なぜかここで忍は慌てたように、高度をやや下げてしまった。その頃にはもう夜は明けていたので、別に地上に墜落したところで、そんなに問題はなかったのだけれど。

「いずれにしても、あの専門家連中も、吸血鬼化した挙句にゾンビになってしまったのじゃろうな」

「忍野がゾンビか……」

うーん。

もとよりゾンビみてーな奴だったけどな。

「その辺は、考えたら本当に暗い気分になるな……、忍野はもちろん、そして一番最初にお前の牙にかかったであろう羽川ももちろん、戦場ヶ原も神原も千石も、火憐も月火も、みんな吸血鬼になって、誰も彼もゾンビになってしまったんだと思うとさ……」

ひょっとすると僕達を、北白蛇神社で取り囲んだあのゾンビ達の中には、僕達の友人や知人も、それなりに混じっていたのかもしれない。

顔も身体も、もちろん腰の形も、どろどろに融けていたから、区別なんてつくはずもないけれど——その可能性は、救いを求められるほどに低くはないだろう。

「それは本当に考えんほうがいいぞ。考えたところで、どうしようもない」

「そうだな——強いて救いを、そこに求めるとすれば、それ以前に死んでいるであろう八九寺だけは、少なくともゾンビになることはなかったってことだろうからな」

まあ僕にとっては、それは辛い事実だけれど。八九寺を怪異にしない代わりに、全人類を怪異にしてしまったのだから。

忍がどうフォローしてくれても、その事実の前では、へこたれそうになる。もっとも、そこで僕が本当にへこたれてしまっては——忍もまた、落ち込んでしまうだろうから、僕はどれほど自分の罪深さを自覚しようとも。

それに落ち込むわけにはいかない。

……これもまた、世界のことより女の子ひとりを選んでいることになるのかもしれないけれど——単に、厳しい決断を選びたくないだけの、逃げの姿勢なのかもしれないけれど。

「ちなみに犬やら猫やらも見かけなかったけど、その辺も根こそぎ、滅亡したんだと思う？」

「いやあ、あの辺の動物と人間の区別が、吸血鬼にはともかく、ゾンビにつくかどうかは怪しいのう……」

「ふうん……虫やら植物やらは、存命のようだけれど」

そういう意味では、人間は滅びても、世界はまだまだ滅びていない、地球は元気という感じなのだろうか。

こういう陳腐《ちんぷ》なことを言うと人間としての底が知れてしまうので、あんまり言いたくはないんだけれど、あるいはひょっとしたら、人類が滅ぶことは地球にとってはプラスなのかもしれない。

そんな話をしているうちに、僕達の町に帰ってきた——僕達のゴーストタウンに帰ってきた。

最早社会制度が完全に崩壊している現状、町と言っても町としての機能はもう皆無だし、そういった意味ではここに帰ってくる必要も意味も既にないのだけれど、それでも、そうは言っても、長年住んだ町には愛着というものがある。

最終的に僕達がどうするかはともかく、しばらくはここを拠点にするつもりだった。

……と言うか、この町から離れれば離れるほど、人間都市は荒れていくので、今のところ、この町が世界一暮らしやすい町であることは間違いがないのである。

まさか僕達の暮らすなんでもない田舎町が、そんな輝かしい栄誉をいただくことになろうとは、夢にも思わなかったけれど……。

で、地上に降り立ったその足で、今度はお約束通りに僕が忍を抱きかかえ、僕達はスーパーを目指した。

さすがにそろそろ僕の空腹も限界なので、食料品やらなにやら、当面必要な物資を購入しようという算段だ——いや、購入することは、この場合、できない。

この時代の貨幣は当然持っているけれど、その貨幣を支払うべき店員さんがいないのだから。夜になればゾンビとなって出現してくれるのかもしれないけれど、それでもお金を受け取ってくれるとは思えない。

職業意識なんて皆無で、僕の血を吸いにくるはずだ。

「しかし、だからと言って勝手に商品を持ち帰るのは果てどない罪悪感があるな……」

「小心者じゃのう」

「僕はゲームセンターで、業務用両替だと疑われるのが嫌だから、千円札崩した百円玉を使いきらないと店を出れない男だぜ」

「小心者過ぎるのう」

「一応レジにお金を置いていこう」

「小心どころか微心じゃのう」

まあ、そんなことをいつまでもできるわけがないのだが、初回だけは。

食料品の大半は腐っていたので、ものすごい異臭の漂う店内になっていたけれど、缶詰やスナック類、飲料類などは賞味期限的に無事だったので、その辺を中心に。
あとは店内を適当に物色する。
服やらは、まあ、当面は必要ないか。
冬になったときにまた来ればいいんだし——いや
いや、冬服が入荷されることはないわけか。
「まあ究極的には、服などは儂が物質創造能力で作
ってやればよいだけのことじゃがな」
「ああ……しかし、食糧だけはどうしようもねーぜ。
お前は僕の血を吸えば、それが栄養になるけれど、
僕はそういうわけにはいかないもんな。お前と血を
吸い合ってたら、いつかはエネルギーが尽きるだろ
うし」
ややべえな。
自給自足って、意外と大変だぞ。
ガスコンロやらを使えば調理もできるだろうけれ
ど、ガス缶だって、いつかはなくなってしまうだろ
うし——一生分持つかと言えば、まず持たないだろ
うし。
それに缶詰も、そんなに数はなかったしな。
どうしよう。
吸血鬼の寿命、無駄に長いんだぜ。
そういやいつか忍が言ってたっけな——吸血鬼の
死因の大半は、自殺なんだって。
この歴史の忍に限らずな。
「たぶん、今ある、ある意味不謹慎な高揚感、無人
島に放り出されたみたいなどきどきわくわく感って、
一週間も続かないだろうからさ……このモチベーシ
ョンの高い一週間の間に、どれくらい備えが打てる
かっていうのが、今後の僕達の漂流生活の行く先を
決定付けそうだな」
「帰りに本屋に寄って、サバイバル関係の本でも探
しておくべきではないのか？　およそ文化的な生活
は、諦めねばならんわけじゃしな」
「まあまあ、ふたりでしばらくがんばっていれば、
いつか新しい生命が生まれて、そいつらが人類に進化
して、再び、文明を築いてくれるかもしれないよな」

「さすがの吸血鬼も、そこまで不死身ではないと思うがの」

「永遠に生きられる不老不死じゃないのか」

「そりゃあ修辞的な意味合いじゃしのう。既に死んでいる幽霊やゾンビとは違う。儂達は生き続けておるのじゃということを、忘れてはいかん」

「そっか……じゃあ、僕はもう、PS3で遊ぶことはできないのか」

「新人類に期待することが、PS3の開発だというのがお前様の面白いところじゃが……どの道、新人類が生まれたところで、あっという間にゾンビの仲間にされて絶滅じゃよ」

「そっか……」

それは参るな。

人類は滅んだだけではなく、二度と地上に現れることがないというのは。

「羽川が今の僕を作ってくれたんだって、前に思ったことがあってさ——それはまあその通りだったんだろうけれど、けど、それだけじゃあないんだよな。八九寺だったり、お前だったり——戦場ヶ原だったり、神原だったり、千石だったり、忍野だったりがいてこそ、今の僕があって、もちろん両親がいなきゃ僕は生まれもしていないし、火憐ちゃんも月火ちゃんもいてくれなきゃだし、貝木とのやり取りだってちゃんと教訓になっていて、影縫さんとのバトルも僕の価値観を変えていて——そういうことなんだよな。これもすげーあり来たりな言い方になっちゃうけれど、そう……僕は運命って奴を、軽く見てたんだろうよ」

「軽く——見て」

「運命ってのはみんなで作るものであって、僕がひとりで変えようなんて傲慢だった——そういうことなのかもしれないいな」

「……あまり考えても仕方がないと思うぞ。考えるなと言うほうが無理だとは思うが。儂に謝るなと、お前様は言ってくれたじゃろう。じゃったら、お前様も反省とか後悔とか、そういうことはなるべくせんでくれ。その後悔や反省は、今後に活かせるものではない——もうふたりで生きていくしかないのに、互いや自分を責める形で永久を生きるのは、あまりにも馬鹿馬鹿し過ぎる」

「ま、そりゃ確かに、とんだ山椒魚《さんしょううお》だぜ」

しかし、僕は冷たいのかもしれない。

この状況。

本当なら忍をもっと責めるべきなのかもしれないし、あるいは自分をもっと責めるべきなのかもしれない。

ただ、なんだか。

そう、なんだか。

やっぱりスケールが大き過ぎて、精神がついていけないところがある——文字通り人っ子ひとりいない昼の町も、ゾンビが徘徊する夜の町も、どこか滑稽で、誤解を恐れずに言えば、未だにどこか、冗談みたいなのだ。

冗談じみているのだ。

歴史とか、運命とか、世界とか。

そういうスケールを、元々僕は持ち合わせていないのだろう。

吸血鬼になろうとタイムスリップしようと。

僕はただの高校生だ。

運命や。

どころか現実に——立ち向かえる器ではない。

負け戦。

「忍」

「なんじゃ」

「ひょっとしたら、僕はこの先、一年後とか十年後とか、わかんねーけど、精神を持ち崩してさ、世界が滅んだことについて、お前を責めるようなことを言うかもしれないけれど、そのときの僕は正気じゃねーからな。本気にせずに、聞き流してくれ。ヒステリックな僕を上手になだめてくれ」

「……わかった」

忍は頷いた。

粛々と頷いた。

「んー。しかし、服を買わなくてもいいとなると、あんまり必要なものって、ねーもんだな。意外と人間って、裸一貫で生きていけるものなのかもしれねーや。起きて半畳《はんじょう》、寝て一畳か。まあ僕とお前は、半ば吸血鬼だけどさ。本屋はともかくとして、一応、帰りに高校によって、各種教材とか、借りてくとするか」

そうしよう。

高校どころか、目指していた大学だってもう、建物が残っているかどうかも怪しいけれど――羽川や戦場ヶ原の手前もある。

何の意味もないどころか、無駄な時間潰し、現実逃避にしかならないだろうけれど、もう少しの間だけ、勉強を続けてみよう。

それが僕にとって。

夏休みの宿題だ。


「……ん」

と。

そこで僕は、足を止めた。

スーパー三階の、とある陳列棚《ちんれつだな》の前で――もう特に商品をカゴに入れることもなく、単に流しているだけのテンションだったのだが、しかしとある陳列棚の前で――夏を思わせるその売り場で、僕は足を止めた。

止めて、そして――

「？　どうした？　お前様」

「いや……えっと」

僕は、まだ自分の考えをまとめきれないままに、その陳列棚に手を伸ばして――それを手に取る。そう言えば今年の夏は一度も――いや、どころか、随分と長い間、僕はこういうことをしていなかった気がする。

ならば。

「一つ試してみたいことができた」

025

僕が手を伸ばした先にあったのは、花火セットだった。

それも線香花火やらの手で持つタイプのものではなく、打ち上げ花火である。本当はもっと規模の大きなものが望ましいのだけれど、そういうのも本気で探せば（たとえば花火師の職場をタウンページやらで探して、物色すれば）見つかるのだろうが、とりあえずはこの辺りから試してみるのが、順当というのだろうと思う。

何を企んでいるのかと言えば、そりゃもちろん、打ち上げ花火は打ち上げる他に用途はあるまい。別にこの花火のエネルギーを利用して、過去に戻ろうなんて思っちゃいない。

ただ——これは信号にはなるだろう。

SOS信号。

というのとも、ちょっと違うけれど——僕が、僕という人間がここにいるということを知らせる、いわゆる信号弾代わりにはなるはずだ。

またも漫画のたとえになってしまうけれど、確かダイの大冒険で、滅んだパプニカにおいて、主人公達がそんなことをしていたような記憶がある。まああれはリアルに信号弾だったけれど、それこそ軍の倉庫あたりにまで調達に行くほどの熱意が僕にあるはずもなく、花火で代用だった。

「そんなものを打ち上げてどうするのじゃ？　まあ、日本の夏の終わりを飾るには、いい趣向かもしれぬが——」

「いや、そりゃお前とふたりきりで花火を楽しむってのも、すげー乙じゃああるんだけれどな」

ある意味暢気《のんき》にも見える僕の行動に、忍は怪訝とは言わないまでも、不思議な気持ちを抱いたらしかったので、僕はちゃんと説明する。

「一見滅びたと思えるこの世界ではあるが、ひょっとしたら誰か、万一だけれど、生き残ってる奴がいるかもしれないだろう？　何て言うか……、夜になれば現れる大量のゾンビに怯えて、隠れ住んでいる奴が」

「ふむ……」

なるほどの、と忍。

「まあ、可能性は相当に低いとは思うが……、ありうるのか、の？　六月十四日の夜から始まる吸血鬼の増殖現象を、ただの数日、うまくやり過ごせば……、その後のゾンビの群れを生き残ることは、できんでもないのか。奴らは数が多いだけで、動きはノロいからの。それに視覚も嗅覚も、人間以下と見るべきじゃから——そうじゃの、何人か……、いや、世界規模で見れば、てんでんばらばらと、何万人か程度の生き残りがおったとしても、不思議ではないの」

「いや、実際にはいないだろうぜ」

変な希望を抱きたくはないし、また実際にそうだろうから、僕は必要以上に軽い調子で、そんな言い方をする。

「全人類が吸血鬼化して、その後もゾンビとして夜を脅かし続ける中、生き残れる奴がいるとは思えないよ。あのゾンビ達は、人間を滅ぼすという目的だけは、あんな姿になっても覚えてるわけだろ？　だったら、生き残りなんて許すわけがないさ——ちなみに、吸血鬼に嚙まれたら吸血鬼になるとして、ゾンビに嚙まれた奴はどうなるんだ？」

「吸血鬼ならぬゾンビになるの。既におらん儂の眷属として——夜を歩くことになるじゃろう」

「そっか——じゃあまあ尚更だ。だからまあ、駄目元だよ」

「駄目元、のう。それにしたって」

と、忍は僕の手にある花火を見る。

「それにしたって、その程度の個人で買えるレベルの花火では、音も光も、そんなに遠くまでは届かぬのではないか？」

「けど、他に手段もねーしな。だからやっぱ、ただの花火大会だと思ってくれていいよ」

「ふむ」

忍が、やる価値があるか、それとも無駄か、本当のところどう思ったかはわからないけれど、とりあえず反対はしなかった。

それはそうだ。

僕達がこれから潰さなければならない大いなる暇のことを思えば、このような余興に反対する理由など、あるはずもない。

案外、花火大会に乗り気だったのかもしれない。

場所の選定としては、例の浪白公園を選ぶつもりだった――あそこならば、広く開けた空間もあることだし。

遊具なんかもほとんどないしな。

そう言えばあの公園は、十一年前の世界においても遊具がほとんどなかったな――ならば別に、あの公園に限っては、安全性の問題で撤去されたわけでもなかったのか。

学習塾跡の廃墟を使うと言うのも、まあ、懐かしむ、思い出に浸るという意味じゃあなしじゃあなかったんだけれど、あそこは草木も多く、下手すれば火災を招きかねない。

まさか、今にも崩れてしまいそうな廃墟とは言え、みんなの思い出が詰まったあのビルディングを燃やしてしまうわけにもいかない。

ありえない話である。

花火よりも、その火の手は目立つかもしれないけれど、そんな放火魔みたいな真似、八百屋お七でもあるまいし。

だから候補としては学校のグラウンドか浪白公園くらいしか思いつかなかったのだ。後者を選んだのは、単に距離の問題だけれど。

いや、ひょっとしたら思い入れの問題かもしれない。

「しかしお前様、ならばひとつ忠告しておかねばならんな」

「ん？　忠告って？」

「いや、ＳＯＳ信号はよいがの」

と。

忍はやや間を置いてから言った。

「まさかとは思うが、花火を夜に行うつもりではなかろうな」

「あ」

「ゾンビが町中にあふれる中で、どうやって花火なんぞに興じるつもりなのじゃ」

「…………」

できるわけがねえ。

思いつきもいいところだった。

どうしてわざわざ自分達から花火を上げて、彼らを呼び寄せなければならないというのだろう。

自殺行為だ。

「じゃあ、花火大会は中止か。うーん、ＳＯＳ信号云々はもちろんあったとしても、やっぱ楽しそうだとも思ったんだけどなあ——」

つーか、それだと、夜はどんな風に過ごすのが正解なのだろうか。家の中にいれば安全ということもないだろう——真っ当な吸血鬼なら、許可がなければ他人の住家には入れないなんて話もあるけれど、相手はゾンビだからな。

そんなのあっさり無視してくるかもしれない——というか、仮にその法則が適用されたところで、火憐や月火のゾンビがいたら、阿良々木家には入れてしまう。

火憐はゾンビになっても強いのだろうか。

月火はゾンビになっても……ん？

あいつはゾンビになったらどうなるんだ？

だってあいつって……。

えっと？

「いやいや、お前様。別に花火大会そのものを中止する必要はなかろう。夜に花火大会を行うことができんというのならば、昼間に行えばよいだけの話じやろうが」

「…………」

いや、それは……その通りだけれども。

吸血鬼は太陽に弱く、またゾンビも同じく、夜間にしか活動しないみたいだから――その通りなんだろうけれども。

「なんかそれは、イメージしていたイベントとは違うなあ……」

しかし、安全面を考慮すれば、致し方ないところなのか。

まあ、仮に生き残っている人間がこの近辺にいたとしても、ゾンビが闊歩する中、僕達がリスクを犯して花火を打ち上げたところで、出てきてはくれないだろうから――

やっぱり昼間に打ち上げるのが、正しい手法か。

「じゃあせめて」

と、僕は天を仰ぐ。

今日もまた、抜けるような青空で。

太陽が実に眩《まぶ》しかった――マジで火傷するほど。

「せめて、少しでも遠くまで、花火の光が届くように、曇りの日を待ってから花火を打ち上げるとするか……」

なんだか普通とは発想が逆へ逆へ向かうなあと思いつつ、そう言った。

花火を打ち上げようというのに、あえて昼間を選び、しかも天候の悪さを期待するとは……どんなレベルの高い捻くれものなんだよ。

「ま、生き残りを探してみるというのが第一の目的なんだから、仕方ないのか」

なんて残念そうに言いつつも、それでもやっぱり久し振りに花火を行う予定が立ったことは、純粋に楽しみではあった。

こんな滅んだ世界でも。

そして、そんな楽しみな花火を実際に行うことになったのは、この日から三日後のことだった――滅んだ世界に日付なんて意味がないかもしれないけれど、カレンダー的に言うなら、八月二十六日の土曜日だ。

絶好の曇天。

更にあと一日待てば雨が降るだろうというような素晴らしい曇天——雲の色が、灰色ではなく最早黒という、これ以上は望むべくもない、最高の花火日和だった。

その三日間、昼間はずっと阿良々木家で忍と一緒に眠って、夜間はずっと空の上で忍とお喋りをしていた。相当に力を戻しているとは言え、一晩中飛び続けるのはやっぱり忍にはそれなりの負担になるようなので、このあたりは近いうちに何らかの対策を練らなければならないだろうけれど——まあ、忍との夜間飛行が、かなりアメージングなフライトだったことは、ここに報告しておこう。

三日三晩。

僕と忍がどんなお喋りをしたのかは、秘密だ。

そして三日後。

花火大会当日。

考えてみれば、いつも火憐や月火に任せっぱなしで、自分の手で花火に火をつけるのは初めてだった。説明書通りに、手頃な石で固定して、ライターで火をつけ、駆け足でその場を離れる。

しばらく店内に放置されていた花火のこと、湿気《しけ》ていたり古くなっていたりで、うまく打ち上がらないかもしれないと思ったけれど、幸い——いや、考えてみたら親同伴なら小学生でも遊べる花火なんだから、そもそも失敗するほうが難しいのだろうけれど——光輪は見事に花開いた。

まあ、昼間だし。

曇天だしで、見事と言うには、あまりに地味な花火だったけど。

「たまやー」

「かぎやー」

「ちなみにたまやとはなんじゃ」

「玉屋も鍵屋も、江戸時代の花火屋の屋号《やごう》だよ」

「ああそうそう！　あったあった、そんな店。海外で噂に聞いた」

「なぜ知ったかぶる……」

「しかしつまり、玉屋や鍵屋の花火じゃない花火にも、玉屋鍵屋と声を掛けとったということになるのか？」

「うん。まあ昔は音楽聴く奴、全部ひとくくりにウォークマンって言ってたのと同じだ」

「ウォークマン。最近生産中止になったあれか――まあ一世を風靡したらしいからのお。しかし、そりゃあ他の花火屋としては、たまったもんじゃないのう」

「それが鍵だな」

「たまたまの」

なんて、ゆるい会話をしつつ。

次々と、僕達は花火を打ち上げた。

スーパーの陳列棚にあった打ち上げ花火、ありったけである。日を分けて、何度か行うべきではないかというアイディアもあったが、元々無為な行為だと思ってやっていることなので、そう何度もやりたくもない。

やるからには派手にやろう。

地味な花火でも、できるだけ派手に。

「たまやー」

「かぎやー」

ありったけの花火と言っても、所詮は田舎町のスーパー、その総量は知れていて、結局、一時間もからず、イベントは終了した。

あっけなく。

余計なことかもしれないけれど一応ビジュアルについて説明しておくと、このとき、僕と忍は和装に身を包んでいた。花火にはやっぱり浴衣《ゆかた》だろうという、お約束的な、まあどちらかと言うといたずら心にも似たドレスコードだったのだけれど、予想外に忍の、金髪浴衣幼女姿というのは、グッと来るものがあった。

「……幼女は余計なのでは」

「だから心を読むな」

「お前様の浴衣姿というのも、珍しいのう。いつも学生服とパーカーじゃったから」

「いつもじゃねえ」

「みなさん、モテてますか？」

「めちゃモテ委員長の物真似はやめろ」

「番宣にしても、すげー入りじゃよな」

「まあ……」

触れずにはいられないよね。

あのノリは。

ちなみに忍の浴衣は、彼女がその物質創造能力によって作り上げたものだが、僕の浴衣は家にあったものである。

いつだったか、和服マニアの妹である月火が見立ててくれたものだ。

履物《はきもの》がスクールシューズなのはご愛嬌《あいきょう》だ。

「まあ、たまにはこういうのもいいだろう」

「受験勉強とやらで行けんかった、夏祭りの埋め合わせじゃな」

「屋台もなけりゃ盆踊りもない、物寂しい夏祭りだけどな――さて、これでしばらく、夜になるまで待ってみるか」

「うむ」

「まあ、あくまでも変な期待はしないようにはしておこう。改めて、町がこんな有様で誰かが生きているとも思えないし、また、仮に、本当に万が一、誰かが難を逃れて生きて潜んでいたところで、こんな花火に釣られて出てきてくれるとも思えないしな。人類が吸血鬼の手で滅ぼされてしまったんだ、用心深くなるのが当然だ。罠《わな》かと思うのが普通だろう。それに――」

「こら」

足を踏まれた。

ぐりぐりと。

忍に。

忍はちゃんとしっかり下駄《げた》なので、かなりの大ダメージを食らった。

「ぐああああああああああっ！」

「そんな大声で悲鳴をあげるほど痛いわけがなかろう……」

呆れ顔で、足をどける忍。

「過度な期待を持つのはよくないが、かといって過度に悲観的になっては、何もできまい。無駄だ無駄だと思いながら待ち続けるくらいじゃったら、おびき寄せられてのこのこ出てきた生き残りの人間と、上手にコミュニケーションを取る方法でも考えておけ。相手は女子中学生とは限らんぞ」

「そうだな」

まあ、そのほうが前向きではある。

「すごくごついノースリーブのおじさんが出てきたら、どうする？」

「全力で逃げる」

「正直な奴じゃ……」

「吸血鬼の全力で」

「そこまで嫌か……」

「女子中学生でなければ等しく逃げる」

「………」

誰もおらんからといって正直過ぎるぞ、と忍はもう一度僕の足を踏んだ。

またもぐりぐりと。

だからマジで痛いって。

しかし僕達はその後――なんというか、逃げることはなかった。

逃げずには済んだ。

今にも泣き出しそうな空の下、浪白公園のベンチに忍を抱きかかえるようにして座って雑談をしながら、ときにうとうとしながら過ごして――そして。

逃げずに済んだ。

誰も来なかった――という意味ではなく。

誰かが来て。

そしてそれは、すごくごついノースリーブのおじさんではなかった。

女子中学生でもなかったけれど。

それは。

026

「…………っ！」

それもまた——この間と同様、気付けば取り囲まれていたという感じだった。いや、正確には、取り囲まれたことに、ぎりぎりまで気付けなかったと言うべきかもしれない。

気配もなく。

音もなく。

そしてもちろん、逃げる暇もなく——浪白公園のベンチに座っていた僕と忍は、出現した大量のゾンビに取り囲まれていた。

どろどろに融けた人間の死体。

どろどろに融けた吸血鬼の成れの果て。

既に死んでいて。

死んでいるからこそもう死ぬことはない。

この町の住人達——まるっきり個体の区別さえつかないけれど、あるいはひょっとすると、このゾンビの群れの中に、僕の知り合いがまぎれているかもしれない。

人数からすれば、その確率は決して低くはないだろう。

北白蛇神社で囲まれたときの比ではない。

百人は軽く超えている。

二百人よりずっと多い。

三百人？

五百人？

ひょっとしたら千人？　いやいや、さすがにまさか。

でもそれに近い人数が——いる。

公園は既に埋め尽くされていて、ゾンビ同士が犇《ひしめ》くような有様だ。ゾンビ同士も肌が触れ合って、あれじゃあ個体同士が同化してしまうんじゃないかと、こんな場合なのに気になってしまうほどだった。

いや——実際。

こんな場合もいいところだ。

だって僕達は、彼らの仲間入りをするかもしれないんだから——彼らは。

彼らゾンビは——元の人間で、元忍の眷属の彼らゾンビは。

空《うつ》ろでさえない目で、僕達を——見て。

じりじりと。

もっと言えばのろのろと——僕達にゆるやかに近付いて来る。

「え……？　なんで、こいつら——」

僕は慌てて空を見上げる。

気付かないうちに——忍を抱きかかえてていちゃいちゃしているうちに、逢魔ヶ刻を過ぎ、夜になってしまっていたのだろうか。

彼らの時間に——怪異の時間に。

なってしまったのだろうか。

「そんな迂闊な——僕はあばらを触って楽しんでいただけだぞ！」

「そんな理由で死んだら迂闊どころの話ではないわ」

忍が黙って、腕時計を僕に見せる。

その時計が指し示す時間は、まだ四時にもなっていなかった——夜には程遠いし、それに逢魔ヶ刻でさえない。

な、なのにどうして。

彼らは今、ここにいる——

「……打ち上げた花火が、どうやらこやつらを呼び寄せてしまったようじゃが——」

忍は言う。

さすがの彼女も、この状況に焦っているようだ——無理もない。

先日のときとは違う。

前後左右を取り囲まれて、しかも今回は、空に逃げることはできない。

忍が空を飛べるのは夜だけだ。

　しかも吸血鬼性は、この間よりも幾分か下がっている——翼を生やすところまではできても、それはデザイン上の飾りみたいなものだ。

「——ふん。とんだSOS信号になってしまったようじゃの」

「どうしてだよ……、だって、こいつらゾンビだっつっても、元は吸血鬼のはずだろ？　太陽の光があるうちは、活動できないはずじゃあ——」

　できないはずじゃあ。

　なかったのか。

「……いや、できてはおらんよ。見てみい、動きがこの前よりも緩慢じゃし、肌の融け具合も、より酷い」

「え……」

　言われて見れば——いや、言われてみたところで、ゾンビのゾンビ具合など、細かく段階を踏んで区別できるはずもないけれど——しかし、個体同士が同化してしまうのではないかという印象は、それを裏付けるものでもあった。

　動きが遅過ぎて互いが互いを避けられないし——そして肌は。

　肉は、どろどろというよりずるずるだった。

「昼に活動することによる、無理はちゃんと出てる——恐らくは」

　忍は言って、上を向いた。

　今や逃走経路にはならない、上を。

「この曇天ゆえじゃろうな。あの分厚い雲で、太陽の光が遮られておるから——かろうじて奴らは、活動できるのじゃろう」

「…………っ！」

　完全に裏目に出た！

　花火大会のための天気待ちが……裏目に！

　確かに日差しの強い弱いというのは、吸血鬼もどきの僕の体調にも、それはかかわってはくるけれど——かかわってはくるけれど！

　そう言えば僕は吸血鬼時代に、太陽の下に出たことが一度あったが——身体が燃え上がりはしたものの、回復力で燃えた部分が回復し、瞬間で消滅してしまうようなことはなかった――そして目の前のゾンビ達も、ずるずるに融けた部分は、ちゃんと回復しているようだった。

そのことに苦痛すら感じていない風だ。

しかし――

「でも、本当にかろうじてって感じだぜ？　動くのがやっとって感じじゃねえか。どうしてそこまでして、こいつら昼間に動くんだよ――」

「儂らが花火を上げてしまったがゆえじゃろうな――こやつらの脳には、いや、脳ではないの、本能には、人間を滅ぼせという命令が刻まれておる。じゃから――活動が可能ならばたとえ無理をしてでも、人間を滅ぼしに来る」

最初の命令が、頑固なプログラムのように生きているのか――既にその命令をくだした主人の吸血鬼はいないというのに。

あるいは。

今滅ぼそうとしているツーマンセルの片割れこそ、その主人の吸血鬼だというのに。

「じゃあ整理すると、僕が花火を打ち上げてしまったがゆえに、僕達の存在が明らかになってしまい、それを聞きつけた、聞きつけたでいいのか？　ゾンビ達が、昼間だっていうのに無理をして集合してくれたってこと……でいいんだな？」

「そういうことじゃ」

「へえー」

へえ、じゃあないんだが。

どうすればいいんだ、この状況。

駄目元のSOS信号が、とんでもない結果を招いてしまった――自業自得どころじゃあない、こんなのはただの自滅だ。

次から次に裏目を引くこの感じ。

これぞ阿良々木暦の真骨頂《しんこっちょう》という感じだ。

「どうする……お前様」

「どうするもこうするも……とりあえずここを脱す

るしか手はねえと思うけれど……」

僕は正面から迫る脅威に対して、後ろに下がろうとするけれど、僕の後ろにはベンチがあって、更にその後ろには、やはり迫ってくる脅威があるのだった。

身動きが取れない。

これは完全に詰まされている。

どの信号機も赤の交差点という感じだ。

「……お前、今から大急ぎで僕の血を限界まで吸えば、空を飛べるか？」

「儂一人なら。人を抱えての飛行は無理じゃ」

「そうか。だったら」

「つまり飛べん」

儂一人だけ逃げるという選択肢はない、と忍は言った——はっきりと。

議論の余地のない言葉である。

その気持ちは嬉しくもあるが、しかし感動している余裕もない——どんなに遅い動きと言えど、少しずつ、ほんの少しずつ、着実に粛々と、距離をつめてくるのだから。

これは均衡状態でさえないのだ。

言うなれば——死刑執行までのカウントダウンである。

「……じゃあ、戦うしかねーってことか」

「そうじゃのう。さすがに、黙って血を吸われるわけにもいかんか——しかし、簡単にはいかんぞ。昼間で力が抑えられておるのは、あちらもこちらも同じじゃし」

何より、と忍は言う。

無駄と知りつつ、周囲を取り囲むゾンビ達をねめつけるようにして。

「こやつらは儂の眷属じゃ」

「…………」

「吸血鬼からゾンビ化したとは言え、その本来的、根本的な力は失われておらん——しかもこの数じゃ、勝とうとは思うな。隙間をすり抜けるつもりで行くのじゃ」

「隙間なんてねーけどな」

「そうじゃのう」

「じゃあ、僕はお前を抱っこしてよ、空を飛ぶまではいかないけれどジャンプして、あいつらの頭の上を走るわ」

　ゾンビをウエーブに見立てての、サーフィンってわけだ——それでゾンビの群れが切れるところまで、走り抜けよう。

　元知り合いかもしれないゾンビ達を足蹴にするというのは少なからず気が咎めるし（しかもゾンビ化したのは僕達の責任だ）、そもそもそんなことが現実的に可能なのかどうか（いくらゾンビが緩慢でも、走り抜けるまでのどこかの時点で、引き摺り落とされそうだ）という問題もあるけれど——

　しかし、他にこの危機を脱する手段などない。

「よし、そうと決まれば、善は急げだ。じゃあ一、二の、三で行くぞ」

「よかろう」

「一、二の——」

　さんっ！

　と——その瞬間、忍は僕の腰の辺りに飛びついてきて、僕はその背中に腕を回し、それと同時に、足を踏み切る——

　が。

　そのタイミング、そして特攻精神にも似た決意は、思いっきり外されることになる。

　僕が足を踏みしめた瞬間に、雨が降ってきたのだ。頭に雨粒が当たった。

　曇天が雨天に変わったのか、だとすれば、より太陽の光は遮られ、ゾンビが更にパワーアップしてしまうかも——それにゾンビの上を走り抜けるに当たって、足を滑らしてしまうかも——なんて、危機感を募らせた僕だったけれど。

　しかし。

　しかし、もとより降ってきたのは雨ではなかった。

　僕達の頭上に降ってきたのは——

「……米？」

米。

白米——だった。

雨ではなく、大量の白米が、僕達の頭上から降ってきたのだった——それと同時に、

「————————————っ！」

と、ゾンビ達が悲鳴を上げた。

悲鳴ならぬ悲鳴を上げた——与えられた目的にのみとらわれ、意志も苦しみも痛みも知らないはずのゾンビが、昼間という時間さえも度外視して登場した怪異の群れが、悲鳴を。

さながら直射日光を浴びた吸血鬼のように——

「————————————っ！」

そして、それからはあっという間だった。

僕達を取り囲んでいた包囲網は、蟻《あり》一匹通しそうにもなかった鉄壁《てっぺき》は——あっという間に崩れ、僕達が何をするまでもなく、ゾンビ達は三々五々に散っていった。

まるで夜明けが来たかのように——どこに行ったのかもわからない、隠れたのか消えたのか——とにかく、あれだけの数がいて、最終的には本当に千人近くは集まってしまったのではないかと思われるゾンビの群れは、いなくなった。

ひとり残らず。

いや、一人残らずではない。

ひとりは——残っていた。

ただしそれはゾンビではなく。

彼女は。

そこにいる彼女は。

空っぽの、端が破れた米袋を左右に抱えている彼女は——ゾンビではなく、また吸血鬼でもなく。

もちろん幽霊でもない——

ひとりの、生きた人間だった。

「理屈はよくわかんないんだけれど——お米が苦手

みたいだよ、あの人達。ああやってライスシャワーを浴びせれば、とりあえず追い払うことはできるみたい」

勿体《もったい》ないのであとで拾い集めるの手伝って頂戴《ちょうだい》——と。

彼女はそう言った。

僕は——それに応えることができない。

背の高い女性である。

腰までありそうな長い黒髪を、うなじのあたりで動きやすそうにまとめている。ぱっちりした瞳や長いまつげ、きめ細かい肌やぷるんとした唇は、いかにも健康そうだ。化粧っ気はまるっきりない。

カーゴパンツ、胸が強調されるようなタンクトップのTシャツに、生地の丈夫そうなミリタリージャケットを羽織っている。靴は、女性が履くには違和感があるほどに無骨なスニーカーだったけれど、しかしやはり丈夫そうで、しかも動きやすそうであることを思うと、それは動作性を最優先したファッションということなのだろう。

背負ったリュックサックも、登山で背負うような、腰にもベルトで固定する、身体に密着しないタイプの一品だった。十キロ級の米袋をふたつ、あれで背負ってきたのだろうか。

「で」

と、彼女は言う。

よく見れば彼女は、右手にアーミーナイフを構えていた。警戒とかそういうことではなく、それが当たり前の礼儀だと言うように。

こちらに向けているのではなく、刃を下に向けてはいるものの——

「さっきここで、花火みたいなのを打ち上げてたのって、きみ達かな？」

「そ——そうですけれど」

僕はしどろもどろになりつつ、答える。

別に、相手がアーミーナイフを持っているからしどろもどろになっているわけではない。そして、人がいるかどうかもわからないまま、とりあえずは駄目元で花火を打ち上げてみたものの、いざこうして、本当に人類の生き残りがいて、しかもこうしてやってきてくれ、その上ライスシャワーで僕達を助けてくれたということに対し、それこそコミュニケーションを取る方法をまったく考えておらず、しかもゾンビの包囲網から命からがら助かったところで、緊張の極みにあったから――でもない。

違う。

そういうことで、僕はしどろもどろになっているのでは、ない。

「ふうん、そかそか。じゃあやっぱり来てみてよかった。危ないよ、あんなことをしちゃあ――あいつら昼間だって、根性出せば動けるんだから。なにあれ、SOS信号のつもりだったの？　駄目だよ、あんなんじゃ誰も来てくれないって。何かの罠、そうじゃなくっても危険信号だとしか思わないよ」

そう言いつつ。

向かい合った感触から、僕達には『危険なし』と判断したのだろうか、アーミーナイフを腰の鞘《さや》に戻して、こちらに向けてにっこりと微笑んだ。

僕達を安心させるために、そうやって微笑んでくれたらしい。

まあ確かに。

彼女から見れば――僕達は子供なのだから。

そんな風に労《いた》わってやりたくなっても。

花火を打ち上げるなんて大失敗のフォローをしてやりたくなっても――当然なのかもしれない。

そう。

かつて僕が、彼女にそうしたように――

「僕は……僕の名前は、阿良々木暦と言います」

震える声で――まるっきり動揺を隠すこともできず、僕はそう言って。

そのまま続けて、彼女に訊いた。

それもかつて。

同じように訊いたことだ。

「あなたの名前を教えてもらっても、構わないでしょうか」

「八九寺真宵さんだけど」

彼女はそう名乗った。

うん。

訊いてはみたものの——名乗られるまでもなかった。

最初からわかっていた。

はは。

本当にわかるもんだな。

十一年も経つのに——それに十一年後の姿なのに。

外見も、声も、言葉遣いも、全然違うのに。

噛みもしないのに。

一目でわかるもんだ。

「そっか……生きてたんだ」

お前が。

生きていたんだ。

死ぬことなく。

怪異化することもなく。

生きていたんだ。

僕は脇に抱き抱えていた忍から手を離す——本当は、いきおいそのまま八九寺に抱きつきたいくらいだったけれど、相手が成人女性ではそんな衝動に任せた真似もできない。

いやいや、そうじゃなくっても。

八九寺なんて呼び捨ては、もうできないか。

僕のほうが——今や年下なんだから。

「生きてたんだ——あれからずっと」

運命に修正されることなく。

十一年前の母の日、綱手さんに会ってから——翌日にもその翌日にも、幼いその命を落とすことなく——どころか。

忍野忍による人類滅亡計画からも、生き延びて。

今日の今日まで、生きていたんだ。

生きていて——くれたんだ。

「にわかには信じられんな……生き残りがおったこともそうじゃが、その生き残りが、お前様の知人じゃとは……」

忍が意外そうに、小さな声で呟《つぶや》く——僕が既に手を離しているのに、それでも僕に引っ付いたままでいるところを見ると、本当に意外なのだろう。

ありえない偶然と思っているのかもしれない。

しかし、だとすれば彼女の言い分は少しだけ間違っている——だって。

この歴史において、阿良々木暦と八九寺真宵は、まるっきり知り合いじゃあないんだから——阿良々木暦は、八九寺真宵と母の日に出会うことなく、死んでいったのだから。

十一年前に、一度、交通事故から助ける形で会ってこそいるものの——あんな一瞬と言ってもいい出会いを、憶えているはずもない。

実際八九寺さんは、僕や忍の驚きようにこそ、不思議そうな顔をするのだった。

「どうしたの？」

そう言う。

気遣うように——僕の知る、少女だった頃の八九寺真宵ならば、絶対に浮かべることのなかったような表情で。

「泣きそうだけど。そんなに怖かったの？」

僕は慌てて、

「いや、えっと……驚いてしまって」

と、誤魔化す。

「てっきり、みんな死んだものだと思っていましたから——生きている人に会えたことが、ええ、嬉しくって」

「うん？　そんなことないよ。結構いるよ？　生きている人。この辺じゃあ、今はもう私だけになってるけれど……、ふうん、今まで誰にも会わなかったの？　それなら、むしろよく生きてられたね——きみ達のほうこそ」

八九寺さんは感心を通り越して呆れたように言う。

「そりゃあ、無用心に、花火なんか打ち上げるわけだ――」

「…………」

どうやら、人間も捨てたものではないというか――黙って滅ぼされもしなかったようだ。

まあ、納得する。

確かに、この滅亡した世界で、八九寺真宵が唯一の生き残りだったなんていうのは、いくらなんでもご都合主義過ぎる。

いくらなんでも。

運命的過ぎる。

世界単位で見れば何万人か生き残っている――という、忍のあの読みは、案外、大当たりなのかもしれなかった。

「まあ、そんな生き残りも、次々とあのゾンビ達に襲われてるみたいだけれどね――どんどんみんな、連絡取れなくなっちゃうし。私も何度死にかけたことか」

なんて。

八九寺さんは、しかしまったく悲壮感なく、そんなことを言う。

なんともたくましい。

けれど意外でもない。

僕の知るあの少女は――きっと成人していたら、こんな風な、しっかりした、頼りがいのある大人になると思っていた。

「――っていうか、訊き直していい？」

と。

八九寺さんは、未だ動揺から復帰できない――この事態を喜んだらいいのかどうしたらいいのか、受け止めきれずにいる僕に、そう言ってきた。

「阿良々木暦？」

「……はい。えっと……阿《おもね》るの阿に、無印良品の良をふたつ重ねて書いて、それで未だ木鶏《もっけい》たりえずの木……、それにカレンダーの暦です」

漢字がわからなかったのかと思って、僕は慌てて、そんな風に言う。

「そっか。きみが阿良々木くんか」

じゃあ来てよかった、と。

妙に——納得した風に。

彼女はそう頷いた。

「…………？」

なんだ？

まるで、あらかじめ僕の名前を知っていたかのようなリアクションだけれど——いや、そんなはずがない。

住んでいる地域が違って、そして年齢も違う。

八九寺が十一年前の母の日に、綱手さんに会えずに命を落とし、そして怪異化しない限りは——僕と八九寺との間には接点など生じるはずがないのだから——この歴史の僕は。

八九寺に会うことなく。

八九寺に遭うことなく。

殺されて——死んでいる。

そのはずなのに。

「まさか本当に会えるとはね——びっくりした。いやでも、意外でもないのか。むしろ納得するべきなのかな」

言いながら、八九寺さんは背負っていたリュックサックを下ろし、そしてその中身を探り始める。

「そうかそうか、実在したんだ、阿良々木暦くん。そう言えば金髪の女の子が一緒にいるはずって言っていたよ」

「い、言っていたって」

「金髪の女の子といちゃついているはずって言っていたよ」

「そんな具体的なことを、誰が⁉」

いや。

待てよ——心当たりがあるだろう。

そういうことを言いそうな奴を、僕はひとり——とても印象的に、知っているじゃないか。

そういうことを。

そんな見透かしたようなことを言いそうな——

軽薄でアロハ服な男を、僕は知っている。

「誰がって言われたら、あのゾンビ達に、ライスシャワーが効果的だって私に教えてくれた、忍野って人なんだけどさ——その人からきみ宛に、手紙を預かっているんだよ」

そう言って八九寺さんは。

まだ大して古びてもいない封筒を、僕に手渡したのだった。

027

『やあ、阿良々木くん。

待ちかねたよ。

きみと来たらいつだって僕を待たせてくれるんだからね。

久し振り、ということになるのかな——もっともきみが知る僕とこの僕とは別人だし、僕が知る阿良々木くんときみとも、やっぱりまるっきりの別人なんだけどね。別人と言うより他人かな。それでもやっぱり本人なんだけど。

それが一番いいと思うので、八九寺さんにこの手紙を預けておく。きみに届くことを祈っている——きみが滅んだこの世界で、それでも人に会うことを諦めなければ、きっと届くことになるだろう。

人と人との繋がりこそが。

運命の輪を作り上げるのだから。

なんて、お調子者の僕がいつもの調子で雑談に興じていたら、あっという間に便箋《びんせん》が尽きてしまうかな——紙も今となっちゃあ貴重品だ。

手短に行こう。

手短に聞いてくれ。

きみが何をし、どういう経緯を辿って、そして今現在どういう状況にあり、そしてどんなことを思っているのかというのは、正直言って、確実にはわからない——きみは散々僕のことを見透かしたような男だと言っていたけれど、僕にだって全てがわかるわけじゃあ、ない。若手に見栄を張ってただけで、むしろわからないことだらけだ。

たとえば、別の運命のことはわからない。

別世界のことはわからない。

いや、別ルートと言ったほうがいいのかな。

ゲーム世代的、ゲーム脳的にはね。

だからこれから僕が、きみに伝えようとする情報の中には、いくらかの間違い、結構なエラーが含まれているだろうことはあらかじめ断っておく。その辺は自分でうまく修正してくれ。

それくらいできるだろう？

だって——きみは成功した阿良々木暦なんだから。

僕のルート、つまりこのルートの阿良々木くんは、残念ながら失敗してしまった——忍ちゃんと、建設的な関係を築くことに失敗してしまい、その命をはかなく落としてしまった。

バッドエンドならぬデッドエンドだ。

そのこと自体はとても悲しむべきことだ。

友人が死ぬのを、みすみす見逃してしまったことを、僕は済まなく思っている。とは言え、それはこのルートにおける阿良々木くんが、決して手を抜いたというわけではない。

失望しないであげてくれ。

彼は彼で一生懸命だった。

いつだって命懸けだった。

きみと同じくね。

きみという阿良々木くんが、いてくれたらという前提で僕は今話しているけれど——正直言って、これは賭けでもある。

忍ちゃんと良好な関係を築けた阿良々木くんという可能性に賭けてみようと、僕のギャンブラーとしての血が騒いだということだ。

僕はギャンブラーじゃないけどね。

と、きみなら読みつつ突っ込んでくれるかな？

だけれど、勝算のない賭けではない。

むしろ、八割がた勝てる、鉄板《てっぱん》の賭けだと、僕は思っているよ。全財産を、それこそ命を賭けてもいいと思えるほどにね。成功しているきみがどこのルートにもいないとは、僕にはまったく思えないのだから。

きみの正面に立っているであろう八九寺さんを見て欲しい——彼女は幼い頃、謎の高校生に命を救われたことがあるらしい。

とある母の日に、家庭の事情で生き別れた（この言い方は大仰かな）お母さんの家を訪ねる道中のこと——赤信号で交通事故に遭いそうになったところを、突き飛ばしてくれたそうだ。

なんでも変質者にスカートをめくられ、追われている最中のことだったらしいけれど——もっとも八九寺さんは、命を救われたことではなく、その後、その高校生が、迷子になっている自分を母親の家まで案内してくれたことのほうが、印象に残っているようだけれどね。

当時人見知りだった彼女は、そのとき、その高校生にお礼一つ言えなかったことを、酷く悔いているらしい。

まあ仕方ないとも思うけどね。

なんだか自分の影と会話している、若干頭がおかしそうな高校生だったそうだから。

この話を、僕は委員長ちゃんとのあれこれがあった（きみのルートでもあれこれあったはずだよね）ゴールデンウィークの前に、もう聞いていた。町中を巡って、怪異譚《かいいたん》の蒐集《しゅうしゅう》をしていた頃の話だね。

八九寺さんとはそのときに面識を持った。

八九寺さんだけじゃなく、色んな人が、その高校生のことを記憶していたよ。

八九寺さんが会ったときは彼はひとりだったそうだけれど——大抵の証言は、彼は金髪の女の子（幼女だったり、帰国子女風の女子中学生だったりしたそうだが）と、ツーマンセルを組んでいたらしい。

本当に色んな人が。

その、謎の高校生のことを覚えていた。

当時女子中学生だったという会社員だったり、最近寿退社したという、当時交番勤めの婦警さんだったり、あるいは、彼を轢きかけたと主張する、トラックの運転手さんだったりね。

まあそういう直接的にかかわりを持った人じゃなくっても、金髪の幼女をコアラ抱っこして歩く高校生みたいなのが、印象に残らないわけがない。

当時、町はちょっとしたパニックになっていたそうだ。

そりゃそうだろう。

そりゃそうに決まっている。

あまりにも謎、あまりにも正体不明過ぎるものね。

電柱の陰に潜んで、とある民家を張り込んでいたなんて説もあるくらいでね——さすがにこれは、根も葉もない嘘っぽいけれど。

都市伝説。

道聴塗説。

街談巷説。

僕は一発でぴんと来たよ。

なにせそのときの僕は春休みを終えて、阿良々木暦のことも、そして幼女化した後の忍野忍も、知っていたんだから——もっとも、忍ちゃんは僕の愛すべき住処《すみか》だったあの廃ビルから、一歩も外に出たことはなかったけれど。

きみの影に埋め込まれることはなかったけれど。

そう。

言うまでもなくそれはきみ達のことだ。

きみ達はきみ達なりにうまくやったつもりかもしれないけれど、ＳＦ小説よろしく、できる限り人と、歴史や運命とかかわらないように頑張ったつもりかもしれないけれど、人間が人の記憶に、まったく残らないなんてことは無理なんだよ。

人が歴史に及ぼす影響というのは——たったひと

りでも、たったひとつでも、恐ろしく大きい。

確かに、道ですれ違うだけの人のことを、人は記憶しないかもしれない。

風景としてさえ、風としてさえ、認識しないかもしれない。

中学生になれば小学生のときのクラスメイトを忘れていくように——高校生になれば中学生のときのクラスメイトを忘れていくように——だけど、彼らと同じクラスだったという現実は、記憶はできなくとも、思い出として、心の中にちゃんと残るんだ。

頭の中には残らなくとも、心の中には残る。

それが人生に。歴史に。

そして世界に影響を及ぼさないわけがない。

きみ達の痕跡は、世界にちゃんと残っていた。

てんでんばらばらにではあったけれど。

僕がそれを集めてみせた。

怪談として。

怪異譚としてね。


もちろん細かい事情なんてわからないけれど、察するに阿良々木くん——これはこのルートの、僕の知っている阿良々木くんではなく、この手紙を読んでいるきみという阿良々木くんのことだ——は、八九寺さんを助けるために、タイムスリップしたということなのかな？　八九寺さんを助けるために忍ちゃんの力を借りて過去に跳んだということなのかな？　たぶんきみのルートでは、八九寺さんは交通事故で亡くなっていて、その亡くなった後にきみは八九寺さんと知り合って、そんな彼女を哀れに思って、そう、きみは過去を変えようとしたのだろう。

隠さなくていい。

恥じなくていい。

時間移動そのものを責める気はない。

いや、きみを責める気はもとよりまったくない。

もしも八九寺さんの命を助けたことで、自分が世界を滅ぼしてしまったと考えているなら、それは大いなる誤解というものだ。

酷い勘違いと言ったほうがいいかもしれない。

むろん要因ではあるかもしれないけれど、遠因もいいところだ。それはこのルートの阿良々木くんや、僕や、あるいは羽川さんだったりが、ちゃんと回避できたはずだったんだから。

きみが歴史に与えた影響は膨大だったけれど。

しかしその膨大な影響を、やはり同じように膨大な影響力を持つ僕達はどうにでもできたはずなのだ。

それに、忍ちゃんに時間移動はやめておいたほうがいいと言いはしたものの、全てのルートの忍ちゃんが、それを守ってくれるとも、僕は思っちゃいなかったしね。

特に。

きみとの関係が良好な忍ちゃんだったら――

きっと何かあったときに、その手を使うだろうとは思っていた。

ま、まさかのび太くんみたいに、夏休みの宿題をやり損ねたからなんてふざけた理由では、さすがに使わないだろうけれど。

大丈夫かい？

ついてきてるかい？

読み疲れたようなら、この辺でおなじみの忍野ジョークでも挟もうか？

オッケー。では続けよう。

きみの捨て身の努力の甲斐《かい》あって、ご覧の通り、八九寺さんは今もって生きている――ただしひとつ、認識しておいて欲しいのは、その八九寺さんは、きみの知る八九寺さんとは別の人間だ。

生きている、死んでいるの違いでなく。

別ルートの八九寺さんだ。

都市伝説化したきみ達の振る舞いを僕なりに分析する限りにおいて、たぶんきみ達は、時間旅行について大きな勘違いをしていると思う。

僕としては忍ちゃんにちゃんと説明したつもりではあったけれど、どうやら彼女は、僕の話をちゃんとは聞いてくれてなかったみたいだね。

そっちのルートでも。

まあ仕方ない。

これに限ってはどのルートでも、多分彼女は、僕の話なんて、大抵は馬耳東風《ばじとうふう》だっただろう。

まず最初に前置きしておきたいのは、声を大にして言いたいのは、時間旅行によって運命を変えることは絶対にできないという、はっきりした現実だ。

運命は変えられる。

人の気の持ちようで変えられる。

ただし時間移動という方法では変えられない。

と言うのも、過去へ向けての時間移動とは、少なくとも忍ちゃんが行うタイプの過去へ向けての時間移動とは、時空間移動ではなく異空間移動に過ぎないからだ。

未来から過去への移動ではなく、世界から世界への移動。

ルートからルートへの移動なんだ。

更に誤解を深めるかもしれないリスクを承知で言えば、この歴史は、この滅んだ世界は、きみ達にとってのパラレルワールドなんだよ。

別世界なんだ。

そんなわけだから安心しなさい、成功した阿良々木くん。

それに成功した忍ちゃん。

きみ達の世界はちゃんと、滅びることなく継続している。

きみ達が成功した世界が滅びるわけがないじゃないか、馬鹿馬鹿しい。

受験勉強に励まなければいけない阿良々木くんにとっての現実が、ちゃんと待ち構えている世界がある。

よかったね。

まあそんな風に結論だけ言われても、阿良々木くんはきっと理解できないだろうから、順を追って説明しよう。

何、そんな複雑な話じゃない。

まず、世界が無数にあるとイメージして欲しい。

大量に並ぶ、平行の世界だ。

パラレルなワールド。

パラレルなルート。

名古屋あたりの道路をイメージしてもらえればいいんじゃないだろうか。

きみが忍ちゃんと、良好な関係を築いている世界をルートAとして、この滅んだ世界を、ルートBと——いや、それだと世界の数が有限に思えてしまうだろうから、この世界のことは、ルートXと、やや距離を取って考えるとしようか。

きみはルートAの過去へ——十一年前の過去へ跳ぶつもりでワープしたのだろう。十一年前というのはあくまで単なる予測だが、都市伝説中のきみは学生服を着ていたりもしていたらしいので、高校生のうちにタイムワープを行ったと思うんだよ。

まあ留年していたのなら話は別だけど。

しかしきみがワープした先は、ルートAの十一年前ではなく、ルートXの十一年前だった。まあルートを跨《また》いでしまった時点で、はっきり言って時間の概念はまるっきり意味をなくすのだけれど。

空間が別になれば時間は意味がない。

つまりきみ達はスクランブル交差点を、ななめに渡ったようなもので——そして目的をなしとげたのち、ルートXの十一年前から、ルートXの十一年後——つまりはこの現代に、縦向きに辿り着いたというわけだ。

未来移動に関して言えば、ルート内の時間移動が可能だしね——そんな話は、忍ちゃんから聞いていないかな？　未来への移動よりも過去への移動のほうが、エネルギーを消費するとか難しいとかなんとか……。

どうしてきみ達がこのルートXにやってきたのかと言えば——無数にあるルートのうち、この『滅んだ世界』のルートを選んでやってきたのかと言えば、たぶん、この世界が無数にある世界のうちの、ほとんど唯一、『八九寺真宵が生き延びる世界』だからだろう。

忍ちゃんがどこにタイムトンネルを作ったのかは想像がつく――たぶん、北白蛇神社だ。ビンゴだろう？　阿良々木くんが千石ちゃんをスクール水着姿で晒し者にした、あの神社だよ。

あそこの鳥居を利用したと思う。

あの場のエネルギーを利用しないことには、幼女化した忍ちゃんに異空間ジャンプができるはずもないからね。

僕のルートでは、そういうことができないようにあの場の霊的エネルギーを吸収するタイプの仕掛けを打ったけれど、きみと忍ちゃんの関係が良好なルートの僕なら、そこまで用心深いことはしないだろうからね。

むしろ総合的に考えれば、バランサーである僕の主義からして、きみが、きみ達がその場の霊的エネルギーを利用するか利用しないか、選べる余地を残しておいたはずだ。

そしてその鳥居をくぐるときに、阿良々木くんは、どうせ忍ちゃんの言うことを、いい加減に聞いていたんじゃないかな？

だから余計な考えごとをしていたんじゃないかな。たとえば――

八九寺さんが生きている世界は、そんな運命は、ありえないのだろうか、とか。

そんなことを、忍ちゃんとリンクしているきみが考えたとするなら、その思いこそがナビゲーションシステムとなって、きみ達がこのルートXに飛んできた理由はわかりやすいんだけど。

忍ちゃんがフットペダルで――阿良々木くんはハンドルなんだから。

この推理はどうだい？

当たっているかい？

それとも的外れかな。

まあ、もし外れていたら、その辺の解釈はきみに任せるよ。うまく理屈をつけてくれ。

逆の言い方をすれば、阿良々木くんが八九寺さんの生存を望んだからこそ、このルートはこのルートとしてあると言えなくもないかな——タイムワープしてきたきみが十一年前に八九寺さんを救っていなければ、やっぱりそのときに、彼女は亡くなっていたのだろうから。

それに関してはさすがのこの僕さえ、八九寺さんが勝手に助かっただけとは言えないだろうな。

きみの行いは世界を滅ぼしたわけではない。

正確には、きみの行いだけが、世界を滅ぼしたわけではない。

だけど、八九寺さんを救ったのは、きみだけの手柄だ——誇っていい。

ははは、おかしな気分だ、なんだか、他のルートの阿良々木くんだと思うと、素直に褒められるね。特にきみが成功した阿良々木くんだからというわけではなく。

と、いうわけで、阿良々木くん。

きみがもしこの手紙を読んでいるとしたら——なんて言い方をすると、僕がまるで、今死んでしまっているみたいだけれど、まあ生きているかどうかは、こんな時代だからその辺はわからないんだけれど、それはどうでもいいとして——忍ちゃんは過去移動と未来移動を、同じもの、似たものと捉えてしまっていたがゆえに、間違ってこのルートXに飛んできてしまったということになる。

というより、間違いなく、きみ達はこの手紙を読むことになるだろう。

座標を定めるに当たって、ハンドルを切るにあたって、やっぱり阿良々木くんは、『八九寺さんと自分とが出会うことのなかった世界』を見たいと望んだはずだから。

それに忍ちゃんの勘違いが重なれば、かなりの高確率で、きみはここにいて、この手紙を読んでくれているはずだ。

このギャンブルに勝つ自信は。

僕は相当にある。

そこでお願いだ、阿良々木くん——そして忍ちゃん。

世界を救ってはもらえないだろうか。

キスショット・アセロラオリオン・ハートアンダーブレードがこの世界を滅ぼしたことは既に察していると思うが、彼女がまだ生きていて、いまだぎりぎり生存している人類を脅かしていることは知っているかな？

彼女は自殺に失敗している。

生きている。

はは、自殺して、もう死んでいると思っていたかい？　無理もないけれどね。

だけど彼女は失敗したんだ。

そして彼女が失敗したのは自殺だけではない——彼女は眷属作りにも失敗している。全世界の人間を吸血鬼化させようというのが、そうやって世界を滅ぼそうというのが彼女の計算だったのかもしれないけれど、そんな荒っぽい方法で眷属を作れるはずもない。

吸血鬼化は。

定着せずに暴走することが多々ある。

さしもの彼女にも——全盛期の彼女にも、できることとできないことがある。と言うより、そもそも、これまでの人生できみも含めてたったふたりしか眷属を作ったことのない彼女が、そんなネズミ算みたいな理想論で、いきなり大量の眷属を作れるはずがないじゃないか。

吸血鬼にとって眷属は分身だというけれど、だからこそクローンを作り続ければ細胞が劣化していくように——失敗する。

失敗した吸血鬼。

それがきみ達も既に見たであろう、見て、驚いたであろう、ゾンビ達だ。

ひょっとしたら忍ちゃんが自殺に成功したがゆえに、眷属の吸血鬼が暴走したのだと誤解しているかもしれないけれど、彼らは成功の産物ではなく失敗の産物なんだ。

最後に暴走したのではなく、最初から暴走していた。

だからこそ——世界には、僕や八九寺さんのような、生き残りがいるんだよ。

吸血鬼相手に人類が生き残れるはずもない。

ゾンビだったからこそ、かろうじて僕達は生き残っている——今のところは、という話でしかないけれどね。

ちなみにハートアンダーブレードは、自殺未遂を経験したのちに、行方をくらましていて、僕はそれを探している最中だ。

言うまでもなく彼女は——鉄血にして熱血にして冷血の吸血鬼、怪異殺しの異名を持つ彼女は、最強の吸血鬼であり、たとえ死にかけであろうと、誰にも止めることはできない。

春休みのように、付け込める隙もない。

僕にできることはもうほとんど残されていない。

知り合いの暴力陰陽師や詐欺師とタッグを組んで、これから最後の特攻をするつもりだけれど、たぶん無駄に終わるだろう。

ゾンビ化した全人類は、しかしハートアンダーブレードの完全なる眷属というわけではなく、いわば不完全な眷属。

失敗した吸血鬼、というのは言い換えれば、なりかけの吸血鬼ということもできる。

なりかけであるがゆえに——引き戻すことができる。

人間に戻せる。

もしも手順にのっとって彼女を打破することに、僕達のチームが成功すれば——ゾンビ化した全人類は、怪異化した全人類は、人間に戻ることができ、滅亡した世界は復興することになる。

これは希望と言ってもいいのかな？

しかしそんな目論見は、実に甘い目算だ。

本気になったハートアンダーブレードは。

狂気に走ったハートアンダーブレードは。

誰にも止められない——そう、きみ達以外には。

本人である、きみ達以外には。

と言うと、きみ達は、吸血鬼性を失っている自分達に全盛期の吸血鬼を止められるはずもない、なんて考えるんだろうな。

まあそれならそれでいい。

強要はできない。

きみ達にとっては、この世界の滅びは別ルートでの出来事なんだから。

でも、阿良々木くん。

この手紙をきみに届けた彼女を見て欲しい。

きみが救った八九寺さんだ。

彼女だって、この世界で生き続ければ、いずれはゾンビに狩られて死ぬだろう――彼女は聡明で、またたくましい女性だけれど、最低限、きみと出会えるまでは生き延びられるよう生き延びるための手段は伝授したけれど、あくまで一般人なのだから。

一度は助けた命を、二度目は見捨てるというのは、阿良々木くんにとっても後味の悪いことじゃないのかい？

世界を救ってくれというのは僕の勝手なお願いで、聞く耳を持つ必要なんて全然ない。

でも、阿良々木くん。

目の前の女の子は救ったほうがいい。

きみの親愛なる友人
忍野メメ

追伸
ところで、このルートXの阿良々木くんは意外なことに戦場ヶ原さんと付き合っていたんだけれど、そっちの世界では誰と恋人同士になっているのかな？』

028

「阿良々木暦っていう名前の男の子が、もしも金髪の幼女を連れていたら、その手紙を渡すように託されていたんだ——だからその、忍野って人に。そんな、うちの町に伝わる都市伝説みたいな二人組がいるわけないって言ったんだけど……本当にいたから、びっくりしたよ」

さすがに学生服とかワンピースとかは着てないみたいだけれど、と八九寺さんは言った。

ドレスコード、とか言って。

浴衣を着ていたのがギリギリよかったってことか——とりあえず僕や忍が、少女時代に出会い、横断歩道で突き飛ばした都市伝説そのものであるとは、思っていないようだ。

まあ十一年前の話だし、記憶もあやふやだろうし。

まさか十一年前の高校生が、今も高校生だなんて、考えもしないだろう。

何年留年したんだって話である。

「忍野さんは世界が滅ぶ前に町をふらふらしてた人で、そのときに知り合ったんだけどね——妙に、その都市伝説に食いついてくるから不思議に思っていたんだけれど、なるほど。似たような知り合いがいたからなのか」

「……そうなんでしょうね、まあ」

僕は適当に合わせた。

話を合わせるのが精一杯で、眼を合わせることはできなかったけれど——そうか。

忍野。

忍野は——この時代でも。

ああいう奴で——こういう奴なのか。

どんなルートでも見透かしたような——他のルートのことさえ、見透かしたような。

そんな男か。

「ありがとうございます、助かりました」

「？　なんて書いてあったの？」

「まあ……待ち合わせ場所とか、遺言とか、そんな感じです」

「ふうん……」

八九寺さんは、どこか腑《ふ》に落ちないような感じだったけれど、私信の内容を忖度するのはよくないと思ったのか、そこで切り上げて、

「ねえ、阿良々木くん」

と言う。

「行くアテがないんだったら、阿良々木くん、一緒に来ない？　子供のふたりくらい、面倒を見られる甲斐性はあるつもりだよ。私、この近くの家に、今は住んでるんだけどさ——昔、お母さんが住んでた家なんだけれど。分けられるほど蓄えがあるわけじゃないけれど、忍野さんが私に教えてくれたくらいの、サバイバルの手段なら、教えてあげられるよ」

「…………」

「なんだかんだで——ほら。私も一人じゃ寂しいし」

「……そうですか」

いい奴に育ってんなあ、と思う。

年上になっている八九寺真宵に、こんな風に上からの視点で思うのも、おかしな話だけれど——でもまあ、あいつなら、こうなるか。

そうか。

僕の世界じゃなかったけれど——こういう世界も、ありうるのか。

よかった。

助けたのは僕だと、忍野さえそう言ってくれたようだけれど——やっぱり。

どうしても。

僕のほうが、助けられた気分だった。

「親切なんですね——八九寺さん」

「んー、そんなことはないんだけれど。でもまー、私って子供の頃に、知らない人から親切にされたことがあってさ。だから、なるべく、知らない人には親切にしようと決めてるだけなんだ」

「そう——ですか」

「で、どうする？　お茶くらいなら、出せないでもないよ」

「いえ——折角のお誘いですけれど、僕達、行く場

所があるんで」

「？　そうなの？」

「ええ。急いで行かなくちゃいけないんです、すみません。花火は、連絡信号とかじゃなくって、遊びでやっていたんです」

「それは……凄く変な人だね」

「ええ。変人なんですよ」

大丈夫です。

すぐに寂しくなくなりますから。

言って僕は、忍の手を引く。

忍は僕に何か言いたそうにしたけれど、八九寺さんのほうと、僕のほうとを交互に見て、この多弁な幼女にしては珍しく——黙った。

空気を読んだのか。

それとも文脈を——読んだのか。

「すみません、無駄足踏ませちゃって」

「いいえ、託されていた手紙を渡せたからよかったたんだけれど——ねえ」

早足で公園から立ち去ろうとする僕達を、八九寺さんは引き止めて、言う。

「ねえ、阿良々木くん。私達って、どこかで会ったこと、あるかな？」

「……さあ。まあ、どこかですれ違ったことでもあるんじゃないですか？　道って奴は、全国どこにでもありますから」

「いや、そういうんじゃなくって……」

「ありませんよ。僕は通りすがりの者ですから」

僕は言った。

たぶん、笑顔で。

「でも、生きていてくれて、ありがとうございました」

そしてそのまま——振り向くことなく、浪白公園を後にしたのだった。

成人した彼女なら、この公園の名を何と読むか知っていただろうか、とか——相変わらず、そんなことを考えながら。

「よかったのか、お前様。あれで」

しばらく歩いたところで、忍がようやく口を開く。割れたアスファルトにつまずきそうになりつつ、歩きにくそうにしながら。

「積もる話もあったのではないのか？」

「ねーよ。この世界じゃ、あいつは僕のことを知らないんだから。忍野のはからいで、ああして会うことができたけれど――」

それがどのくらいの確率だったのかはわからないが、忍野にとって、本当はそれはギャンブルでさえなかったのだとは思う。

八九寺さんと、別ルートから来た僕が会うことは――必然だったのだろう。

「――このルートの僕と、このルートの八九寺さんは、会わないままに終わったんだから」

「ルートのう。なるほど、そういう理屈じゃったのか。過去に対する時間移動問題の難しさは、そうやってクリアするわけか――文章にされるとわかりやすかったな。図にすれば、更にわかりやすいかの」

「交差点でたとえられたら納得するしかねーな。まあ、これについては、こんな重要なことをお前に理解させなかった忍野も悪い」

お陰でえらく遠回りをしてしまった。

というか、そもそもが無駄だった。

じゃあ夏休みの宿題とか、過去に帰ったからってどうにもならないじゃん。

別のルートの自分の宿題を意味なくやっちまうところだった。

「忍、お前、ドラゴンボール読んでる？」

「うむ」

「あの漫画で、トランクスが未来から過去にやってくるじゃん。未来の世界で暴れる、人造人間を倒すためにな。でも、それはパラレルワールドだから、過去の世界でいくら人造人間を倒しても、未来が変わるわけじゃない。そのことについて、トランクスは『人造人間が倒されている世界に存在して欲しいから』みたいなことを言うんだよな――子供心に、その気持ちがうまく理解できなかったものだけれど」

僕は言う。

万感の思いを込めて。

「今ならわかるぜ。トランクスの気持ちが」

「ものすごく自意識の肥大した奴みたいじゃのう……トランクス気取りか」

呆れ顔の忍だった。

どうもテンションが嚙み合わないのは、いつも通りのようである――これで良好な関係を築くことに成功した阿良々木暦だと、言えるかどうかは微妙かもしれない。

「で、どうするのじゃ」

「どうするって?」

「アロハ小僧からのお手紙によって、気の持ちようは多少変化したものの、しかし現実は何も変わらんぞ。北白蛇神社のエネルギーが消失しておる以上、過去であれルートAであれ、帰ることができんのは同じなのじゃから。儂とお前様は、この歴史――というか、この世界で、生きていかざるを得ん。じゃったら、あんなふうに格好よく立ち去ったりせずに、あの娘に、生きる術《すべ》を素直に教えてもらうという手もあったのではないのか?」

「…………」

「あるいは、他にもおるという生き残りの情報を教えてもらうというのもよかったであろう」

ひょっとするとツンデレ娘やら元委員長やら、お前様の妹御やら、その辺の連中のことも、知っておったかもしれんぞ――と、忍。

ふむ。

思いつきもしなかったけれど、そりゃあいい可能性だな。

いいね。

「でも駄目だろ、忍」

「駄目って……どうして」

「だって、僕達には行くアテがあるじゃないか。八九寺は、行くアテがなかったらって言ったもんな

——だから、駄目だ」

「行くアテのう」

忍はやれやれと、肩を竦める。

「つまり、世界を救いに行くのか」

「違うよ。女の子を救いに行くんだ」

最初から、そうだったろ？

だったらやり遂《と》げなきゃな。

いつだって僕はそうやってきた。

だから今回も——そうするだけだ。

何も特別なことなんてない。

「まさかもう一度、お前と戦うことになるとはな」

「ふん——生き残っておったとはの。自殺志願の吸血鬼が、自殺未遂の吸血鬼にクラスチェンジというわけか。……そりゃあ引導を渡してやらねばならんのう」

「別ルートのお前、か。タイプAとかタイプBとかじゃなくって、ルートXね。どうだろう、お前と話が合ったりするのかな？」


「ミスタードーナツの味を知りつつ世界を滅ぼした奴を、儂は儂とは認めぬ」

「知らなかったのかもしらねーぜ。ゴールデンウィークに、お前はドーナツを食べることがなかったのかも」

「かもの」

「ルートXのお前を倒せば、ゾンビ化した人間が全部生き返るんだってよ」

「都合のよい設定じゃな。自殺には失敗するし、それ以前に眷属作りにも失敗するし、このルートの儂のドジっこ振りは、目を覆いたくなるものがあるのう」

「そのお陰で出てきたんじゃねえか。希望って奴が」

「かのう」

「そもそも僕の影にいるお前だって、失敗してばかりじゃねえか。そういや僕を吸血鬼にしたときも、お前は暴走って奴を随分気にかけてたぜ」

「儂は失敗したことは一度もない」

「まだ言うのか……すげーな」

「その通り、儂はすごい。……そうじゃ、ゾンビが全員人間に戻るというのなら、お前様はあれじゃな、既に死んでおるこのルートの阿良々木暦に代わって、このルートで生き続けることもできるわけか。このルートのツンデレ娘やこのルートの元委員長、このルートの妹御達と、また仲良くできるかも——」

「そりゃあできねーよ。見た目はおんなじかもしれないけれど、性格は違うし——あいつらと築いてきた人間関係は、このルートの阿良々木くんのもんだ。それを横から乗っ取れねーよ」

「…………」

「ま、世界を救った後は、お前とふたりで、どっかその辺放浪しようぜ。ふたりっきりでな」

「はは。面白いことを言うのう」

「協力してくれるか？」

「是非もない」

忍は笑う——凄惨に笑う。

いや。

にっこりと、心地よく笑う。

「死ぬときは一緒じゃと、言ったろう」

「……やっぱ死ぬと思うか？」

「勝てるわけないじゃろ。全盛期の吸血鬼相手に、半端な吸血鬼の儂と、半端な人間のお前様のツーマンセルでは。限界まで吸血鬼度を上げたところで、無駄じゃよ。いわばこちらは二人三脚で、挑《いど》むようなものなのじゃから」

「かもな」

忍野からの手紙にも、そう書いてあった。

だからそうなのだろう。

そうに違いない。

「けど、僕達の戦いは、いつだってそうだったじゃねーかよ。絶対に勝てないくらいのことで、怖気づくか」

「……ふん」

「忍野に頼まれたからってわけじゃねえ。八九寺が生きているという可能性のルートを、世界が滅んでいるルートにしてたまるかよ。あいつが生きているルートは、いいルートであって欲しいじゃねえか」

「ま、確かに、生きておるだけで世界を滅ぼしてしまうなぞ、どんな傾国《けいこく》の美女じゃと言うような話じゃろう」

「傾国の美女ねえ」

「たったひとりの人間には世界を変えることは難しいが、世界を傾けるくらいなら、できなくはないのかもしれんのう」

「世界とは言わずとも、物語くらいなら、誰にだって傾けれるだろ」

「傾物語か」

「この場合、傾《かぶ》くのは僕達だけどな」

「この格好つけが」

「否定はしねーよ」

「かかか。お前様、そして傾くというのなら、どう傾く?」

「そうだな。まあとりあえず、目の前の女の子のために世界を傾けてみるか」

「世界と女の子を天秤にかけて、女の子を選ぶという奴か。今時じゃの」

「もう古いよ」

「かかか」

「世界も救って、女の子も救う。そんな強欲さこそが今時のヒーロー像だろ」

「じゃな」

言いおるわ、と忍は言って、僕と手を繋いでくる。

指と指を絡めて。

新たな世界に踏み出すように。

「ま、死ぬときは一緒なのじゃから——生きるときは、尚《なお》一緒かの」

「そりゃいいや」

なるほど。

僕もまた、心地よく笑った。

確かに良好な関係は築けているようだった——これまでも、そしてきっと、これからも。

さあ、それでは。

これからを作ろう。

未来を、作ろう。

029

「キョンシー」

日も暮れて——その夜中。

僕達はこの数日で何度登ったかもわからない山道を登り、北白蛇神社の境内にいた。互いの吸血鬼度をそれこそ限界ぎりぎりまで上げ、しかも妖刀《ようとう》『心《こころ》渡《わたり》』を、複製して四振り作り出し、ひとり二本ずつ持つという最大武装振りである。

忍はあえて肉体をバトル用に変化させず、幼女姿のままで、体格に合わない野太刀のような妖刀を、肩に載せて構えている。

限界ぎりぎりまで吸血鬼度を上げ——つまり人間度を限界ぎりぎりまで下げているからだろう、ゾンビの群れはやってこない。

それでも町中にいれば勘付かれたのかもしれないけれど、元々場所が人気のない神社であるがゆえに——それに本殿に貼られたお札の効果と言うのもあるのだろう、境内は静かなものだった。

念のために周囲に（商店から山中運んできた）米を撒いたりしているのが、案外一番効果的なのかもしれないけれど。

もちろん。

本当に万全を期そうと思えば、思い切って、忍を完全に吸血鬼化してしまうという手も、ないではない——その場合、忍は、全盛期の力を取り戻すことになる——というより、忍野忍から、キスショット・アセロラオリオン・ハートアンダーブレードへと、復帰する。

そうすれば互角の戦いができるはずだ——いや、

僕という完全なる眷属が生まれるだけ、互角以上かもしれない。しかし、その案は、多分僕も忍も、同じように思いつきながらも、同じように口にすることはなかった。

信用の有無の問題ではない。

力を取り戻すことによって、僕を裏切ってしまうのではないかという忍の不安に由来するものではない——そんな不安は、既にない。

忍野の手紙を読んで。

乗り越えたと思っている。

だけど、その上で——僕達は、今ある関係を変えたくないと、そう思っているのだ。

互いが互いの主人であり、奴隷でもあるという奇妙な関係。

ある意味で、命よりも絆《きずな》を重んじた。

そういうことだ。

くだらないこだわりかもしれないけれど、僕達にはくだらないことほど、大切なのだった。

もちろんそれを世界より優先するつもりはない——その上で、ちゃんと世界を救う。

「ま、大陸の怪異——ということになるのじゃがな。吸血鬼のように、最初から死というものを剝奪《はくだつ》されているモノとは違って、『生きている死体』と言うべきじゃな」

「キョンシーねえ。昔、はやったらしいな」

僕の親の世代なので、よくは知らない。

「斧乃木ちゃんとそんな話をしたぜ。まあ、米が苦手っつーなら、そういうことなんだろうよ」

「結婚式とか絶対出席できんの」

「それを言ったら吸血鬼だって、十字架は駄目だろ。……なんだっけな、あと、女の子が可愛いと聞く」

「それはテンテンちゃん限定の話ではないのか？」

「なぜお前がテンテンちゃんを知っている」

ただ、僕の知る限りの印象で言えば、『蘇《よみがえ》る死者』というよりは、術者の奴隷のようなイメージが強い——お札で制御されてたところを見ると、斧乃木ちゃんと同じく式神という感じなのかもしれない。そしてテンテンちゃんは、幽幻道士《ゆうげんどうし》のほうで、キョンシーを使役《しえき》する印象だったと思う。

ゾンビとは違うような忍の言い方だけれど、まあ柔らかそうなゾンビと違って、キョンシーは硬そうなイメージかな。

「死後硬直のイメージなのじゃと思うがの、その辺は。まあ大抵の場合——死者を蘇らすのにはそれなりの代償が伴うというわけじゃ」

「代償、ねえ」

僕は僕で、一旦、二刀流の妖刀『心渡』を脇において、入念なストレッチを行っていた。吸血鬼の身体にはそんなことは必要ないのかもしれないけれど、というか絶対に必要ないんだけれど、こういうのは気分の問題だった。

「別に反魂法ってわけじゃあないけれど、八九寺を助けようとした代償が、世界の滅亡なんだとすりゃあ、まあそんなもんなのかなあって思うけどさ」

「しかし割に合わん取引じゃろうよ、やはりな」

「ああ。八九寺が生きている所為で世界が滅んだなんて理屈は、絶対に認めない。たとえそれが運命であろうとも」

それじゃあ。

まるであいつが世界に必要ないみたいじゃないか

——そんなわけがないんだ。

死んでようと生きてようと。

少女であろうと大人であろうと。

「あいつがいてこその世界じゃねえか」

じゃの、と忍は言った。

そして二刀流での素振りを終えてから、

「さて」

と言う。

「では、時間もいい感じに深まってきたし、そろそろ、にっくき敵を呼び出すとするか」

「頼むわ」

特に何がきっかけだったわけでもなく。

思い切ったように、吹っ切ったように——忍は、大きく胸に息を吸い込んで、

「——ぅぅあああっ！」

と。

拡声器のように、天に向けて叫んだ。

すさまじい大音声ではあったけれど、僕は耳を塞がなかった——その声が外に向けて発せられた瞬間から、既に戦いは始まっているのだ。

言わばそれは、公園で打ち上げた花火と同じく、救難信号というか、自分達がここにいるということを示すための目印のようなものだった。

コウモリが超音波を出し合って互いの位置を確認しているように——吸血鬼同士が、縄張りを主張するような意味合いがある、そんな信号なのだろう。

この世界に、忍野の言うとおり、彼女が生き残っているというのならば——自分とまったく同じパターンの信号が発信されたこの場に、来ないはずがなかろう。

ゾンビ群も呼んでしまうかもしれないけれど——動きが遅い彼らよりも、真性の吸血鬼である彼女のほうが先に到着するはずだ。

「……これで逃げも隠れもできんの」

信号を発し終えて、忍は若干息苦しそうにしつつ、僕の隣に戻ってきて、言う。

「逃げも隠れもするつもりはねーよ」

「では、どうするつもりなのじゃ」

「まあそれはノープランなんだが」

「くくっ」

お前様らしいのう、と忍は言う。

まあ僕らしくはあるのだろう。

ただし玉砕《ぎょくさい》覚悟というつもりもないし、犬死《いぬじに》前提の特攻というつもりも、やっぱりない。

確実に勝つつもりだ。

「この妖刀なら、全盛期のお前にもダメージはあるんだよな?」

「あるはずなんじゃがのう。もっとも、全盛期の儂はありとあらゆる常識を無視しておるからな。想定外が盛りだくさんじゃ。そもそも」

自分の二刀と、僕の二刀を見比べるようにする忍――彼女自身が作り出したレプリカなので、見比べたところで区別なんてできるはずもないんだけれども。

「この妖刀シリーズにしたところで、全盛期の儂が持つ『心渡』の前には、なまくら同然じゃろうからのう」

「となると、隙を突くしかねーのかな」

強い奴ってのは油断するからなあ、と、策にもならないような策を提案する僕。

「隙があればよいがのう。さしもの儂でも、自分と同じマーカーが発せられれば、全身全力で警戒はするぞ」

「ふーむ。油断してねーお前って最強だよな……とすると、どうしたもんかね。不死身という点では今の僕達も同じだけれど……」

同じ不死身でも、全盛期の忍と僕達とでは、やや意味合いが違うというのも事実である。

「勝機があるとすれば、この世界の儂は、一線を踏み越えて狂気に走っておるらしいという一点じゃろうの」

「それは勝機になるのか?」

「なるじゃろ。もっとも、もちろん敗因にもなりかねんがの――ただ、物狂いになった儂というのは、恐らくは相当に自暴自棄じゃろうからの」

自殺未遂を経験した今でも自殺志願には違いあるまい、と言う。

ふん。

自殺志願の自暴自棄か。

やっぱりそのほうが、怖いって気はするけどな。

「しかし、影縫さんや貝木とスクラムを組んで最後の特攻をしたらしい忍野は、その後、どうなったんだろうな？　あの手紙を八九寺さんに託したのちの忍野はよ。もしもあいつが最後の戦いに勝利していたら、僕達はすげー間抜けって感じだぜ」

「ゾンビが闊歩しておる現状、少なくとも勝ったということはなかろうよ」

「あ、そっか」

「ライスシャワーだけで切り抜けるには、六十五億人のゾンビという物量は誤魔化しが利くまい。手紙にも書いておったが、最後の特攻は無駄に終わろう──まだこの世界の儂を捜索中であることを祈るばかりじゃの」

「そうでなきゃ、ゾンビ化か？」

「普通に殺されておる可能性もある」

「そりゃ嫌な可能性だな。たとえ貝木でも、死ぬってのは寝覚めが悪いぜ」

あいつの詐欺師は、どうせ死んでも直らないだろうしな。

結局、ぎりぎりまで作戦を練っているように見えて、僕と忍がぎりぎりまでしていたのは、ただの雑談だったように思う。

それもまた、実に──僕らしく。

僕達らしかった。

「くっくっく」

「はっはっは」

「ふふ──」

「えへへ」

なんとなく、最後には意味もなく笑いあって。

そして──そのときは来た。

彼女は来た。

キスショット・アセロラオリオン・ハートアンダーブレードは襲来した。

「……………うっ！」

なにせ人智を超越した存在である。

どんな登場の仕方をするのか、わかるはずもなかった──空から隕石のような速度で降ってくるというのが、まったくスタンダードなパターンだと、そんな風に思うくらいだ。

　羽を生やして月を背景に浮かんでいるというのも、まああるかもしれない。霧《きり》にも姿を変えられる吸血鬼のこと、例のゾンビ達よりさりげなく、気がつけばいつのまにか目の前に現れているかもしれない。地面から飛び出してきても、ある意味驚きはしないだろう。

　意外なところでは、僕や忍の体内を食い破って登場するという、グロテスクな登場の仕方さえ、考えられよう。

　まあ、どんな登場の仕方をしたところで、考えられる彼女の性格上、卑怯と受け取られるような不意討ちだけはしてこないだろうから、そういう意味では、僕達の気は緩んでいたかもしれない。

　だから僕達は身構えていながらも、どこか、不謹慎に期待していた感もある。

　一体全盛期のキスショット・アセロラオリオン・ハートアンダーブレードが、どのように味のある登場の仕方をするのかと。

　しかし――彼女の登場は。

　僕達のあらゆる予想と、そして期待を、完膚《かんぷ》なきまでに裏切るものだった。

　それも。

　悪い意味で裏切った。

　彼女は――怪異殺しの吸血鬼、この世界を滅ぼした伝説の吸血鬼は、極めてごく普通に、僕達がそうしたのと同じように、山道の階段を登って、この場に文字通りに、登場したのだった。

　意外性で言えばゾンビ以下だ。

　鳥居を潜り――境内に入ってくる。

　そんな彼女の姿は、僕達を絶句させるに十分なものだった。

「う……」

「――ふん」

　呻くしかない僕の横で、忍は口元を押さえながらも、納得したように、頷く。

全身が焼け爛れ。

腐敗《ふはい》したような異臭を放ちつつ、片足を引き摺りながら現れた、このルートにおける自分自身の、無残とも言える姿を見て——頷く。

ゾンビよりもゾンビのような。

死者よりも死んでいるような。

そんな自分を見て、頷く。

「やはり儂は——焼身自殺を選んだのか」

あの男と同じように。

同じように。

と、忍は言った。

あの男——というのは、以前僕も聞いた、忍が最初に作った眷族。

たったの数年で吸血鬼化した自分に絶望して自殺したと言う眷属のことだろうか。

そう。

確か彼は——太陽の下に身を投げ出して。

焼身自殺を遂げたのだ。


彼は、自殺に成功した。

僕の目の前にいる忍——いや、キスショットも、同じようにしたのだろう。

彼のあとを追ったのだろう。

人類の滅亡を見届けたのちに——同じように、太陽の下にその身を投げ出したのだろう。

そして失敗した。

全身が焼け爛れ、見る影もなくなって。

死に損なった。

そして。

「……惨めなものじゃな」

忍が僕の隣で、言う。

切なそうに言う。

「そうまでして、なお死ねんとは我ながら馬鹿げた不死身じゃ——いや、それは当然の報《むく》いと言うべきなんじゃろうな。お前様を知りながら——お前様に出会いながら、ここまで身を落とすとは」

失敗以外の何でもない、と言う。

僕に言っているのかと思ったけれど、その表情を窺《うかが》う限り、どうやら独り言のようだった。

悲しいほどに。

苦しいほどに。

僕には共有できるはずもない、独り言だった。

「どうして死のうと思った——この儂が」

「は」

と。

そこでキスショットが、音を発する。

それが最初、なんなのか僕にはわからない。

喉《のど》も半分焼けていて、声をうまく発せられないのか——そう思ったけれど、くぐもった音はその後も連続し——僕はそれが。

それが彼女の笑い声なのだと思い出す。

彼女の。

哄笑《こうしょう》なのだと。

「は「は「は」

「…………」

「は！「はは！「ははは！「はははは！「はははは！「ははははは！「はははははは！「はははははははは！「ははははははははは！」

半身が焼け爛れようとも——死に損なおうとも。

自殺志願でも自殺未遂でも。

失敗でも、
それでも高らかに。

凄惨に笑う。

鉄血にして熱血にして冷血の吸血鬼——キスショット・アセロラオリオン・ハートアンダーブレード。

どうしようもなく不死身で。

どこまでも怪物な——究極の美しさ。

僕は、そして忍さえ、彼女の哄笑に口を挟むことができず、身じろぎさえできなかった。

そう。

その状態でさえ——心中未遂、自殺未遂で、半身不随に陥ってさえ、キスショットは、この世界において最強的存在なのだ。

あんな状態で——少しも弱々しくない。

全身焼けただれて死にかけようと、僕や忍はもちろん、忍野や影縫さんも、ありとあらゆる『人間』が敵わない、怪異。

妖怪変化。

怪異殺し《ナイトキング》であり、総員殺し《オールキラー》し。

その高らかな笑いに圧倒されているからというのももちろんあるけれど——それを差し引いても、やはり僕達は身じろぎもできないのだ。

根性でなんとかしようとか。

気合で穴埋めしようとか。

そういう少年漫画チックな考えが、ほんの一ミリさえ通じないことを肌で感じさせる、そんな距離だった——『心渡』を持った両手がかなり空しい。

血が滲むほどに強く、その柄《つか》を握り締めておかないと——あっけなく、その切り札を取りこぼしてしまいそうなほど。


懐かしい。

そして思い知る。

そうか——今ならわかる。

春休みのあのとき、僕と殺し合ったとき、こいつが僕に対してどれくらいの手心を加えてくれていたのか——

「は！「はは！「ははは！「はははは！「はははははは！「ははははははは！「はははははははは！「はははははははははは——そうか」

と。

言った。

彼女は、言葉らしきものを、発した。

「そうか……あったのか。そういう未来も。そういう世界も。そういうルートも——儂とうぬが、そのように寄り添いあえる可能性も、ちゃんとあったのか」

そう言う彼女は、笑いながら——泣いていた。

春休みのあのときのように。

血の涙をぼろぼろと流して——泣いていた。

「くくく——これは傑作じゃ。それなのに儂は、己《おの》がくだらぬ嫉妬で——全てを台無しにしてしまった。儂の家出が原因でお前様を失い、片翼を、半身を捥《も》がれた気分じゃったが、しかし……ここまで切なくはなかったな。そんな可能性を、見せつけられてしまっては」

「…………」

「なるほど——あの不愉快なアロハ小僧の言っておったことが、結局は正解か。本当に、見透かしたような男じゃのう——本当に滑稽じゃのう。なあ、そうは思わんか?」

いいい、
うぬらよ。

そう言って、血の涙溢れる目で、融けて濁った眼球で、彼女はここで初めて、僕達に話しかけてきた。

小指一本も使わずに僕達を殺すことのできる彼女は——しかし、そうはせず。

引きつった笑顔はそのままに。

問いかけてきた。

「思うよ」

答えたのは、忍だった。

本人からの問いに、本人が答えた形だ。

「いい道化じゃや、貴様は。笑い話もいいところじゃ。なんじゃよ、その有様は——そんなになっても、死ねんのか。不死にも程があろう——往生際が悪いとはこのことじゃ。この死に損ないが。言っておくが、うぬと儂との間に、そんなに大きな差などなかったはずじゃぞ。少しだけ周りの人間関係が違っただけで——」

八九寺が生きていただけで。

八九寺がいなかっただけで。

「——条件がさほど違ったわけではない。そしてそれは、儂ならば埋められたはずの違いじゃった。儂の、ほんの少しの歩み寄りでじゃ。もう少しだけ、この男に対して心を開いておれば——信じて、委ねておれば、それで儂とうぬは同じになれたはずなのじゃ。歴史は修正されたはずなのじゃ。はっきり言って、儂にはうぬが、どうして失敗したのかさっぱりわからんぞ——のう」

「……はは。そこまで言われたら気持ちがよいわい。儂にはどうして、うぬが成功したのかのほうがさっぱりわからんがの」

攻略本が欲しいわい、と。

そう言ってキスショットは、その場に腰を下ろした——いや、腰を下ろしたというよりは、北白蛇神社の境内に、力なくくずおれてしまったという感じだった。

そこに、弱々しい空気は皆無だったが。

しかし血の涙は——もう止まっていた。

「別の世界の儂。それに——別の世界の、我が従僕」

そして僕達を見据えて、

「うぬらを、元の世界に帰してやろう」

と、言った。

「……え？」

瞬時には、その言葉の意味がわからない。

僕達には。

いや、そもそも、どうしてキスショットには、僕達が別ルートからやってきた旅行者だと、すぐにわかったのだろう——確かに忍や僕は、彼女にとって馴染みのある姿ではあるのだろうけれど、しかし一瞬で、そこまでの真理を見抜けるはずもない。

言っちゃあ悪いが、そこまでの推理力は、彼女にはなかったはずだ。

なのに——と、疑問が頭をもたげたとき、僕は同時に答も察する。

忍野だ。

忍野メメだ。

忍野は、怪異譚を蒐集する中で、十一年前の僕と忍のことを都市伝説として蒐集した——つまり、別ルートから来た僕達という可能性に、四月だか五月だかの段階で、気付いていた。

ならばそれについて、いくつかの解釈をし。

それを——あの学習塾跡の廃墟で一緒に暮らしていたときに、彼女に示唆《しさ》していたとするならば。

ルート論。

パラレルワールドの存在について、その時点で既に語っていたとするならば。

むろん、語っていたとしても、彼女はそんな言葉は聞き流していただろう——それを本気にしていたなら、世界がこんな有様にまで陥るはずもない。

しかし実際に僕達を見て。

寄り添い合い。

協力し合う、忍野忍と阿良々木暦の姿を見て——彼女、キスショットは思い至ったのだろう。

そして。

一発で、理解したのだろう。

だってこの光景は——誰かと共にある自分という光景は、彼女がずっと、何百年にもわたって、追い求めていたものなのだから——

「元の世界に帰す……どういう意味じゃ？」

忍は怪訝さを隠そうともせず、自分自身を睨みつける。

ある意味、すさまじく空気が読めない感じだ。

相手の心中を察しようともしない——同じ自分とは言え、やはり世界が違えば、それは別人、それは他人ということなのだろう。

過去の世界や、未来の世界で、自分自身に会うべきではないというけれど——だから十一年前、僕は自分に会わないように気をつけたものだったけれど——今。

彼女達は、何を見、何を思っているのか。

どこまで——相容れないのか。

違う自分自身というものは。

「なに、うぬらとて、こんな滅んだ——儂が滅ぼした世界に、長居はしとうないじゃろう？　帰れるものなら、帰りたいものじゃろう」

元の世界にな、と言って——こちらを探るようにするキスショット。

「そりゃあのう――しかし、そのためのエネルギーが足らん」

忍からのその返答に、「つまりエネルギーがあればよいと言うことじゃろう？」と、キスショットは返す。

「たとえば――そうじゃな、町を跳梁跋扈しておる、儂の眷属のなりそこない――儂の眷属の出来損ないを喰らえば、そのエネルギーは得られるのではないのか？」

「……何を言うかと思えば、馬鹿馬鹿しい。そんなことじゃから、うぬは失敗したのじゃ。そのゾンビ共は、元はと言えばこの町の住人であろう。人間であろう。それをエネルギーに変換なんぞ、できるわけがない」

「人間はエネルギーにはできんか」

「断じてな」

「儂――らしくもないのう」

「今の儂にとっては、これが儂らしさじゃ」

「ならば儂をエネルギーに変換すればよい」

と、キスショットは更に返した。

自分自身の胸の前を、手のひらで押さえて。

「死にかけとは言え、全盛期のキスショット・アセロラオリオン・ハートアンダーブレードそのものを霊的エネルギーに変換すれば、別ルートへの移動も、一回くらいは可能じゃろう」

可能どころか――それなら。

それならお釣りが来るくらいだ。

僕は、今度こそ――二振りの妖刀を、取り落とした。

そうだ。

忍野は手紙の中で、僕に世界を救ってくれという、とんでもない依頼をしてこそいたものの――決して、ほんの一行も、一文さえも、キスショットを打倒して欲しいなんてことは書いていなかった。

そんな大それたことを、彼は僕に望んでいたのではなかった。

こうして彼女と向かい合って。

僕達の姿を見せるだけでよかったんだ。

ほんのそれだけのことで——彼女は救われ。

世界は救われる。

目の前の女の子とは——六百歳のキスショットのことでもあったのだ。

……実際、忍野がこの場にいて、物騒な野太刀を四本も構えた僕や忍の姿を見れば、そんな暴力的な僕達を見れば、きっとこう言ったに違いない。

元気いいなあ、何かいいことでもあったのかい——少なくとも。

彼女にとっては、いいことはあった。

だから。

僕達にも、あった。

「うぬを霊的エネルギーに変換するとは——即ち、儂にうぬの血を吸えということか」

「言うまでもなく、そうじゃ」

「言うまでもないが、うぬは死ぬぞ」

「言うまでもなく、もう死んでおるようなものじゃ」

「そうか」

それだけだった。

忍野忍とキスショット・アセロラオリオン・ハートアンダーブレードが交わした会話は、それだけだった——たぶん、わかりあってもいないだろう。

結局は別世界の自分で、別人で、他人だ。

わかりあえるはずもなければ通じあえるはずもない。

だけど。だから。

彼女達に余計な言葉など必要なかった。

忍がキスショットのところへと近付くのに、僕も同行する——そして彼女の間近にまで歩み寄ったとき、

「のう、別ルートの我が従僕よ」

と呼ばれた。

キスショットから。

「取引というわけでもなく、交換条件というわけでもない、ただのお願いなのじゃが——儂の頭を撫でてはもらえんか？」

「――喜んで」

すぐに答えて、僕は彼女の頭に手を置いた。

くしゃりと。

全身が泥のように融けながらも未だ柔らかく、触っていて気持ちのいいその金髪をかき混ぜるようにして――そうすることでようやく、ずっと険しかった彼女の表情が、幸せそうに緩んだ。

忍に、首元に噛みつかれても、その表情が変わることはなかった。

こうして僕達のひと夏の冒険は終わった。

夏休みの宿題よりもよっぽど勉強になったと思う。

030

後日談というか、今回のオチ。

翌日、さすがのエキスパートである二人の妹、火憐と月火でも、北白蛇神社と地上を繋ぐ階段で引っ繰り返って眠る僕を叩き起こすことはできなかったようで、僕はその日、普通にぼんやりと、太陽の光で目が覚めた。

「起きたか、お前様」

「……おう。待たせたか？」

「儂も、今起きたとこじゃ」

待ち合わせみたいなことを言い合う、僕と忍。

まあ、待ち合わせみたいなものである。

忍は僕に膝枕をしてくれていた。

念願の膝枕である。

幼女の太ももなのであまり肉づきはよくなく、性能のいい枕だとはあんまり言えなかったけれど、まあ、それは言うまい。

気分の問題だ。

携帯電話で日付を確認してみると、八月二十一日の月曜日、即ち二学期開始、始業式の当日である。

「帰ってこられたってことか？　いや……」

僕は身を起こしつつ、階段の上のほうを見る。

「案外、ただの夢だったってことかもしれねーな。あの日の夜中に、お前に唆《そそのか》されて鳥居の中に飛び込んで、そのまま階段落ちをやらかし、朝まで気絶していたのかもしれない」

「またその議論を一から始めるのか」

「あ！　なんだ、夢だったのか！」

「手塚治虫先生に怒られるぞ」

「いやでも、手塚先生本当に駄目って言ったのかな。いい落ちだと思うんだけど、夢落ち。案外、ノックスの十戒《じっかい》的なノリで言ったんじゃないの？　先生も」

「手塚先生の器に甘えるな」

「え？　みんなで同じ夢を見てたってこと？」

「ありがちな台詞を言うな」

「なんだろう、どんな夢を見たのか忘れちゃったけど、泣けてくる……」

「ありがち過ぎる台詞を言うな」

「何？　このペンダント。なにか大切なことを忘れてしまった気がする……」

「そもそもキャラが女性化しておるようじゃが……」

まあ、僕と忍なら、同じ夢を見てもなんら不思議ではないんだけれど。

「あえて確認してこなかったけど……、その夢の世界のほうは、どうなったかな。無事にみんな、生き返ってたら……、つーか人間に戻ってたらいいんだけれど」

「さすがに全員とはいかんじゃろうな。怪異化する以前に、暴動に巻き込まれて死んだ者も少なからずおったじゃろうし――何より、儂が暴走する前に死んでしまったお前様は生き返らんよ」

「ま、それは仕方ねえよ」

「ん？」

「死ぬときは一緒って決めてたからな。一緒というには二ヵ月ほどタイムラグがあったけれど、お前と共に死ねて、あのルートの阿良々木くんも、本望だったろうぜ」

「無論――儂もの」

忍は言った。

拗ねたような言い方だったけれど、それこそが素直な物言いなのだろう。

「ま、戦場ヶ原や羽川は、それに妹達は、無事に人間に戻れたとするなら、僕の死を悲しむだろうな――それが本当に心残りだぜ」

「案外、反魂法で生き返らそうとするかもな」

「あっちはあっちで、きっついストーリーが展開されるわけか……」

物語。

それはそれで、本来僕が関与していいことではない。

あのルートにはあのルートの戦いがある。

精々僕は、自分のルートでそんなことが起こらないよう、気をつけることだ。

立ち上がって、僕は身体中についた土を払う。

向こうのルートで鳥居を潜るにあたって、浴衣から最初の服に着替え直しているので、元より結構、汚れているのだけれど。

家に帰ったら、まず洗濯だ。

そして風呂だ。

「……ん？　家に帰ったら？　ちょっと待てよ、なんとなく日付ばっかりに気が行ってたけど……忍、今何時だ！」

「ん？　それは十二時間方式で言ったほうがいいか、それとも二十四時間方式で言ったほうがいいか？」

「どっちでもいいよ！」

「どっちでもいいなんてことはないということを、今回お前様は学んだはずじゃろう。一つ一つの選択が、未来を作り上げていくのじゃから」

「教訓めいたことを言うな！　お前が！　いいから早く現在時刻を教えろ！」

「まあ待て、今日時計《ひどけい》を作るから」

「お前の腕に巻いている僕の時計を返せ！」

「いや、そもそも、まだこの時代にアジャストしておらんから、この時計は今は役には立たんぞ」

「先に言え！」

だからなんで時間を聞くのにこんなに時間がかかるんだよ！

埒《らち》があかないので、再び携帯電話を取り出す僕。

よく見たら電池が切れる寸前だった。

最後の力を振り絞って、彼は僕に現在時刻を教えてくれようとしていた——

「……やべえ。やっぱ、始業式始まっちまってるわ」

どうしよう。

一旦家に帰って、それから全力ダッシュで向かったとしても、既に始業式は終わり、ホームルームさえ終わっているのではなかろうか。

結局遅刻か。

羽川や戦場ヶ原に怒られる。

殺される。

亡き者にされる。

「そうされんように、精々気をつけることじゃな、お前様——お前様が死んだら、儂は世界を滅ぼしかねんということがわかったわけじゃし」

精々これから先は、戦い方を考えることじゃな——と、さっき僕がした決意に念を押すようなことを言って、忍は僕の影の中にもぐり込んだ。

どうやら、それこそ待ち合わせよろしく、今起きたところだというのは虚言だったらしい——これから本格的に眠るつもりなのだろう。

「やれやれ……まさしく、真夏の夜の夢って感じだな」

読んだことはないんだけどね。

何がまさしくだ。

適当なことを言いつつ、僕は階段をひとりで下りて行く——またこの下の世界が滅んでいたらどうしようとか、そんなことを思いつつ。

滅んでないにしても、まるで全然別の世界だとか……、また失敗して、全然別ルートに来てしまったとか……うーん。

ありうる話だ。

別ルートに移動するだけのエネルギーはもう使い果たしてしまっているから、そんなことがあったら今度こそ違うルートに永住する羽目になってしまうのだけれど……だけど、これだけトラブルに見舞われた時間旅行の旅が、帰り道だけは災難に遭うことなく帰ってこられたなんて、ちょっと展開として都合がよ過ぎる気もする。もうワントラブル、ツートラブル控えていても不思議じゃないというか、順当という気が……。

うーん。

残りのページ数を見る限り大丈夫だとは思うのだけれど、上下巻という可能性もあるし。有名なSF映画みたいなシュールな落ちだけは避けたいところである。

しっかし、とは言え、もう道に迷うのは、こりごりなんだけど——

「あっららぎすわぁーーーーーーーーーーーんっ！」

と。

山を下り、とりあえずは無事に駐輪したままの場所にあった自転車のキーを外していると、そんな僕の背中に、道路を走るトラックのように小さな塊《かたまり》が衝突してきた。

小さな塊、というか少女だった。

ツインテールの少女。

「お探ししましたよ阿良々木さん！　結構朝早くから阿良々木家を中心に町中を探したにもかかわらず、全然見つからないものですから、どこか異次元にでも行ってしまったのではないかとご心配申し上げておりましたっ！　いやー本当に無事でよかった！　もっと抱きつかせてください、もっと触らせてくださ い、もっと舐めさせてくださいーっ！」

「別ルートだーっ！」

僕は背後の少女、即ち偽《にせ》八九寺を突き飛ばした。

ぎゃーっ！

不条理落ちだーっ！

もう元の世界には戻れないーっ！

「は？　別ルート？　偽八九寺？　何を言っているんですか、阿良々木さん。この暑さで遂《つい》に脳が融けましたか」

「僕の脳はハーゲンダッツとかじゃねーんだよ。フォンダンショコラと一緒にするな」

「パンプキンと一緒にしましょうか」

「だからなぜ限定商品に言及する」

「ならばドロドロ具合からの連想で、ゾンビのようにとたとえましょう」

「より一緒にすんな」

「気まぐれで以前から何かにつけ話に出ていた大サービスをしてさしあげたというのに、つれない反応ですねえ」

突き飛ばされ、尻餅をついていた八九寺は、アテが外れたとばかりに立ち上がる。なんだか動きがいつもに比べて機敏だなあと思ったら、この八九寺、リュックサックを背負っていない。

なんだか間違い探しみたいな話だけれど、ということは、やはりこの少女、偽者か。

「いやいや、それですよ阿良々木さん。わたし、昨日、あなたの部屋にリュックサックを忘れてしまったのです。ですから中身を見られる前に取り戻そうと、こんな朝早くから右往左往《うおうさおう》していたのです」

見てねえって。

「一ミリも信用ねえな、僕」

ふうむ……。

しかし、昨日、か。

少なくとも時系列の問題で言えば、ちゃんと僕は、元通りの場所に帰ってこれたということにはなる——問題はこの世界が、僕の知る、僕の育った、僕が歩んだルートなのかどうかということだ。

八九寺のありえない登場の仕方のせいで、微妙になってしまった……。

「いやー、どうせ抱きつかれるくらいだったら、いっそ自分のタイミングでこっちから抱きついたほうが、少なくともスカートの中身が危機に晒されるようなことはないと、これでわかりました」

人聞きの悪いことを言いつつ、一人で勝手に納得したような風の八九寺。

まったく困ったものだ。

真贋《しんがん》判別は、こうしてみると意外と難しい。

果たしてこの八九寺が、八九寺真宵なのか、それとも八九寺偽宵なのか……。

「なあ、八九寺。お前ちゃんと、僕のこと、愛してるか？」

「は？　いえ、そんなわけないじゃないですか。好きか嫌いかで言えば、むしろ嫌いです」

「やはり別ルート！　パラレルワールドか！」

「は？　パラレルなのは阿良々木さんの頭の中でしょう？」

「意味がわからない！」

「ラレラレレルレルパッパラ頭ということです」

「意味は未だわからんままだが、なんだかはわかった！　よくそんな悪意のみを正確に、伝えることができるな、お前は！」

「ところでパラレ木さん」

「今の話の流れで、そんな噛みかたをするな！　僕が偽者みてーじゃねーか！　噛みかたにおいて手を抜くな、僕の名前は阿良々木だ！」

「失礼。噛みました」

「違う、わざとだ……」

「噛みまみた」

「わざとじゃない!?」

「かみま」

「略した!?　噛みました、まあ、の略!?　ミスに対する誠意ってものがまったく感じられねえ！　お前は声優にはなれないな！」

「はやりませんかね。かみまー」

「二度とオーディションに呼ばれねーよ」

ここまでのやり取りを終えて。

僕はここが、元の世界——ルートAなのだと、確信を持てた。

うむ、間違いない。

ここまで熟練した腕前を持つ八九寺が、他のルートにそうそういるとは思えない。

この八九寺は。

この数ヵ月の間、僕とやり取りをする中で生まれた、八九寺真宵だ。

僕は——迷いなく、そう断言できる。

今の僕が、八九寺がいなければいなかったように——この八九寺も、僕がいなければいなかった八九寺なのだろう。

「なににやけてるんですか。気持ち悪いですね」

「別に……まあ、わかったわかった。リュックサックだな。僕も届けようと思ってたんだよ。よし、じゃあ一緒に僕の家に取りに行こうぜ。チャリの後ろ、乗れるか？」

「阿良々木さんと二人乗りなんてしたくないです」

「ちょっと待て、八九寺、今だけは僕のことが嫌いみたいな態度を取るな。ここがどのルートなのか、曖昧になっちゃう」

「そんな理不尽な理由で発言を封じられましてもねえ……」

「結構な大冒険をしてきたとこだから、できれば乗りてーんだけどな、チャリ」

「大冒険って……何私抜きでそんな面白そうなことしてるんですか、阿良々木さん」

「いやいや、お前はいたんだよ」

「は？　何を言ってるんです？　ここまで大々的にタイトルに冠されながら、まさか私にはお座敷がからないとは思いませんでしたよ。私ついさっき、羽川さんに嘘ついてきちゃいました」

「ああ、そうだ。八九寺、忘れない内にひとつだけ」

「はい？」

「僕は今まで、お前の外装は今がピークだと言い続けてきたけれど、意外とお前、二十歳過ぎても大丈夫だぜ」

「何ですかその不躾《ぶしつけ》な物言い!?」

「お前、生き返りたいとか思ったことないの？」

「ありませんねえ。もうそろそろ、死んでからのほうが長くなりそうですし」

「ふうん。そんなもんかね」

「そんなもんです」

「たとえば誰か、霊能力者みたいな人が現れてさ、お前をキョンシーみたいに生き返らせてくれるって言ったら、どうする？」

「キョンシーみたいに生き返るのは嫌です。ごめんこうむります」

「いや、じゃあキョンシーみたいにじゃなく」

「やっぱりごめんこうむりますかねえ」

「どうして」

「なんとなくです。阿良々木さんだって、人間に戻れるって言われても、戻らないんでしょう？」

「ま、そうだな。そう思ってた。だったら僕とお前は同じってことだ」

「同じです」

「じゃあさ。お前、幽霊になって、幸せ？」

「幽霊になったことは不幸せです。でも、阿良々木さんに会えたことは幸せですね」

「……………」

「だからまあ、総合的には私は幸せですよ。生きている間にお母さんに会うことはできませんでしたけれど、悔いを残して死んだお陰で、わたしは阿良々木さんと会えたんですから」

「……そうだな。僕達は、会えたんだ」

　結局は法令遵守ということで、僕と八九寺は二人乗りをすることはなく、僕が自転車を押す形で、八九寺の歩幅に合わせ、歩き始める。いつも通りに馬鹿馬鹿しい雑談を交わしつつ、時に後ろを振り返りながら、時に間違え、時に迷いつつも、しかし一歩一歩踏みしめるように、前向きに、歩み続ける。

　このルートを。

あとがき

人間誰しも、『その経験』をもう一度するくらいだったら首を吊ったほうがマシというレベルのトラウマを抱えているものだと思いますけれど、しかもいくつも抱えているものだと思いますけれど、案外不思議なのは、そういう忌むべきトラウマこそが個人を形作っていたりすることです。つまり過去に遡ってそのトラウマを取り除けば人生はもっとうまくいくのかと言えばそんなことはなく、むしろ逆で、トラウマのない人生は実に味気なく、その場合過去ではなく現在進行形で酷い目に遭うことが多いようです。まあ結果それがトラウマになるので、辻褄は合うのかもしれませんけれど、トラウマは子供の頃に負っておいたほうがいいような気もします。トラウマと言ったら行き過ぎなのかもしれませんけれど、ある程度のストレスは、やっぱ健全に生きていく上では必要不可欠とでも言うんでしょうか。そうは言ってもなるべく嫌な思いをせずに生きていきたいものですけれど、けど、あえてトラウマを負おうとかストレスを背負おうとかしなくっても、そうそう都合のいいように世界は回ってくれないので、何かを避ければ、何かにはぶち当たります。なんでなのかなー。過去の集合体が現在であり、現在が未来に繋がっているというような言い方をすると、過去も未来もすごく価値のあるものに思えますけれど、しかし過去は大概ロクなもんじゃないし、未来へ向かって生きていくことは困難に満ちているし、じゃあ現在がどうなのかと言えば、まあ過去と未来の板ばさみと言うか、過去に束縛されながら未来の機嫌を取るというような、中間管理職のような気持ちを常に持ち続けるようなイメージです。それこそ、今している大変な思いが、未来の自分を形作るのだとそんな風に錯覚することでかろうじてがんばれるのが、いわゆる人生なんでしょうか、いや全然わかりませんけれど。

本書は物語シリーズシーズン2の第二話ということになるんでしょうか？　全然わかりません。というか以前どこかで予告したのと結構違う内容になっている気もします、ごめんなさい。ええ本当はサブタイトルを『まよいゾンビ』に改題しようかとも思ったんですけれど、すんでのところで間に合いませんでした。なんとかして阿良々木くんと幼女しか出てこない小説を書けないものかと、数々の試行錯誤を繰り返した挙句の本作であることはここで明かしておきます。いやスケジュール的にはマジで大変でした。こんなトラウマも、将来の僕を形作ってくれればいいなあと思いますけれど、一度無茶を通すとその無茶がありになってしまうので本気で困っています。将来に向けたトラウマ？　そんな感じで本書は百パーセント修羅で書かれた小説です、『傾物語』第閑話、まよいキョンシーでした。

表紙の真宵は初カラーですね。ＶＯＦＡＮさん、ありがとうございました。そして読者の皆様、読んでいただいてありがとうございました。ちなみにこの話のラストシーンから直接休憩なく、次の花物語に続くんですよ。作者も登場人物も。

西尾維新

初　出　本作品は、書き下ろしです。

著者紹介

西尾維新《にしおいしん》

1981年生まれ。第23回メフィスト賞受賞作『クビキリサイクル』(講談社ノベルス)に始まる〈戯言《ざれごと》シリーズ〉を、2005年に完結。近作に『猫物語《ネコモノガタリ》(黒・白)』(講談社BOX)、『難民探偵』(講談社)、『零崎人識の人間関係(四部作)』(講談社ノベルス)がある。

Illustration

VOFAN《ヴォーファン》

1980年生まれ。代表作に詩画集『Colorful Dreams』シリーズ(台湾・全力出版)がある。現在台湾版『ファミ通』で表紙を担当。2005年冬『ファウスト Vol.6』(講談社)で日本デビュー。2006年より本作『化物語』シリーズのイラストを担当。

講談社BOX

KODANSHA BOX

傾物語《カブキモノガタリ》

定価はケースに表示してあります

2010年12月24日 第1刷発行

著者 —— 西尾維新《にしおいしん》

発行者 — 鈴木　哲

発行所 — 株式会社講談社
東京都文京区音羽2-12-21　郵便番号 112-8001
編集部 03-5395-4114
販売部 03-5395-5817
業務部 03-5395-3615

本文データ制作 — DTP DATA 制作室

印刷所 — 凸版印刷株式会社

製本所 — 株式会社若林製本工場

製函所 — 株式会社岡山紙器所

ISBN978-4-06-283767-5　N.D.C.913　342p　19cm

2011年6月発売予定
[囮物語] 第乱話 なでこメドゥーサ

2011年9月発売予定
[鬼物語] 第忍話 しのぶタイム

2011年12月発売予定
[恋物語] 第恋話 ひたぎエンド

<物語>シリーズ 既刊

[化物語(上)]
第一話 ひたぎクラブ／第二話 まよいマイマイ／第三話 するがモンキー

[化物語(下)]
第四話 なでこスネイク／第五話 つばさキャット

[傷物語]
第零話 こよみヴァンプ

[偽物語(上)]
第六話 かれんビー

[偽物語(下)]
最終話 つきひフェニックス

[猫物語(黒)]
第禁話 つばさファミリー

[猫物語(白)]
第懇話 つばさタイガー

[傾物語]
第閑話 まよいキョンシー

西尾維新
NISIOISIN
Illustration／VOFAN

KODANSHA BOX

『化物語』唯一の完全公式読本
設定資料&原画集
スタッフインタビュー集
and more……!
化物語

NEXT
POWERS
BOX
2011, January
On Sale!
新次元ロボットアクション開幕!!!!
「圏内?」
少し怪訝そうな声で尋ねてくる少女に、僕は自分の携帯を見せる。
「この画面の上にアンテナがあるだろ?
携帯の電波状況を表す三本のアンテナが。
今は電波がいいみたいだから、三本立っている。
けれど、まったく電波が通じない所だと圏外って表示される。
圏内ってのは、その逆。電波が通じすぎる場所だ」
第4回講談社BOX新人賞Powers受賞作
『マージナルワールド』
[著]湊利記
[Illustration]村崎久都
B6判 予価:1260円(税込)
KODANSHA BOX
POWERS BOX
2011年1月初旬発売予定!!!!

KODANSHA BOX
POWERS BOX
漂っているのだろうか、と思った。寓話の海。
そこに、僕らは漂っているだけなのだろうか。
講談社BOX新人賞Powers受賞の
デビュー作『コロージョンの夏』
売れ行き絶好調につき、緊急発売決定!
マガミシリーズ第二弾
『フェイブルの海』
[著]新沢克海 [Illustration]05
B6判 400P予定
2011年2月初旬発売予定!!!!

KODANSHA BOX最新刊

講談社BOXは、毎月"月初"に発売!

お住まいの地域等によって発売日が変わることがございます。あらかじめご了承ください。

〈物語〉シリーズ怒濤の新章突入第二弾!

西尾維新　Illustration VOFAN

傾物語《カブキモノガタリ》

"変わらないものなどないというのなら——運命にも変わってもらうとしよう"。

迷子の小学生・八九寺真宵《はちくじまよい》。阿良々木暦《あららぎこよみ》が彼女のために犯す、取り返しのつかない過ちとは——!?　〈物語〉史上最強の二人組《ツーマンセル》が"運命"という名の戦場に挑む!

愛だの恋だのにうつつを抜かしている男女はそれぞれ、
きちんと幸せな結末を迎えます。

針谷卓史　Cover Photo 滝沢友朗

これで、ハッピーエンド。

ここのアラサー女子は、困難と問題だらけ……。

趣味は無防備な人の写真を撮ること、特技は恋愛についての屁理屈——27歳園原《そのはら》栞《しおり》、脳内で作り上げた実在しない彼氏がいる歴2年。親友1は勤務先の病院で妻子ある患者に一目惚れ。立派な不倫。親友2は会社内で貼り紙を掲示しての恋人募集。ヒモ彼氏付き。


大好評Powers BOX第2弾!

すべてを飲み込む大河のごとき超弩級エンタテインメント。

講談社BOX新人賞Powers受賞作、驚愕のデビュー!

神世希《shinseiki》　Illustration mebae

神戯—DEBUG PROGRAM— Operation Phantom Proof

其処《ソコ》には翅を広げた少女が独り、月に臨むように飛んでいた。

其れは巨大な鏡を片手に背後の月、星空を背負い立つ、閃光の戦闘姫《ヴァルキリー》!

深夜、おれが学院の屋上で出会ったのは、重装の美少女だった。

トーマと名のる彼女は、愛くるしい転校生と同一なのか?

徘徊する白き殺人姫とは、この絶対の美少女なのか?

部長、武藤天馬以下学院新聞部の"Operation Phantom Proof"のさなか
謎は、雪原の死霊館での忌まわしき大量殺人事件へと至る!


売り切れの際には、お近くの書店にてご注文ください。